MAX BENTOW

# Der Federmann



GOLDMANN

*Buch*

Das Leben des Berliner Kommissars Nils Trojan befindet sich in einer schwierigen Phase. Er ist geschieden, hat eine Tochter, die er viel zu selten sieht, und sucht eine Psychologin wegen Panikattacken auf – heimlich, denn Schwäche darf er keine zeigen bei seiner Arbeit. Als er eines Morgens eine Wohnung in Berlin Kreuzberg betritt, stockt ihm der Atem: Eine junge Frau ist grausam hingerichtet worden, ihr wurden die Haare abgeschnitten, ein toter, federloser Vogel liegt am Schauplatz. Trojan hat kaum Zeit, sich ein Bild zu machen, da schlägt der Federmann wieder zu – wieder trifft es eine junge Frau mit langem blondem Haar. Lene, die kleine Tochter des Opfers, verschwindet plötzlich und hinterlässt abgesehen von einem toten Vogel keine Spur. Und nachdem Trojan durch einen Zufall im Fernsehen zu der Mordserie Stellung nehmen muss, gerät er selber ins Visier des Federmanns. Trojan ist ratlos und hat Angst. Der Federmann jagt die Mordkommission vor sich her, die Stadt ist in Aufruhr, es muss etwas geschehen …

*Autor*

Max Bentow wurde in Berlin geboren. Nach seinem Schauspielstudium war er an verschiedenen Bühnen tätig. Für seine Arbeit als Dramatiker wurde er mit zahlreichen renommierten Preisen ausgezeichnet. Seit seinem Debütroman »Der Federmann« hat sich Max Bentow als einer der erfolgreichsten deutschen Thrillerautoren etabliert, alle seine Bücher waren große SPIEGEL-Bestseller-Erfolge.
Mehr zum Autor unter www.max-bentow.de

Ebenfalls von Max Bentow lieferbar:

Die Puppenmacherin. Psychothriller
Die Totentänzerin. Psychothriller
Das Hexenmädchen. Psychothriller
Das Dornenkind. Psychothriller
Der Traummacher. Psychothriller
Das Porzellanmädchen. Psychothriller
Rotkäppchens Traum. Psychothriller
Der Schmetterlingsjunge. Psychothriller
Der Mondscheinmann. Psychothriller
Der Eisjunge. Psychothriller
Das Bernsteinkind. Psychothriller
Engelsmädchen. Psychothriller
Eulenschrei. Psychothriller

Max Bentow

# Der Federmann

Psychothriller

GOLDMANN

MIX
Papier | Fördert gute Waldnutzung
FSC® C014496

Penguin Random House Verlagsgruppe FSC® N001967

11. Auflage
Taschenbuchausgabe Februar 2013

in der Penguin Random House Verlagsgruppe GmbH,
Neumarkter Str. 28, 81673 München
produktsicherheit@penguinrandomhouse.de
(Vorstehende Angaben sind zugleich
Pflichtinformationen nach GPSR)


Umschlaggestaltung: Uno Werbeagentur, München
Umschlagmotiv:
FinePic, München; Getty Images / Kim Taylor
CN · Herstellung: Str.
Druck und Einband: GGP Media GmbH, Pößneck
Printed in Germany
ISBN 978-3-442-47882-8

www.goldmann-verlag.de

# PROLOG

Er sah sie tanzen, wild und schnell. Sie warfen die Köpfe herum, malten mit den Händen Zeichen in die Luft, Schweiß perlte auf ihrer Haut. Bei den Mädchen sah er genauer hin. Er versuchte ihre Blicke aufzufangen, aber sie beachteten ihn nicht. Er saß still in einer Ecke, abseits von den anderen, ein gefrorenes Lächeln auf den Lippen. Manchmal wippte sein Fuß im Takt der Musik, so lange, bis er es bemerkte, dann hielt er in der Bewegung inne, straffte die Schultern und zog verächtlich die Luft ein.

Er hörte, wie sie lachten. Bei den Mädchen klang es schrill, wie ein Kreischen. Ihre Röcke waren kurz, sie trugen Pumps, spitze Absätze, die auf das Parkett hämmerten. Sie zogen hastig an ihren Zigaretten, ihre Lippen leuchteten rot.

Die Zeit verging, er nippte an seinem Bier, im Gegensatz zu den anderen trank er nicht viel. Einige von den Jungs begannen zu grölen, er verachtete sie dafür. Nun wurden die langsameren Lieder gespielt, das Licht war gedämpft, Paare umklammerten sich, glitten hin und her. Er beobachtete die Gastgeberin, wie sie sich an einen Kerl in enger Jeans schmiegte, ihre Augen schlossen sich vor Verzückung.

Bald wäre sie allein im Haus ihrer Eltern, er brauchte sich nur zu gedulden.

Er fuhr mit der Hand in die Tasche seines Jacketts, da bewegte sich etwas, ein letztes Zappeln, es war weich, noch lebte es. Der Griff beruhigte ihn, er konnte warten. Nicht mehr lange, und die anderen wären fort.

Er schloss sich im Bad ein und schnüffelte an den Parfüms und Cremes. Er stellte sich vor, wie die Gastgeberin vorm Spiegel stand, weiß beschmiert und nackt. Er malte sich aus, wie seine Hände Dinge mit ihr taten, beugte sich vor und starrte sein Spiegelbild an, es beschlug von seinem Atem.

Nachdem er das Bad verlassen hatte, inspizierte er das Haus. Im Obergeschoss entdeckte er einen dunklen Raum, vermutlich das Schlafzimmer ihrer Eltern, und versteckte sich hinter der Tür.

Unten wurde es allmählich ruhiger. Schließlich glaubte er, dass alle gegangen waren.

Als auch keine Musik mehr zu hören war, schlich er sich die Treppe hinunter.

Sie war dabei, die Gläser und Flaschen einzusammeln, die Aschenbecher zu leeren. Er stand plötzlich hinter ihr. Sie fuhr herum.

»Hast du mich erschreckt.«

Er starrte sie an.

»Die Party ist zu Ende.«

Er antwortete nicht.

Ein leichtes Stirnrunzeln, das Zucken ihrer Augenlider verrieten ihre Irritation.

»Du bist doch – wie war noch mal dein Name?«

Sie hatte ihn nicht eingeladen, musste annehmen, dass er in Begleitung eines anderen Gastes gekommen war, dabei war er allein. Es gab doch kaum jemanden, der ihn kannte.

Seine Hand befühlte das kleine erstickte Lebewesen in der Tasche. Er drückte zu. Es gab ein leises knackendes Geräusch, warm lief das Blut über seine Haut. Dann zog er die Hand hervor und hielt dem Mädchen den zerquetschten Vogel hin:

»Das ist für dich.«

Ihre Augen weiteten sich.

Schon war seine Hand dicht an ihrem Gesicht. Da waren Federn, sie waren überall.

»Besser, wenn du jetzt gehst«, stammelte sie.

Er grinste nur.

»Sonst schreie ich.«

Schrei doch, dachte er, schrei.

# ERSTER TEIL

# EINS

Die Tür war nur angelehnt. Nils Trojan hielt die Waffe im Anschlag und schlich sich in die Wohnung hinein. Ihn empfing ein seltsamer Geruch. Es war eine Mischung aus fauligen Speiseabfällen und etwas, das er zunächst nicht einordnen konnte, bis ihm bewusst wurde, dass es sein eigener Geruch war, beißend und streng, sein Angstschweiß. Ruhig, versuchte er sich einzureden, nur ruhig.

Er tastete sich durch den halbdunklen Flur, Schutz suchend an der Wand. Da vernahm er ein leises Wimmern, es kam aus dem Zimmer am Ende des Flurs.

Langsam trat er näher. Er versetzte der Tür einen leichten Stoß mit dem Ellbogen und umklammerte seine Waffe mit beiden Händen.

Eine Frau saß auf dem Bett, ihre Schultern waren eingesunken, sie schluchzte gedämpft in sich hinein. Das Licht der Nachttischlampe war auf sie gerichtet, der Schatten ihres Kopfes, das zerzauste Haar, übergroß an die Wand geworfen. Aber das Licht war so grell, dass er ihr Gesicht nicht erkennen konnte.

Trojan atmete tief ein.

»Haben Sie angerufen?«, fragte er.

Er kniff die Augen zusammen, aber er konnte sie nicht erkennen.

»Ist Ihnen etwas zugestoßen?«

Plötzlich bemerkte er, dass noch jemand im Zimmer war. Er trat hinter dem Vorhang am Fenster hervor. Trojan erkannte die Pistole in seiner Hand.

Die Frau schluchzte auf.

»Helfen Sie mir«, sagte sie leise.

»Waffe fallen lassen«, stammelte Trojan.

Der andere lächelte bloß.

»Helfen Sie mir«, sagte die Frau noch einmal.

»Waffe weg«, schrie Trojan. Aber der andere trat einfach näher, und dann hielt er den Lauf seiner Pistole der Frau an die Schläfe.

»Schieß doch«, sagte er lächelnd.

Trojan spürte den Finger am Abzug.

»Schieß endlich«, sagte der andere.

Das Gesicht der Frau glitt aus dem Lichtkegel. Da konnte er ihren Blick auffangen, flackernd, voller Angst. Er kannte diese Frau, irgendwo hatte er sie schon einmal gesehen. Er musste sie retten, er musste eine Entscheidung treffen, schnell.

Doch seine Hand wurde immer schwerer, und das Gesicht des anderen verwandelte sich in eine hässliche Fratze.

Und dann hörte er den Schuss, heftig, ohrenbetäubend, aber er wusste, er kam nicht aus seiner eigenen Waffe, und das Blut der Frau sprang aus ihrer Schläfe. Getroffen sackte sie in sich zusammen.

»Ich kann nicht«, flüsterte er und schreckte hoch.

Ihm war, als müsste er ersticken. Er kannte das, er wusste, was nun zu tun war. Sich vorsichtig aufrichten, den Kopf nicht zu schnell bewegen, sonst könnte ihm schwindlig werden, Licht einschalten, dann das schweißdurchtränkte T-Shirt ausziehen und sich damit Luft zufächeln. Und tief in den Bauch atmen, das war das Wichtigste, die Atemzüge mitzählen, eins, zwei, drei, tiefer und tiefer.

Trojan stöhnte. Auf seinem Wecker war es kurz nach halb vier, die typische Zeit für eine Panikattacke, die dritte schon innerhalb kürzester Zeit.

Er erhob sich langsam, wankte in die Küche, knipste auch dort das Licht an und trank ein Glas Wasser. Er war leicht benommen, unsicher, ob er noch träumte.

Er schlang die Arme um den Oberkörper und bohrte die Fingernägel in seine Haut. Ruhig, nur ruhig, dachte er, ich bin am Leben, ich bin da.

Für eine Weile überlegte er, ob er hinunter zu Doro gehen sollte, in einer Paniknacht hatte er das einmal getan. Sie hatte ihn in ihr Bett gelassen, wo er sich in ihren Armen beruhigen konnte, während sie leise zu ihm sprach: »Armer kleiner Bulle, armer ängstlicher Bulle.« Das war der vielleicht innigste Moment ihrer merkwürdigen Affäre gewesen. Gern hätte er wieder bei ihr geklopft, aber er traute sich nicht.

Stattdessen trat er in das kleine Zimmer, in dem vor einiger Zeit noch Emily gewohnt hatte. Er hatte nichts darin verändert, da hing noch immer das Tokio-Hotel-Poster über ihrem Bett, der komische Sängertyp mit der Turmfrisur lächelte ihn an. Wenn Emily ihn besuchte, musste sie jedes Mal lachen und sagte, er solle doch endlich das dämliche Plakat abnehmen.

Mittlerweile war Emily fünfzehn und wohnte wieder bei ihrer Mutter. Er vermisste sie. Er strich mit der Hand über ihre

Bettdecke, vielleicht sollte er sich einfach hier hinlegen, aber dann entschied er, auf und ab zu gehen, bis er ruhiger wäre.

Das Herz schlug ihm bis zum Hals. Er rang nach Atem und sah sich um.

Auf Emilys Bett hockte der kleine Teddybär mit der eingebauten Spieluhr, den nahm er sich, ein Relikt aus ihren Kleinkindjahren, als sie ohne die Melodie von »Au clair de la lune« aus dem Bauch des Teddys nicht einschlafen konnte. Und auch viel später noch hatte sie den Teddy nachts im Arm gehalten, manchmal, wenn Trojan spät von einem Einsatz heimkam und einen Blick auf seine schlafende beinahe erwachsene Tochter warf, hatte ihn das zu Tränen gerührt.

Er zog an der Schnur, die aus dem Rücken des Teddys kam, und schon ertönte die Melodie.

Er machte in der ganzen Wohnung Licht. Dunkelheit war gefährlich, im Dunkeln lauerte die Angst. Als er am Spiegel im Flur vorbeikam, erschrak er über sein bleiches Gesicht. Er musste an die Frau aus seinem Traum denken, die er nicht retten konnte, ihren flehenden Blick, ihre überquellenden Augen im Moment des Todes.

Wieder zog er an der Schnur der Schlafuhr im Inneren des Teddybären, nur gut, dass ihn niemand dabei beobachten konnte.

Wer war die Frau aus seinem Traum?

Vom Wohnzimmerfenster aus sah er hinab auf die dunkle Straße. Die Stadt schlief. Nur ganz allmählich sickerte die Dämmerung von Osten herein. Unzählige Male hörte er das Kinderlied an, bis er sich zurück ins Schlafzimmer wagte, wo er erschöpft auf sein Bett sank. In seiner Phantasie wandelte er Zentimeter um Zentimeter durch seinen

Körper, um jede Faser seiner verkrampften Muskeln zu entspannen, doch es gelang ihm nicht.

Um sieben Uhr schrillte der Wecker. Trojan lag reglos da, den Teddy im Arm, aber er schlief nicht. Er hielt die Augen geschlossen, doch seine Lider flackerten.

Zeit, zur Arbeit zu gehen, Verbrechen zu bekämpfen. Höchste Zeit, die Angst zu besiegen.

Coralie Schendel erwachte mit einem Lächeln auf den Lippen. In letzter Zeit schlief sie besonders gut, tief und erholsam, vergnügt schwang sie sich aus dem Bett und zog die Vorhänge auf. Die Straßenbäume waren jetzt endlich wieder dicht belaubt, der Frühling hatte Einzug gehalten, es war die schönste Jahreszeit in Berlin, wie sie fand. Sie rechnete im Kopf nach, wann Achim wieder in der Stadt wäre.

Nur noch eine Woche, stellte sie erfreut fest, ging ins Bad, drehte die Wasserhähne auf, zog sich das Nachthemd über den Kopf und duschte heiß und ausgiebig.

Achim war der Richtige, davon war sie überzeugt, noch nie hatte sie sich bei einem Mann so sicher und geborgen gefühlt wie bei ihm. Er war nicht der wilde Typ Mann und vielleicht auch nicht der beste Liebhaber, aber er war verlässlich, hatte ein großes Herz, und wenn er erst einmal sein Jurastudium abgeschlossen hätte und anständig verdienen würde, könnte sie sich durchaus vorstellen, ihn zu heiraten und Kinder mit ihm zu haben.

Aber natürlich würden sie erst einmal zusammenziehen. Schon bald, dachte sie und malte sich eine große, schöne Wohnung aus, ein Schlafzimmer, ein Wohnzimmer, zwei Zimmer für die Kinder, eine geräumige Küche und ein großes Bad. Vielleicht sogar ein Arbeitszimmer für Achim, wenn er abends noch Akten studieren musste.

Als Coralie sich die Zähne putzte, legte sich mit einem Mal ihre Stirn in Falten, sie erinnerte sich an einen Fetzen aus ihrem Traum der vergangenen Nacht. Der hatte eigentlich nur aus einer Abfolge von undeutlichen Bildern bestanden, die sie nicht mehr rekonstruieren konnte, jedoch hatte ihr jemand ein paar Worte zugeraunt, und diese Worte hallten plötzlich heftig in ihr nach. Dabei fiel ihr ein, dass es etwas war, woran sie in ihrer Kindheit häufig gedacht, was sie aber nie laut auszusprechen gewagt hatte, als sei es etwas Bösartiges, das Wirklichkeit werden könnte, wenn es einem erst einmal über die Lippen geglitten war:

»Eines Morgens erwachen wir ahnungslos, und es ist der letzte Tag in unserem Leben.«

Sie spuckte den Zahnpastaschaum aus.

Schon kurz darauf konnte sie wieder lächeln. Natürlich sprach aus dem Satz eine bittere Wahrheit, aber das Gute daran war doch, dass niemand den Zeitpunkt seines Todes voraussagen konnte. Und die Wahrscheinlichkeit zu sterben war in ihrem Alter nicht besonders hoch, immerhin war sie erst Mitte zwanzig.

Ich bin jung und einigermaßen hübsch, dachte sie und begann ihr dichtes blondes Haar zu föhnen.

»Dein Haar ist ein Wunder«, hatte Achim einmal zu ihr gesagt. Sie zwinkerte ihrem Spiegelbild zu. Achim war verrückt nach ihr, und in einer Woche wäre er endlich wieder da.

Coralie wählte sorgsam die Kleidung aus ihrem Schrank aus, zog sich an, setzte den Kaffee auf und sah zur Uhr. Sie musste sich beeilen, um pünktlich ins Büro zu kommen.

Die merkwürdige Stimme aus ihrem Traum hatte sie längst wieder vergessen.

Trojan sog die würzige Morgenluft ein, unter die sich ein strenges Aroma aus den Mülltonnen im Hof mischte. Er löste das Schloss, wuchtete sein Fahrrad durch die enge Tür ins Treppenhaus und durch die Vorderhaustür wieder hinaus, schwang sich auf den Sattel und fuhr los.

Beinahe jeden Tag legte er die Strecke von Kreuzberg nach Tiergarten mit dem Rad zurück, nur für nächtliche Einsätze benutzte er noch seinen alten Golf. Er liebte es, morgens am Ufer entlangzufahren, oben die Hochbahn, unten der Landwehrkanal und der Himmel über ihm hell und weit, das machte ihn wach, so kam er in Schwung. Er nahm Tempo auf, für gewöhnlich schaffte er die Strecke in einer halben Stunde, manchmal sogar in zwanzig Minuten. Am Technikmuseum baumelte die alte Propellermaschine an ihren Stahlseilen, und die Waggons der U-Bahn quietschten in der Kurve vorm Gleisdreieck, schon tauchten die Hochhäuser vom Potsdamer Platz auf, er passierte die Neue Nationalgalerie, erreichte den Lützowplatz und bog kurz vor der Urania in die Kurfürstenstraße ein. Von dort aus waren es nur noch ein paar hundert Meter bis zum Landeskriminalamt in der Karthagostraße, einer ruhigen Seitenstraße nahe am Tiergarten.

Trojan schloss sein Fahrrad vorm Dienstgebäude ab. Mit seinen wuchtigen sandfarbenen Natursteinen erinnerte es an eine alte Trutzburg, so eine hatte er als Kind aus Plastikteilen zusammengefügt, Spielzeugburg mit Falltür, Zugbrücke und einem Verlies.

Delikte am Menschen, warnte ein Schild, darunter streckte der Berliner Bär dem Besucher die Zunge heraus.

Er stemmte die schwere Eingangstür auf, trat ein, nickte dem Wachpolizisten zu und stieg die breite geschwungene Treppe ins Obergeschoss hinauf.

Ronnie Gerber schwenkte gerade seine Kaffeetasse aus, als Trojan zur Tür hereinkam.

»Nils, ich fasse es nicht.«

»Was ist los, Ronnie?«

»Das Wochenende war eine einzige Katastrophe.«

»Um Himmels willen, was ist passiert?«

Ronnie sah ihn erstaunt an.

»Na, du weißt doch, Hertha hat wieder verloren.«

Trojan schlug ihm aufmunternd auf die Schulter. Der kleine, bullige Ronnie wäre wohl auch mit einem Hertha-Schal zur Arbeit gekommen, wenn ihr Chef derlei Sperenzien nicht missbilligt hätte.

»Kopf hoch, die schaffen das schon.«

Sie bedienten sich an der Kaffeemaschine. Trojan setzte sich an seinen Schreibtisch und sah die liegengebliebenen Akten durch, als sein Handy läutete.

Er sah auf das Display und wurde sofort verlegen. Er nahm den Anruf entgegen und wandte sich von Ronnie ab.

»Hallo?«

»Guten Morgen, Herr Trojan.«

Die Stimme am anderen Ende versetzte ihm Stiche, die eigentlich ganz angenehm waren.

»Guten Morgen.«

»Es tut mir leid, aber ich muss den Termin für heute Abend leider absagen.«

»Oh.«

Trojan spürte, wie ihn Ronnie beobachtete. Sie kannten sich nun schon so lange, dass er sofort wusste, welche Gespräche eher privater Natur waren.

»Das ist aber schade.«

»Ja, aber ich muss dringend … Nun, warum soll ich es nicht erzählen, es dreht sich mal wieder um meinen Vater. Er hat im Altersheim für einigen Ärger gesorgt, und ich muss das klären.«

»Das tut mir leid.«

»Wenn wir uns in der nächsten Woche um die gleiche Zeit sehen, Herr Trojan, wäre Ihnen das recht?«

»Um ehrlich zu sein –«

»Diese Woche ist wirklich schon sehr voll, also wenn es Ihnen nichts ausmachen würde –«

Trojan begann zu schwitzen. Die Panik der letzten Nacht war noch immer nicht ganz aus seinem Körper gewichen.

»Gut, in Ordnung«, sagte er leise.

»Ich danke Ihnen, Herr Trojan.«

Er drückte auf die rote Taste. Gerber grinste ihn unverhohlen an.

»'ne neue Flamme, Nils? Komm schon, mir kannst du es doch sagen.«

Trojan schluckte. Er hatte schon öfter darüber nachgedacht, ob er Ronnie nicht sein kleines Geheimnis verraten sollte. Aber er wusste auch, was es hieß, ein Bulle zu sein. Bullen zeigten keine Schwäche, Bullen waren immer stark. Er war sich zwar sicher, dass Ronnie mit dem Thema sensibel umgehen würde, immerhin waren sie befreundet, aber wenn durch Zufall doch etwas durchsickerte, würde er bei seinem Chef und den anderen Kollegen als nicht mehr voll belastbar und somit untragbar für die Mordkommission gelten.

Und das war auch genau der Grund, warum er sich nicht an die Polizeipsychologin im Haus wenden wollte, schließlich tat das niemand in seinem Kommissariat.

Er konnte sich Ronnie nicht anvertrauen.

»Nein, nein, nichts von Bedeutung«, murmelte er.

Er trank von seinem Kaffee und schob zerstreut die Akten hin und her. Dann räusperte er sich und verließ wortlos das Zimmer. In einer entfernten Ecke des Ganges wählte er die Nummer von Jana Michels.

Wenn sie bereits wieder in einer Therapiesitzung war, würde sie nicht mehr ans Telefon gehen, und er müsste mit dem Anrufbeantworter vorliebnehmen, aber er hatte Glück, sie meldete sich sofort. Er mochte ihre warme, sanfte Stimme und musste sich eingestehen, dass er sich in letzter Zeit immer mehr auf die Gespräche mit ihr freute. Anfangs war er noch verwirrt und eingeschüchtert gewesen, doch allmählich hatte sich sein Panzer gelöst. Er stellte sich ihr Gesicht vor, ihre großen wissenden Augen.

»Frau Michels, entschuldigen Sie, ich bin es noch einmal, Nils Trojan.«

Für einen Moment vernahm er bloß ihren Atem, dann lachte sie auf.

»Herr Trojan, ja? Haben wir nicht eben –«

»Ja, und genau das ist es ja, ich würde doch gern, wenn es sich irgendwie einrichten lässt, vielleicht einen anderen Termin wahrnehmen, aber noch in dieser Woche.«

»Ist es so dringend, Herr Trojan?«

Er senkte die Stimme, jemand kam den Gang entlang, instinktiv drehte er sich zum Fenster um.

»Ja, schon«, murmelte er ins Handy.

Er hörte, wie sie in ihrem Terminkalender blätterte.

»Wie wäre es denn mit morgen, achtzehn Uhr?«

Er atmete erleichtert auf.

»Ja, bestens, danke.«

»Schön, Herr Trojan, dann sehen wir uns morgen.«

»Ich hoffe, dass alles wieder in Ordnung kommt mit Ihrem Vater«, sagte er rasch.

»Das ist nett von Ihnen.«

Er glaubte, ein kurzes Zögern bei ihr auszumachen, als wollte sie noch etwas sagen, etwas Privates, aber vielleicht war das auch nur seine Hoffnung.

Schließlich legten sie beide auf, und Trojan ging zurück an seinen Arbeitsplatz.

Ronnie Gerber lächelte ihm verschmitzt zu.

Nachdem sie drei Stunden lang ununterbrochen Briefe geschrieben und E-Mails beantwortet hatte, lehnte sie sich das erste Mal an diesem Vormittag in ihrem Bürostuhl zurück. Sie streifte die Schuhe ab und massierte mit Daumen und Zeigefinger ihre Ohrläppchen, in einem Magazin hatte sie gelesen, das fördere die Konzentration und sei gut für den Kreislauf. Danach nippte sie an ihrem grünen Tee.

Als ihr Mobiltelefon in der Handtasche zu brummen begann, wurde sie plötzlich hektisch. Sie klappte die Tasche auf, nahm das Telefon hervor und schaute aufs Display.

Sogleich breitete sich ein strahlendes Lächeln auf ihrem Gesicht aus.

Sie drückte auf die grüne Taste.

»Hallo, Achim.«

»Hallo, meine Schöne. Störe ich bei der Arbeit?«

»Du störst nie.«

Sie lauschte seinem Atem. Seitdem Achim für zwei Semester in London studierte, waren sie viel zu oft aufs Telefonieren angewiesen, irgendwie konnten sie sich beide nicht recht damit abfinden, dem anderen beim Gespräch nicht in die Augen schauen zu können. Zwar skypten sie auch manchmal, aber selbst das war kein befriedigender Ersatz. Sie vermisste den Duft seiner Haut, das Kratzen seiner Bartstoppeln.

Coralie wurde unruhig bei dem Gedanken an Achims Rasierwasser. Sie hatte sich sogar ein Fläschchen davon gekauft, um sich abends ein paar Tropfen auf den Handrücken zu sprenkeln, beim Einschlafen half das.

»Wie ist das Wetter in London?«

»Es regnet.«

Sie lachte. »Das ist ja mal was ganz Neues.«

»Meine Süße, ich stehe hier im Treppenhaus der Uni, und die Vorlesung beginnt in einer Minute, aber ich wollte dir unbedingt noch sagen, wie sehr du mir fehlst.«

Sie atmete tief durch.

»Du fehlst mir auch so, Achim.«

»Wie viele Tage sind es noch?«

»Sieben. Es sind nur noch sieben. Eine Woche, oder? Sag mir, dass ich mich nicht verrechnet habe.«

»Du hast dich nicht verrechnet. In hundertachtundsechzig Stunden bin ich wieder bei dir.«

Coralie rieb die bestrumpften Füße aneinander.

»Was hast du an, Achim?«

»Ich? Ich hab – ach, ein weißes Hemd, die dunkle Jeans und – und du?«

»Ich hab den kurzen schwarzen Rock und eine himmelblaue Bluse an.«

»Du bist wahnsinnig toll, weißt du das?«

Die Tür öffnete sich, ihr Chef kam herein.

Coralie schlüpfte rasch in ihre Schuhe, haspelte einen Abschiedsgruß ins Telefon und beendete das Gespräch.

Der Chef sah sie streng an.

Sie lächelte verlegen.

»Privatgespräche bitte in der Pause, Frau Schendel.«

Sie nickte eifrig, dann nahm sie ihm den Stoß Unterlagen ab, die sie für ihn durchsehen sollte.

Als er längst wieder gegangen war, saß Coralie noch immer gedankenverloren da und zwirbelte mit einem Finger in ihrem Haar.

Sieben mal vierundzwanzig Stunden gleich hundertachtundsechzig. Sie wollte sich ein schönes Negligé kaufen, etwas Transparentes, sie wollte, dass ihr Achim in Verzückung geriet.

Das Sonnenlicht fiel schräg durchs Fenster herein, sie musste blinzeln.

Trojan hämmerte auf die Tastatur des Computers ein. Er musste einen Abschlussbericht verfassen, dabei hasste er diesen Papierkram.

Als er kurz aufblickte, bemerkte er, dass Gerber bereits seinen Schreibtisch aufräumte.

»Ich mach heute früher Schluss, Nils.«

Trojan sah zur Uhr. Es war schon zehn vor vier. Plötzlich wurde er unruhig, ein freier Abend war zwar verlockend, andererseits konnte er auch sehr lang und öde werden, zumal wenn man allein lebte in dieser Stadt.

»Wie wär's mit einem frühen Bier im Schleusenkrug?«

Ronnie schüttelte den Kopf.

»Tut mir leid, Nils, aber Natalie hat heute Geburtstag.«

Für einen Moment malte sich Trojan das Familienglück aus, Geburtstagsabendessen bei Kerzenlicht, ein Zuhause am friedlichen Stadtrand, eine verständnisvoll lächelnde Ehefrau und liebe Kinder.

»Richte ihr meine Glückwünsche aus.«

»Mach ich, klar.«

»Wieder alles im Lot bei euch?«

Gerber zog eine Grimasse. »Wir müssen wirklich bald mal wieder einen trinken gehen.«

Sie nickten einander zu, und schon war er zur Tür hinaus.

Trojan seufzte, tippte weiter, korrigierte, druckte aus, las, strich durch, tippte neu. Um fünf schaute er auf die Uhr und beschloss, dass es für heute reichte. Er unterschrieb den Bericht und legte ihn ins Fach seines Kommissionsleiters.

Auch die anderen Kollegen waren längst gegangen, es war ein ungewöhnlich ruhiger Tag gewesen.

Draußen vorm Dienstgebäude überlegte er kurz, ob er nicht allein zum Schleusenkrug fahren sollte, um sich in dem Biergarten dort ein einsames Feierabendgetränk unter den blühenden Kastanien zu gönnen, aber dann kam ihm das doch zu deprimierend vor.

So schwang er sich auf sein Rad und fuhr heim nach Kreuzberg.

Coralie stellte ihre Handtasche auf der Kommode ab und zog hinter sich die Wohnungstür zu. Dann atmete sie auf, erleichtert, zufrieden. Es war mal wieder geschafft, auch an diesem Tag hatte sie sich nicht von den Launen ihres Chefs aus der Ruhe bringen lassen.

Sie zog sich die Jacke aus und hängte sie an den Garderobenhaken, betrachtete sich flüchtig im Spiegel und schüttelte ihr Haar auf.

Plötzlich hielt sie inne.

Ihr war, als hätte sie ein eigenartiges Geräusch gehört, etwas wie ein Sirren.

Sie lauschte.

Nichts.

Da war nichts, sie hatte sich wohl getäuscht.

Sie streifte ihre Schuhe ab, ging in die Küche und öffnete den Kühlschrank. Kurzerhand schob sie sich eine Scheibe Käse in den Mund, nicht einmal eine richtige Mittagspause hatte sie sich gönnen können, immer wieder war ihr Chef mit neuen Aufgaben an sie herangetreten, und da sie bisher bloß auf Probe angestellt war, durfte sie ihn nicht enttäuschen. Sie stopfte gleich eine zweite Scheibe Käse hinterher. Dann inspizierte sie, was der Kühlschrank sonst noch alles hergab, Eier, ein paar Tomaten, vielleicht sollte sie sich ein Omelette zubereiten. Eigentlich wollte sie erst duschen, sich den Arbeitstag abspülen, doch vor lauter Hunger war sie schon ganz zittrig.

Sie nahm die Eier aus dem Kühlschrank, als sie es wieder hörte, ein merkwürdiges Rascheln.

Es schien aus ihrem Schlafzimmer zu kommen.

Sie hielt den Atem an und horchte gespannt.

Nun war es wieder still.

Eigentlich war sie kein ängstlicher Mensch. Als sie aber kurz darauf erneut dieses Geräusch hörte, spürte sie, wie sich ihre Nackenhaare aufstellten.

Da war etwas in ihrer Wohnung.

Langsam ging sie durch den Flur. Die Schlafzimmertür war angelehnt. Coralie runzelte die Stirn. Am Morgen war sie doch noch offen gewesen, aber vielleicht täuschte sie sich ja auch.

Sie holte tief Luft. Dann stieß sie die Tür auf und trat rasch ein.

Augenblicklich fuhr ihr etwas an den Kopf. Etwas Weiches, Lebendiges.

Sie riss die Hände hoch und taumelte zurück. Da traf es sie im Gesicht.

Sie schrie auf und krümmte sich zusammen.

Erst als sie wieder halbwegs bei Sinnen war, sah sie den kleinen roten Vogel durch das Zimmer sausen. Er schlug oben an die Decke, dann an die Wand, bis er sich im Vorhang verfing. Dort krallte er sich fest.

Sie schrie noch einmal, schrill, voller Entsetzen. Der Vogel flatterte weiter.

Wieder schrie sie.

Flügelschlagend irrte das Tier durch das Zimmer. Coralie wankte in den Flur hinaus und schlug hinter sich die Tür zu.

Sie schüttelte sich, zitterte.

Nur ganz allmählich konnte sie sich wieder beruhigen.

Es war doch nur ein Vogel. Noch einmal musste sie sich schütteln. Er hatte sie im Gesicht berührt.

Ruhig, dachte sie, ganz ruhig, sicherlich war er zum Fenster hereingekommen.

Aber hatte sie nicht das Fenster geschlossen, kurz bevor sie zur Arbeit gegangen war? Das tat sie doch immer.

Hinter der Tür flatterte es, heftig, wild, wie irr.

Sie musste da wieder rein, sich ein Herz fassen und das Tier verjagen.

Lange Zeit stand sie einfach da, zu keiner Regung fähig.

Schließlich gab sie sich einen Ruck und holte aus der Küche ein Handtuch.

Wie eine Waffe hielt sie es vor sich ausgestreckt, als sie sich langsam wieder der Schlafzimmertür näherte.

Bloß ein Vogel, dachte sie, ein kleiner Vogel mit rotem Gefieder auf dem Bauch.

So einen hatte sie in ihrer Straße noch nie gesehen.

Ihr Atem stockte.

Es waren nur noch zwei Schritte bis zur Tür.

Obwohl es noch früh genug war, im Supermarkt einzukaufen, ging Trojan aus alter Gewohnheit in den Spätverkauf an der Ecke Forster Straße, schnappte sich eine Packung Spaghetti, eine Dose passierte Tomaten und klemmte sich drei Flaschen Bier unter die Arme.

An der Kasse hockte wie immer Cem in seinem grauen Kittel, und wie üblich plärrte ein türkisches Programm aus seinem kleinen Fernseher.

»Alles klar, Chef?«

Das war die Standardbegrüßung für seine Stammkunden, Trojan hatte sie schon an die tausend Mal gehört.

»Alles klar. Und bei dir?«

»Muss, muss.«

Trojan legte ihm das Geld hin, Cem betätigte die Kasse.

»Arbeit, weißt du, immer Arbeit.«

»Nimmst du dir nicht auch mal frei, Cem?«

»Kann nicht freinehmen, weißt du, Chef, muss arbeiten. Arbeiten ist wichtig. Schau dir meine Söhne an, sitzen immer nur rum, haben dummes Zeug im Kopf, immer Frauen oder neues Handy, und wenn ich sage, sie sollen im Geschäft helfen, schütteln sie bloß den Kopf, ich bin zu gutmütig, Chef, weißt du.«

Trojan verstaute seine Einkäufe im Rucksack, nickte ihm zu und verließ den Laden.

Er schob sein Rad am Landwehrkanal entlang, sah eine Zeit lang den Boulespielern zu, dann streckte er sich auf einer Wiese aus und genoss die letzten Sonnenstrahlen. Schließlich war sein Hunger so groß, dass er heimfuhr.

Im Treppenhaus blieb er kurz vor Doros Tür stehen, zögerte, dann stieg er weiter bis in den vierten Stock hinauf.

Es war still in seiner Wohnung, zu still. Er warf sich seufzend auf Emilys Bett. Er sollte seine Tochter anrufen, mit ihr ein Treffen ausmachen, beim letzten Mal hatte er sie wegen einer dringenden Festnahme in einem Mordfall versetzen müssen. Er wusste, dass sie das gekränkt hatte, und ihre Mutter war auch nicht gerade begeistert gewesen.

In der Küche füllte er den Topf mit Wasser, stellte ihn auf den Herd, öffnete das erste Bier und nahm einen großen Schluck aus der Flasche.

»Kopf hoch, alter Junge«, sprach er zu sich selbst, als er die Spaghettipackung aufriss.

Dann zündete er die Kerze auf dem Küchentisch an, um ja nicht wieder vorm Fernseher zu essen.

Der Vogel hockte auf dem Teppich. Sie bemerkte die Kotspuren überall. Als sie sich näherte, ruckte er verstört mit dem Kopf, sie sprach leise zu ihm, mehr um sich selbst zu beruhigen. Plötzlich flatterte er wieder auf, es war dieses hektische Flügelschlagen, das sie am meisten ängstigte. Sie eilte zum Fenster und riss es auf.

Mit dem Handtuch nach ihm schlagend versuchte sie den Vogel ins Freie zu treiben. Der aber prallte gegen die Wand und segelte hinunter auf ihr Bett. Voller Ekel sah sie, wie er seinen Kot auch auf ihr Kissen fallen ließ.

»Hau ab, hau endlich ab«, zischte sie und fuchtelte mit dem Handtuch in der Luft herum.

Er flog direkt auf sie zu, sie duckte sich mit einem Aufschrei weg. Er flatterte durchs Zimmer und landete auf der Vorhangstange.

»Weg, weg«, keuchte sie und holte mit dem Handtuch aus. Und wieder musste sie sein Flügelschlagen ertragen, dieses fächernde, fauchende Geräusch, seine panischen Fluchtversuche, das Sirren über ihrem Kopf.

Schließlich hockte das Tier auf dem Fensterrahmen.

»Gut, gut«, flüsterte sie, »da hinaus, da.«

Sie wedelte mit dem Tuch.

Der Vogel zuckte mit dem Kopf.

»Na los doch.«

Er machte sich ganz klein. Sie trat näher. Wenn er nur nicht wieder in die falsche Richtung floh.

»Weg.«

Ein letzter Schlag mit dem Tuch, und endlich entwich er ins Freie.

Geschafft.

Coralie schloss hastig das Fenster.

Sie atmete schwer, stieß unartikulierte Laute aus, als sie mit einem Mal erstarrte.

Das Fenster war ja bereits geschlossen gewesen, als sie das Zimmer betreten hatte. Wie also sollte der Vogel hereingekommen sein?

Sie spürte, wie ihr das Blut aus dem Kopf wich, für einen Moment war sie einer Ohnmacht nah. Sie presste die Augen zu und kämpfte gegen den Schwindel an.

Dann eilte sie durch ihre Wohnung und überprüfte jeden Fenstergriff.

Sie schnaufte. Alle Fenster waren verschlossen.

Ruhig, ruhig, dachte sie, sicherlich gab es eine vernünftige Erklärung. Irgendwo musste der Vogel ja eingedrungen sein. Aber wo?

Ein Irrtum, sie musste wohl die Nerven verloren haben.

Doch der Zweifel ließ sie nicht mehr los.

Noch lange stand er unten auf der Straße und schaute zu ihrem Fenster hinauf. Erst als sie die Vorhänge zuzog und ihm den Blick versperrte, wandte er sich zum Gehen.

Er musste lächeln.

Ihr irrer Tanz mit dem Vogel hatte ihm gefallen.

Nur schade, dass er schon vorüber war.

Aber er könnte sich noch die ganze Nacht daran weiden, die Szene immer wieder vor sein inneres Auge rufen.

Und alles, was er noch mit ihr vorhatte.

## ZWEI

Trojan saß im Wartezimmer und schaute auf das Bild an der Wand. Da waren Farben, ineinander verschlungen, Schleifen, Schlingen, ein leises Schwingen wie von einer Musik, er glaubte tatsächlich, die Farbtöne hören zu können, dunkle Klänge, warm und schön.

Er versuchte sich zu entspannen.

Er wischte seine rechte Hand am Hosenbein ab, wenn er sie Jana Michels zur Begrüßung reichte, sollte sie unbedingt trocken sein. Ihm war diese Nervosität unangenehm, sie überfiel ihn jedes Mal einige Zeit vor der Sitzung, schon auf dem Weg hierher. Hereingelassen hatte ihn ihr etwas verhuscht wirkender Kollege. Der öffnete auch in diesem Moment die Tür zur Praxis und bat eine Patientin herein.

Trojan wandte den Kopf ab, er wollte hier nicht gesehen werden. Die beiden verschwanden im Nebenraum, er musste noch warten.

Dann kam sie endlich. Er erkannte ihre Schritte im Flur, da stand sie schon freundlich lächelnd vor ihm.

»Hallo, Herr Trojan.«

»Hallo.«

Er stand auf und gab ihr die Hand.

Sie sah umwerfend aus, trug etwas Rotes und Erdfarbenes, und ihre Haare waren hochgesteckt, so dass er im Vorbeigehen einen Blick auf ihren Nacken erhaschen konnte.

Sie führte ihn in das Zimmer am Ende des Ganges, er nahm in einem der beiden Ledersessel Platz, während sie sich an den Schreibtisch setzte und wie üblich etwas auf ihrem Laptop schrieb. Das dauerte eine Weile, vermutlich ein Eintrag in seine Akte, er fragte sich jedes Mal, was es sein könnte, welche Diagnose sie ihm verpasste oder ob es nicht bloß eine Methode war, um ihm die in ihrem Beruf notwendige Distanz zu demonstrieren.

In Gedanken legte er sich die einleitenden Worte zurecht, er musste ihr von der Paniknacht berichten, aber wenn er sie dort sitzen sah im vom Fenster hereinflutenden Mailicht, das ihr helles Haar zum Leuchten brachte, wollte er viel lieber über die schönen Dinge des Lebens mit ihr sprechen. Er überlegte, ob es allzu verwegen wäre, ihr vorzuschlagen, die heutige Sitzung doch einfach in ein Gartenlokal zu verlegen, das Ganze in einem scherzhaften Ton vorgetragen, der dennoch nicht die ernsthafte Absicht dahinter verbarg.

Ihr schien nicht zu entgehen, dass er sie beobachtete, denn sie begann zu schmunzeln und murmelte, ohne von ihrem Bildschirm aufzublicken: »Ich bin gleich ganz bei Ihnen, Herr Trojan.«

Er schluckte.

So leicht war er also zu durchschauen.

Dann stand sie auf und strich sich ihren Rock glatt, er registrierte, dass er sehr knapp saß. Wie viele Männer kamen eigentlich am Tag zu ihr? Womöglich mehr Männer als Frauen, einsame Gestalten, die ihr äußerst intime Geheimnisse anvertrauten.

Sie setzte sich zu ihm, zwischen ihnen war nur noch das kleine Tischchen, auf dem die Box mit den Taschentüchern bereitstand. Zum Glück waren ihm in ihrem Beisein noch nie die Tränen gekommen. Neben der Box befand sich die kleine digitale Uhr, die Vorderseite stets von ihm abgewandt. Manchmal warf Jana Michels kurze Blicke darauf, ihnen blieb ja bloß eine Dreiviertelstunde in der Woche, und am Ende sprach sie den immer gleichen Satz: »Wir müssen für heute leider Schluss machen, Herr Trojan«, zumeist dann, wenn er sich gerade erst warm geredet hatte.

Sie lächelte ihm aufmunternd zu, und er wischte sich noch einmal die Hände an den Hosenbeinen ab, bis ihm in den Sinn kam, wie unsouverän das wirken könnte, also verschränkte er die Arme vor der Brust, ließ sie aber gleich darauf wieder sinken, er musste auf seine Körpersprache achten, einer Psychologin entging so etwas nicht.

Er wollte etwas sagen, doch dann versagte ihm die Stimme. Lange saß er einfach nur schweigend da.

Jana Michels wartete.

Er konnte ihren Atem hören, so still war es im Zimmer.

Schließlich begann er stockend und kaum hörbar zu sprechen: »Ich schrecke immer noch nachts hoch und habe das Gefühl, mein Herz bleibt stehen. Das dauert manchmal Stunden.«

»Wovor haben Sie Angst, Herr Trojan?«

»Es muss ein Ende nehmen. Diese Nächte –«

»Wovor haben Sie Angst?«

»Ich halte das nicht mehr aus. Da ist ein Traum, der

kommt immer wieder. Ich muss ein Menschenleben retten, aber ich schaffe es nicht.«

»Fühlen Sie sich überfordert in Ihrem Beruf?«

»Keine Ahnung.«

»Würden Sie gern etwas anderes machen?«

»Ich bin dreiundvierzig.«

»Und?«

»Es ist zu spät.«

»Sagen Sie das nicht.«

»Doch.«

»Wenn Sie frei wählen könnten.«

»Ich bin Bulle, und ich werde immer Bulle bleiben.«

»Erzählen Sie mir von diesem Traum. Was genau passiert da?«

Er sah sie an. In dem Moment wusste er, wer die Frau war, die auf dem Bett gehockt hatte, die Waffe an der Schläfe.

Die Frau, die er nicht retten konnte: Sie saß ihm gegenüber.

Der Tag war nicht ihr bester gewesen. Ihr Chef hatte sie kritisiert, weil sie eine wichtige Powerpoint-Präsentation an falscher Stelle abgespeichert hatte, so dass sie sie erst nach langem Suchen für ihn parat hatte, und zu allem Überfluss taten ihr seit Stunden Rücken und Glieder weh, so als würde sie krank werden, und das konnte sie sich nun wirklich nicht leisten.

Am Abend zuvor hatte sie verzweifelt versucht, mit Achim zu telefonieren, doch immer nur die Mailbox erreicht. Natürlich fragte sie sich, was er so spät noch trieb in

London. Vielleicht saß er ja mit ein paar Kommilitonen im Pub zusammen, doch schon stellte sich die Frage, ob nicht auch Frauen dabei waren. Schlimmer noch, nur eine, mit der er sich allein traf. Konnte sie ihm denn nicht vertrauen? Um halb zwölf hatte sie es aufgegeben.

In der SMS, die sie am nächsten Morgen von ihm erhielt, vermisste sie die Erklärung, wo er gewesen war, und dann dieser Tag im Büro. Heute Abend müsste er anrufen und sich bei ihr entschuldigen, so viel stand für sie fest.

Die Menschen in der U-Bahn saßen dicht gedrängt, ihr Banknachbar verströmte einen unangenehmen Schweißgeruch. Sie wollte sich ein Auto kaufen, wenn sie nur genug Geld zusammengespart hatte, einen Mini vielleicht, Minis fand sie chic, dann wäre endlich Schluss mit diesem U-Bahnfahren. Der Typ ihr gegenüber warf ihr unzweideutige Blicke zu. Sie strich ihren Rock zurecht. Sie schwitzte ja selbst, nicht dass es ihr eigener Geruch war, nein, das war nicht möglich, sie hatte doch immer ein Deo dabei, selbst bei der Arbeit benutzte sie es.

Und überhaupt, dass ihr Chef auch noch bemängelt hatte, sie würde zu oft Pausen einlegen.

Nur noch eine Station, dann könnte sie aussteigen. Sofort musste sie wieder an den Vogel denken, es war doch äußerst rätselhaft, wie er sich in die Wohnung verirrt hatte. Achim hätte sie vor dem Einschlafen trösten müssen, ausgerechnet an diesem Abend war er nicht für sie da. Heute Morgen hatte sie extra alle Fenster überprüft und war sogar noch einmal auf der Treppe umgekehrt, um sicherzustellen, dass sie auch wirklich die Wohnungstür verschlossen hatte.

Nein, sie war kein ängstlicher Mensch, aber in der Nacht

hatte sie doch entsetzlich schlecht geschlafen und war von Alpträumen heimgesucht worden, in denen dieses Tier immer wieder um ihren Kopf herumgeflattert war und sie im Gesicht berührt hatte. Noch jetzt schüttelte es sie, wenn sie daran dachte.

Am Schlesischen Tor verließ sie die Hochbahn und drückte sich an den Schnorrern im Aufgang vorbei.

»Fahrschein übrig, Fahrschein übrig?«, raunten sie wie im Chor. Einer von ihnen, abgerissen und ausgemergelt, sicher ein Junkie, taumelte ihr entgegen, so dass sie beinahe mit ihm zusammengeprallt wäre.

Sie zog die Schultern hoch, hastete über die Fahrbahn, umkurvte die Passanten und wandte sich nach links. Kurz darauf hatte sie die Wrangelstraße erreicht und schloss die Haustür auf.

Erst nachdem sie einmal durch alle Räume geschritten war, konnte sie sich beruhigen. Alles schien an seinem rechten Platz zu sein.

Coralie atmete auf. Jetzt brauchte sie dringend eine Dusche. Aus alter Gewohnheit ließ sie die Badezimmertür offen stehen, als sie sich entkleidete.

Endlich befand sie sich in der Wanne, und das heiße Wasser prasselte auf sie herab. Allmählich entspannten sich ihre Muskeln.

Sie seifte sich ein und begann leise vor sich hin zu summen.

Plötzlich verstummte sie. Ob wohl gerade ihr Telefon geläutet hatte? War das Achim?

Sie stellte das Wasser ab und lauschte. Aber da war nichts, also drehte sie die Hähne wieder auf.

Coralie schloss die Augen und massierte sich mit dem Brausestrahl.

»Und wie geht es Ihrem Vater?«

Die Stunde war vorbei, er schüttelte ihre Hand. Er bemerkte, wie sie leicht errötete. Das gefiel ihm.

»Besser, danke«, antwortete sie.

»Ist das nicht erlaubt?«

»Was meinen Sie?«

»Sie als Psychologin müssen darauf achten –«

Sie lachte verlegen. »– dass ich die Distanz wahre, den Patienten nach Möglichkeit nichts aus meinem Privatleben verrate?«

Er nickte, lächelte schwach.

»Sie haben recht«, sagte sie ernst. »Das gehört nicht hierher.«

Jetzt sag es, durchfuhr es ihn. Das ist doch das Einfachste von der Welt. Sag: Nicht hierher, aber bei einem Kaffee vielleicht, irgendwo anders, dürften Sie mir da mehr von sich erzählen?

Sie sah ihn prüfend an.

Er schwieg. Sie holte tief Luft.

»Gut. Also dann –«

Er griff nach der Türklinke.

»Auf Wiedersehen«, murmelte er.

Für einen Moment spürte er noch ihren Blick im Rücken, dann verließ er mit gesenktem Kopf die Praxis.

Während er auf dem Fahrrad nach Hause fuhr, schimpfte er sich einen Idioten. Da hatte er nun beschlossen, Ordnung in sein Leben zu bringen, und sie versuchte, ihm auf professionelle Art dabei zu helfen. Er aber vergrößerte nur das Chaos, indem er sie für die einzige Frau auf der Welt hielt, die ihn wirklich verstand.

Achtung, Psychofalle, dachte er.

Sie musste ihn davor warnen, noch distanzierter zu ihm sein. In was für ein Dilemma brachte er sie nur.

Und was wäre, wenn er sie außerhalb der Therapie kennengelernt hätte? Oder führte dieser Gedanke auch bloß in die Irre?

Er trat noch heftiger in die Pedale.

Jana Michels war der Meinung, dass er die Trennung von Friederike, der Mutter seiner Tochter, noch immer nicht verwunden hatte. Dabei lag das doch alles schon so weit zurück.

Er wusste, dass Emily immer noch die leise Hoffnung hegte, er würde eines Tages wieder mit Friederike zusammenkommen. Oder war das auch für sie längst nur noch eine Illusion? Als junges Mädchen hatte sie ihn mit Fragen gelöchert, warum sie sich denn getrennt hätten. Und das war nicht so leicht zu beantworten, Tatsache war, dass Friederike eine Affäre mit einem jüngeren Mitarbeiter angefangen hatte, aber das konnte er seiner Tochter damals noch nicht erklären, mittlerweile schien sie es zu wissen.

Niemals den Expartner schlechtmachen vor dem Kind, das war doch die Regel Nummer eins in Trennungsfällen.

Er wollte auch nichts Böses über Friederike sagen. Im Grunde war die Trennung noch immer ein Rätsel für ihn.

Vielleicht hatten sie sich einfach auseinandergelebt, zumindest würde er es mit dieser Antwort versuchen, wenn ihn Emily heute fragen würde. Auch sein Beruf spielte wohl eine Rolle, als Kriminalkommissar hatte er sich oft wie ein Fremdkörper in den Kreisen gefühlt, in denen Friederike verkehrte, die schöne, kluge Friederike mit den wohlhabenden Eltern, die sie stets unterstützten, die erfolgreiche Friederike in ihrer angesehenen Buchhandlung für Kunst, Fotografie, Architektur und Urbanes Leben.

Seine künstlerischen Ambitionen waren ja früh gescheitert, obwohl sie ihn das nie hatte spüren lassen.

Seine Zeit auf der Schauspielschule, die zwei wenig glorreichen Anfängerjahre am Theater in der niedersächsischen Provinz – all das lag für ihn so weit zurück. Es erschien ihm wie ein verworrener fiebriger Traum.

Ergreife einen vernünftigen Beruf, hatte sein Vater immer zu ihm gesagt.

War das nun so vernünftig, Verbrecher zu jagen?

Damals, als er mit seiner Jugendliebe Friederike noch Hand in Hand über den Schulhof spaziert war, existierte diese Frage nicht für ihn.

Das Leben war so leicht und verlockend gewesen, und hieß es nicht immer, die erste Liebe sei die prägende?

Wie gern würde er sich Jana Michels als freier, greifbarer Mann präsentieren.

Doch er war ja nur ihr Patient. Jemand, der nachts vor Angst beinahe den Verstand verlor.

Eine Bulle durfte nicht diese Angst haben.

»Das stimmt nicht«, sagte sie ihm immer wieder. »Sie dürfen Angst haben. Lassen Sie es zu.«

Was aber wäre, wenn er in einem Einsatz eine Panikattacke bekommen würde?

Er hatte sich das schon so oft vorgestellt: Er wurde mit

einem Kollegen zu einem Tatort gerufen, jemand war in Gefahr, sie sprangen in den Wagen, er fuhr los, der Kollege setzte das Blaulicht aufs Dach, die Zeit war knapp, er trat das Gaspedal durch, aber dann geschah es: zuerst die Atemnot, dann der Schweißausbruch, schließlich der Schwindel und das Gefühl, sterben zu müssen.

Eine Beklemmung in der Brust, die Angst vor einem Infarkt, die entsetzten Blicke seines Kollegen.

Manchmal malte er sich das alles schon auf dem Weg zur Arbeit aus.

Und es verfolgte ihn in seinen Träumen.

Wenn er diese Angst nur endlich besiegen könnte.

Er stellte sein Rad im Hof ab und stapfte die Treppen hoch. Wie ferngesteuert blieb er vor Doros Tür stehen, schon war sein Finger auf dem Klingelknopf, und ehe er es sich versah, wurde geöffnet.

Da stand sie vor ihm.

»Sieh an, der Bulle kratzt mal wieder an der Tür.«

»Darf ich reinkommen?«

Sie zog die Augenbrauen hoch. Schließlich nickte sie, und er trat ein.

»Willst du ein Bier?«, fragte sie.

Er nahm dankbar an.

Kurz darauf hockten sie auf ihrem Sofa, und Doro schlug die Beine unter. Sie trug bloß ein überlanges T-Shirt, war wohl gerade unter der Dusche hervorgekommen, der Duft ihrer Haut erinnerte ihn seltsamerweise an Pistazieneis, was durchaus angenehm war. Seine Hand lag auf der Rückenlehne, da begannen seine Finger mit einer Haarsträhne von ihr zu spielen.

»Hättest dich ja mal früher bei mir melden können.«

»Ich weiß, Doro, ich weiß.«

Er nahm einen großen Schluck von seinem Bier.

»Wie läuft es an der Uni?«

Sie lachte.

»Wird Zeit, dass ich zum Ende komme.«

Doro war neunundzwanzig und noch immer Studentin der Kulturwissenschaft. Trojan fand es zum Teil interessant, zum Teil äußerst verwirrend, womit sie sich dort so intensiv beschäftigte.

»Geht es noch immer um ›Die Simpsons‹?«

»Unter anderem, ja.«

»Ich finde Homer Simpson ja witzig, aber –«

»Ich hab dir doch schon zu erklären versucht, dass diese Serie einiges über unseren postmodernen Alltag aussagt.« Sie grinste ihn an. »Und was tut sich auf dem kriminellen Sektor?«

»Zurzeit ist alles verdächtig ruhig.«

Sie rückte ein Stück näher und kuschelte sich in seinen Arm.

»Wo hast du so lange gesteckt?«

»War ein bisschen zerstreut, du weißt schon, das Übliche.«

»Gib mir ’nen Kuss.«

Er wusste, dass es albern war, sich noch länger über ihr ungeklärtes Verhältnis den Kopf zu zerbrechen, also küsste er sie.

Sie fingerte an seiner Gürtelschnalle, und Trojan seufzte. Er wünschte sich manchmal ihre unkomplizierte Art, an die Dinge heranzugehen. Ihre Affäre hatte begonnen, als Emily gerade bei ihm eingezogen war. Er hatte versucht, es vor ihr zu verheimlichen, doch da sie nun mal Nachbarn waren, ließ sich das nicht allzu lange bewerkstelligen. Als sich zu seiner Überraschung herausstellte, dass sich die beiden äußerst gut verstanden, befürchtete er, Emily könnte in Doro eine Art große Schwester sehen, und welche Rolle würde er dann in diesem Trio spielen? Doro lachte ihn nur aus, wenn er ihr etwas von seiner Konfusion mitzuteilen versuchte, also ließ er es lieber bleiben.

Er hatte eh den Verdacht, dass es da noch jemanden gab, mit dem sie gelegentlich das Bett teilte, was die Sache nicht unbedingt einfacher machte.

Er küsste ihren Hals, und sie rutschte tiefer.

Trojan schloss die Augen. Für einen Moment stellte er sich vor, mit der Psychologin auf dem Sofa zu liegen, ein Gedanke, für den er sich umgehend schämte.

Wie ertappt hielt er inne.

»Hör auf zu grübeln, Bulle«, murmelte Doro mit dem Anflug eines Lächelns, nahm seine Hände und führte sie unter ihr T-Shirt.

Coralie stand im Bademantel vorm Herd und rührte in der Pfanne. Das Gemüse war fast gar. Sie entkorkte eine Flasche Wein, schenkte sich ein und nahm einen Schluck. Sie hatte beschlossen, es sich im Schlafzimmer gemütlich zu machen und dort auf Achims Anruf zu warten.

Sie überprüfte noch einmal ihr Handy, doch auf dem Display wurde keine Nachricht angezeigt.

Schließlich drehte sie den Herd aus und häufte das Gemüse auf den Teller. Sie nahm die Flasche und das Glas und brachte beides ins Schlafzimmer. Sie ging noch einmal zurück in die Küche, um das Abendessen zu holen.

In der einen Hand hielt sie den Teller, mit der anderen griff sie nach der Fernbedienung und schaltete den Fernseher ein. Dann schlug sie die Bettdecke zurück.

Vor Entsetzen ließ sie den Teller fallen und schrie auf.

In ihrem Bett lag ein Vogel.

Blutverschmiert, zerfetzt, ausgeweidet.

Und er hatte keine Federn mehr.

Coralie taumelte zurück.

In diesem Moment wurde ihr bewusst, dass sie nicht allein in der Wohnung war. Ihr ganzer Körper verkrampfte sich, sie ballte die Fäuste und wich langsam zurück.

Sie trat in die Porzellanscherben, in den Brei aus Gemüse und Reis. Sie begann zu wimmern, stolperte.

Dann starrte sie zum Vorhang. Jetzt wusste sie es. Dahinter war etwas, es hatte auf sie gelauert, die ganze Zeit.

Ihr Atem stockte.

Ihr Mund weitete sich zu einem Schrei.

Doch sie brachte keinen Ton heraus.

Da glitt der Vorhang zurück, und Coralie wurde kurzzeitig schwarz vor Augen.

Sie wehrte sich gegen die Ohnmacht, sie musste sich wehren.

Das Zimmer drehte sich um sie herum. Ich muss hier raus, durchfuhr es sie.

Sie verlor den Boden unter den Füßen.

»Nein«, wimmerte sie, »nein.«

# DREI

Achims Hand zitterte. Immer wieder betätigte er die Wahlwiederholungstaste auf seinem Handy, aber Maja hob nicht ab. Vor drei Stunden hatte er sie gebeten, in der Wohnung von Coralie nach dem Rechten zu sehen.

Zwei Abende lang hatte er Coralie nicht erreichen können, am ersten hatte er noch vermutet, sie sei verärgert, weil er sich in der Nacht zuvor nicht mehr gemeldet hatte, das war die durchzechte Nacht mit seinem Kumpel Wayne gewesen. Als aber am zweiten Abend nach dem fünfzehnten Rufton wieder nur die Mailbox ansprang, steigerte sich seine Unruhe. Er hatte versucht, ihre Freundin Maja zu erreichen, aber die war auch nicht da. Er versuchte es noch unzählige Male bei Coralie, mal auf dem Festnetz, mal auf dem Handy, aber nur die Anrufbeantworter meldeten sich. Er hinterließ unzählige Nachrichten.

Am nächsten Morgen rief er in ihrem Büro an, wo man ihm schmallippig verkündete, Coralie Schendel sei seit zwei Tagen unentschuldigt der Arbeit ferngeblieben und auch heute noch nicht eingetroffen. Ja, man habe natürlich versucht, sie telefonisch zu erreichen, aber vergebens.

Das war der Augenblick, da Achim in Panik geriet. Er wollte auf der Stelle die Polizei in Berlin alarmieren, doch dann versuchte er es zunächst noch einmal bei Maja, denn er wusste, dass sie wie er selbst einen Schlüssel zu Coralies Wohnung besaß. Maja hob endlich ab und hörte ihn an. Sie bemühte sich, ihn ein wenig zu beruhigen, und versprach, sofort bei Coralie vorbeizuschauen.

Vielleicht war Coralie ja einfach nur furchtbar krank und zu schwach, ans Telefon zu gehen, obwohl ihm sein Gefühl sagte, dass diese Annahme eher unwahrscheinlich war.

Und das war vor drei Stunden gewesen, aber sie rief einfach nicht zurück.

Vor lauter Verzweiflung probierte er es noch einmal auf Coralies Handy. Diesmal schaltete sich auf Anhieb die Mailbox ein, er vernahm ihre vertraute Stimme, die fröhlich um eine Nachricht bat.

Achim war außer sich. Kurz zuvor waren doch noch die fünfzehn Ruftöne zu hören gewesen, was war da nur los? Vielleicht hatte gerade jetzt ihr Akku versagt, das wäre nicht weiter verwunderlich nach den vielen Anrufen von ihm.

Aber wo war Coralie? Was um alles in der Welt war nur passiert?

Es half nichts, er musste noch heute nach Berlin fliegen. Er fuhr seinen Computer hoch, checkte zum wiederholten Mal seine E-Mails, aber sie hatte auch hier keine Nachricht hinterlassen. Er klickte sich auf die Flugseite, und in dem Moment schrillte sein Handy.

Er sprang auf. Auf dem Display erkannte er, dass es Maja war. Hastig drückte er auf die grüne Taste.

»Ja?«

»Achim?«

Es klang, als sei sie unendlich weit weg. Nicht in Berlin, sondern irgendwo am Ende der Welt, hoffnungslos verloren.

»Ja doch.«

»Achim, es –«

Ihre Stimme war tränenerstickt.

»Entschuldige, dass ich mich erst so spät melde. Es ist – es ist –«

»Was denn, um Himmels willen, nun sag schon!«

Er schrie ins Telefon.

Maja holte tief Luft.

»Du musst kommen. Es ist schrecklich.«

»Was?«, schrie er. »Was ist passiert?«

Dann hörte er sie nur noch schluchzen.

Kolpert war bleich im Gesicht.

»Es ist ein entsetzlicher Anblick.«

»Ist Semmler schon da?«

Er nickte.

Trojan biss sich auf die Lippen und sah kurz zu Gerber hin, der mit ihm gefahren war.

Gerber versuchte es mit einer Grimasse.

»Also los«, sagte Trojan leise.

Zu dritt betraten sie den Raum. Dort hatten sich Semmler und die Kollegen von der Kriminaltechnik versammelt.

Die junge Frau lag nackt auf ihrem Bett, ihre Arme waren nach oben gerichtet, die Beine verdreht. Jemand hatte ihr die Augen ausgestochen, dunkel klafften Höhlen auf, wo einmal ihr Augenlicht gewesen war, verkrustetes Blut klebte auf ihren Wangen. Auf ihrem Bauch befand sich eine tiefe kreisförmige Schnittwunde, genau in der Mitte davon lag, wie aufgebahrt, ein federloser, ausgeweideter Vogel mit gebrochenen Flügeln.

Trojan schluckte. Er hörte den schweren Atem von Gerber neben sich. Sein erster Impuls war, den Raum fluchtartig zu verlassen, aber dann stieß er die Luft aus und richtete seinen Blick wieder auf die Tote.

Ihr Kopf war beinahe kahl, übersät von unzähligen Schnittverletzungen, vereinzelte Haarbüschel, stoppelig kurz und blutverschmiert, standen in alle Richtungen ab, oberhalb der linken Schläfe hing die Kopfhaut halb herunter, als habe jemand versucht, die junge Frau zu skalpieren. Über ihren gesamten Körper verteilt waren blutige Streifen, immer zwei nebeneinander.

Trojan kämpfte gegen die Übelkeit an.

Er versuchte sich verzweifelt vorzustellen, das Ganze sei längst zu einem Bild gefroren, die Stiche, die Augenhöhlen, der kahle Kopf, der tote Vogel wie ein Ausrufezeichen in dem blutigen Kreis auf dem Bauch, als seien das nur nüchterne Details auf einem dieser Tatortfotos, die später in einer Klarsichthülle auf seinem Schreibtisch landen würden.

Was kannst du erkennen?, fragte er sich selbst, wonach sieht das hier aus?

Augen ausgestochen, Haare fehlen, ein gerupfter, ausgeweideter Vogel und dann diese Striemen.

Trojan wandte sich Semmler zu.

»Todeszeitpunkt?«

»Nach meinem ersten Eindruck vor etwa achtundvierzig Stunden.«

»Wer hat sie gefunden?«

»Eine Freundin von ihr«, antwortete Kolpert. »Sie besitzt einen Schlüssel zur Wohnung. Der Freund der Toten hat sie alarmiert. Er ist gerade im Ausland und hat sie seit zwei Tagen nicht erreichen können.«

Ein Bild, dachte Trojan, Laken und Kissen, blutdurchtränkt. Essensreste auf dem Boden, ein Teller, zerbrochen, Messer und Gabel.

»Da hat jemand gewütet«, sagte er. »Sehr, sehr lange gewütet.«

Semmler streckte die Hand nach dem Hals des Opfers aus. »Diese Verletzung scheint mir die letztlich tödliche zu sein.«

Wo die Hand des Rechtsmediziners in den Latexhandschuhen hindeutete, klaffte der Hals des Opfers auseinander.

Trojan keuchte.

Gerber schwankte leicht. »Was ist mit ihren Haaren?«

Semmler blickte auf. »Wie es aussieht, hat der Täter sie abgeschnitten und mitgenommen.«

Holbrecht und Krach trafen ebenfalls am Tatort ein.

In dem Raum wurde es immer enger. Der Fotograf von der Kriminaltechnik baute einen Scheinwerfer auf.

Stefanie Dachs, die Neue in ihrem Team, trat zu ihnen.

Ihr Gesicht verzerrte sich, als sie den Leichnam sah, kurz darauf hatte sie ihre Fassung wieder.

Trojan fiel auf, dass sie sich ihr Haar zu einem Pferdeschwanz gebunden hatte. Auf einmal fragte er sich, ob wohl die Haarfarbe des Opfers von Bedeutung war, und beugte sich über den Schädel der Leiche.

»Sie war einmal blond«, murmelte er.

Gerbers Gesichtsfarbe wechselte ins Grüne über. »Wie heißt sie eigentlich?« Er räusperte sich. »Wie hieß sie?«

Und Kolpert sagte: »Coralie Schendel, vierundzwanzig Jahre alt, Assistentin in einer Werbeagentur.«

»Der Freund im Ausland, wohnt der normalerweise hier?«, fragte Trojan.

Kolpert schüttelte den Kopf. »Hat eine eigene Wohnung.«

»Ist er unterwegs hierher?«

Kolpert nickte.

Trojan verließ das Zimmer und inspizierte die anderen Räume der Wohnung. In der Küche stand eine Pfanne auf dem Herd, darin klebten angetrocknete Gemüsereste. Im Bad war das Fenster gekippt, und ein Handtuch lag auf dem Boden. Das Wohnzimmer war aufgeräumt und sauber. Alles wirkte friedlich auf ihn. Die gemütliche kleine Wohnung einer jungen Frau, die einen Freund hat, aber nicht mit ihm zusammenlebt.

Ein Techniker untersuchte gerade das Schloss der Wohnungstür. Draußen im Treppenhaus waren uniformierte Beamte dabei, die neugierigen Hausbewohner zurückzudrängen.

Trojan winkte Kolpert zu sich heran.

»Max, du und Dennis, ihr fangt sofort mit der Befragung im Haus an. Dieses Gemetzel hier muss doch jemand gehört haben.«

Max Kolpert nickte dankbar. Auch Dennis Holbrecht schien froh zu sein, den Tatort verlassen zu dürfen.

Sie drückten sich an dem Techniker in der Tür vorbei.

»Einbruchsspuren?«, fragte Trojan ihn.

Der Techniker schüttelte den Kopf.

»Nichts. Der hatte entweder einen Schlüssel, oder das Opfer hat ihn hereingelassen.«

»Habt ihr schon die Fenster untersucht?«

»Bisher noch nicht. Aber da die Wohnung im dritten Stock liegt, ist die Variante ja eher unwahrscheinlich.«

Trojan nickte. Darauf ging er zurück ins Schlafzimmer.

Gerber stand noch immer am Bett der Toten.

»Was ist dein erster Eindruck?«, fragte Trojan ihn leise.

Ronnie schluckte.

»Mein erster –?«

Weiter kam er nicht.

Er presste sich würgend die Hand vor den Mund und wankte hinaus.

# VIER

Es war zu hell im Zimmer. Längst war der Morgen angebrochen, warf höhnisch lächelnde Sonnenstrahlen durch den Spalt im Vorhang, die ihn blendeten. Ihm wurde bewusst, dass er schon seit Stunden wach lag. Er zog die Decke über den Kopf. Er wollte nichts mehr mitkriegen von dem Lärm dort draußen, nicht mehr teilhaben an dem Gewimmel der Menschen in dieser Stadt. Es gab zu viele von ihnen.

Er krümmte sich zusammen und zählte seine Atemzüge, er kam bis dreihundertneununddreißig, doch dann wurde die Luft zu knapp. Mit einem Seufzen stieß er die Bettdecke weg.

Er schlüpfte in seinen Morgenmantel, zog die Vorhänge auf, dann kochte er Kaffee. Er setzte sich an den Küchentisch und nippte an seiner Tasse. Schließlich zwang er sich, etwas zu essen, er beschmierte eine Scheibe Brot mit Margarine und strich Marmelade darauf. Lustlos begann er zu kauen, es schmeckte ihm nicht. Er schnüffelte an seinem Pyjama, er machte einen leichten Schweißgeruch aus, und das durfte nicht sein, also zog er sich nackt aus und schlurfte ins Bad.

Lange stand er unter der Dusche, am liebsten hätte er sich am Boden zusammengekauert, er wusste selbst nicht, woher diese Traurigkeit kam.

Er überlegte, welcher Tag heute war, es musste wohl ein Samstag sein, wenn er sich nicht täuschte. Samstag, dieser kreischend fröhliche Familientag, man ging einkaufen für die ganze Familie und plante den Wochenendausflug.

Er hatte keine Familie, würde keinen Ausflug unternehmen, viele Stunden galt es totzuschlagen.

Er stellte das Wasser ab und zog sich an. Wählte ein frisches Hemd und eine neue Hose. Man durfte sich nicht gehen lassen.

Danach setzte er sich wieder in die Küche und schaute zum Fenster hinaus. Wenn er den Kopf verrenkte, konnte er über dem Dach vom Hinterhaus einen Fetzen Himmel erkennen.

Genau in diesem Fetzen kreiste ein Vogel, hoch oben, die Schwingen ausgebreitet, wie ein Bussard. Gab es Raubvögel in der Stadt?

Er musste die Augen zusammenkneifen, um besser sehen zu können. Manchmal flimmerte es in seinem Blickfeld, das machte ihm Angst. Vielleicht war das der Vorbote einer bösen Krankheit.

Lange Zeit hockte er da, den Kopf in den Nacken gelegt, in den kleinen Ausschnitt vom Himmel starrend.

Da klingelte es an seiner Tür.

Er erschrak.

Besuch?

Das musste ein Irrtum sein. Er bekam doch niemals Besuch.

Reklame, dachte er, diese Werbefritzen, die ihre Zettel durchstecken.

Es klingelte ein zweites Mal.

Nach einigem Zögern erhob er sich. Er blickte durch den Türspion und stellte fest, dass der Besuch bereits im Treppenhaus war.

Er öffnete. Vor ihm stand ein Mädchen, es mochte etwa zehn Jahre alt sein. Das Erste, was ihm an ihr auffiel, war ihr schönes, dichtes blondes Haar, dann die wachen blauen Augen.

Sie hielt eine Postkarte in der Hand und schaute ihn fragend an.

Er straffte seine Schultern, man hatte ihn oft wegen seiner schlechten Haltung kritisiert. Er reckte auch das Kinn, denn seine geringe Körpergröße war ihm nicht selten als Handikap erschienen.

Er fand das Mädchen hübsch, und mit einem bewundernden Blick registrierte er, dass sie ein schönes Kleid trug, eines für die besonderen Anlässe, das Samstag-Sonntag-Kleid.

Er wartete darauf, dass sie etwas sagte, aber sie sah ihn nur an, und schließlich räusperte er sich und fragte: »Ja, bitte?«

Es war mehr ein Krächzen. Mit Sicherheit waren es die ersten Worte, die er seit Tagen gesprochen hatte, er war aus der Übung, man musste öfter sprechen, um die Stimme geschmeidig zu halten. Es gab Menschen, die sprachen am Tag vielleicht an die hunderttausend Wörter, er hatte bestimmt in seinem ganzen Leben noch nicht so viele von sich gegeben, keine langen Sätze, keine munteren Wortkaskaden.

Endlich holte das Mädchen tief Luft, wedelte mit der Postkarte in ihrer Hand und fragte: »Wohnt hier nicht Paula?«

Er war verblüfft.

Natürlich wohnte hier keine Paula, der einzige Mensch, der in diesen vier Wänden lebte, war er selbst, und das war traurig genug, aber das Mädchen sah so entzückend aus, dass er nachfragen musste: »Paula?«

»Paula, ja. Sie feiert heute ihren Geburtstag.« Wieder wedelte sie mit der Postkarte in ihrer Hand. »Das ist ihre Einladung.«

»Oh.«

Er hörte seiner eigenen Stimme zu. Das Krächzen war weg.

»Oh«, sagte er gleich noch einmal. »Paula.«

Sie runzelte die Stirn.

Er kratzte sich am Kopf.

Sie schwiegen eine Weile. Im Treppenhaus war es sehr still, niemand schien mehr auf dieser Welt zu sein, nur das Mädchen, das zu Paula wollte, weil Paula doch Geburtstag hatte, und er selbst.

»Paula, natürlich«, sagte er. »Komm doch rein.«

Er registrierte ihr Stirnrunzeln, ein langes Zögern.

Umso überraschter war er, als sie den Fuß über die Türschwelle setzte.

»Nils, kannst du noch einen Augenblick bleiben?«

Stuhlbeine scharrten auf dem Linoleum. Die Mitarbeiter der Fünften Mordkommission verließen nacheinander den Konferenzraum. Zwei Stunden lang hatten sie ihre Ergebnisse zusammengetragen. Seit der Entdeckung der Leiche gestern Vormittag waren sie ununterbrochen im Einsatz.

Jetzt war es Samstagmittag. Die Stimmung war schlecht, die Ermittlungen verliefen schleppend.

Nach dem vorläufigen Bericht der Rechtsmedizin war der Tod von Coralie Schendel am Dienstagabend gegen zwanzig Uhr eingetreten. Ein Stich in die Halsschlagader, vermutlich von einem Messer mit einer Klingenlänge von mindestens dreißig Zentimetern, habe sie verbluten lassen. Es sei nicht völlig auszuschließen, dass ihr die Stiche in die Augen vorher zugefügt worden seien. Da sie nicht bis ins Großhirn gedrungen seien und damit keine vitalen Funktionen ausgeschaltet hätten, dürfte das die Qualen des Opfers noch vergrößert haben. Zudem gebe es Anzeichen für ein Sexualdelikt, nur schien der Täter ein Kondom benutzt zu haben, es fehlten jegliche Spermaspuren. Ob es zu einer Penetration post mortem gekommen sei, lasse sich nicht eindeutig klären. Spuren von Fingernägeln oder Haut konnten nicht entdeckt werden, das deutete darauf hin, dass der Täter Handschuhe getragen hatte. Außer von dem Opfer seien keine Haare aufgefunden worden, daher müsse vermutet werden, dass der Täter sich mit einer Maske geschützt hatte. Die Verletzungen auf der Kopfhaut rührten von dem Messer und einer Schere her. Die kreisrunde Wunde auf dem Bauch war dem Opfer ebenfalls mit der Schere zugefügt worden.

Die Bewohner des Hauses hatten nichts Verdächtiges gehört oder gesehen. In einer Pressemitteilung wurde die Bevölkerung um Mithilfe gebeten. Alle bisher eingetroffenen Hinweise hatten sich jedoch wie so oft in diesen Fällen als wenig nützlich erwiesen.

Ein Satz aus dem Protokoll der Rechtsmedizin hallte in Trojan besonders nach: Die paarweisen Striemen, die auf dem ganzen Körper des Opfers verteilt waren, stammten mit großer Wahrscheinlichkeit weder von dem Messer noch von der Schere, sondern von Rasierklingen.

Wörtlich hieß es: »Die Verletzungen erinnern dabei eher an Krallenhiebe, wie von einem Tier.«

Nachdem die anderen gegangen waren, setzte sich Nils zu seinem Chef Hilmar Landsberg an den Tisch. Hilmar hatte leicht beunruhigende kaltblaue Augen, er war mal wieder seit Tagen unrasiert. Aus einer völlig zerknautschten Packung fummelte er eine Zigarette hervor, das Rauchen war im Dienstgebäude eigentlich nicht gestattet, aber Hilmar scherte sich einen Dreck darum.

Er zündete sich die Kippe an und inhalierte.

»Ganz intuitiv, Nils, wie ist deine Einschätzung?«

»Fremdtäter.«

»Und was ist mit ihrem Freund?«

»Wasserdichtes Alibi. Wir haben das doch schon alles durchgekaut, selbst seine Kommilitonen in London haben wir angerufen. Zwei von ihnen bestätigen, mit ihm am Dienstagabend zusammen in seinem Zimmer im Studentenwohnheim gewesen zu sein. Sie bezeugen sogar, dass er in Sorge war, weil er Coralie Schendel nicht ans Telefon bekam. Auch die eingegangenen Anrufe auf ihrem Handy bestätigen das. Außerdem hab ich den Jungen doch selbst befragt. Der war völlig fertig.«

»Und ihre Arbeitskollegen? Ein abgewiesener Mitarbeiter vielleicht.«

»Wer weiß.«

»Er klingelt am Dienstagabend überraschend bei ihr, sie lässt ihn rein.«

»Wir knöpfen uns die Mitarbeiter noch einmal alle vor.«

»Gut. Nächste Möglichkeit: Es ist ein Wildfremder. Wie kommt der Kerl in die Wohnung?«

»Vielleicht kennt er sich mit Schlössern aus.«

»Oder sie hat ihm die Tür geöffnet.«

Trojan hob die Schultern. »Es gibt jedenfalls keine Anzeichen dafür, dass im Flur ein Kampf stattgefunden hat.«

»Also kannte sie ihn vielleicht doch.«

»Was hältst du von der Variante, dass der Täter bereits in der Wohnung war und ihr dort aufgelauert hat?«

Hilmar seufzte, blies den Rauch aus und starrte aus dem Fenster.

»Ist das nicht beängstigend?«, fragte er leise.

»Was meinst du?«

»Du kommst nach Hause und –«

»– hast das Unheil in deinen vier Wänden. Ist es das, was du meinst?«

Hilmar antwortete nicht. Sie schwiegen lange.

Plötzlich verschleierte sich Landsbergs Blick.

»Hilmar? Alles in Ordnung?«

Er fuhr sich kurz mit der Hand über die Stirn. »Ja, ja, alles bestens.«

»Wirklich?«

Hilmar stockte.

»Ach, weißt du, meine Frau –«

Er brach ab. Nils war ein wenig erstaunt. Sein Chef hatte ihm noch nie etwas aus seinem Privatleben anzuvertrauen versucht.

»Geht es ihr nicht gut?«

Landsberg nahm einige tiefe Züge, dann klappte er den silbernen Taschenaschenbecher auf, das Geburtstagsgeschenk seiner Kollegen vom letzten Jahr, und zerquetschte die Kippe darin.

»Gibt es noch etwas, was dir dein Instinkt sagt?«

Trojan verstand, dass damit der private Teil des Gesprächs beendet war.

Er rieb sich die Augen. In der Nacht hatte er sich höchstens drei Stunden auf der Klappliege in seinem Büro ausstrecken können, aber an Schlaf war nicht zu denken gewesen. All diese Bilder vom Tatort hatten ihn davon abgehalten.

Er blickte seinen Chef ernst an.

»Mein Instinkt sagt mir, dass der Täter wieder zuschlagen wird. Und zwar auf dieselbe bestialische Art.«

Aufgeregt inspizierte er seine Küchenschränke. Irgendwo musste er noch Kakao haben, zu einem Kindergeburtstag gehörte doch Kakao. Schließlich fand er eine Büchse, in der Reste von einem braunen Pulver waren. Er tupfte mit der Fingerspitze etwas davon auf und leckte daran. Ja, Kakao, süß und verführerisch. Es trieb ihm beinahe die Tränen in die Augen. Irgendwann in seinem Leben schien es eine Zeit gegeben zu haben, in der er sich von diesem Geschmack hatte verwöhnen lassen.

Er schüttete Milch in den Topf, stellte den Herd an, rührte das Kakaopulver unter und wartete, bis alles aufquoll.

Nur wenig später kam er mit der Tasse in der Hand ins Wohnzimmer, wo das Mädchen artig auf dem Sofa saß. Er reichte ihr die Tasse.

»Gibt es keinen Kuchen?«

»Kuchen?«

»Zu einem Geburtstag gehört doch auch Kuchen.«

»Kuchen, du hast recht.«

Er überlegte. Sollte er rasch zum Bäcker hinuntergehen und Kuchen kaufen?

Er entschied sich dagegen und nahm in dem Sessel Platz.

Das Mädchen nippte von dem Kakao. Dann stellte sie die Tasse ab und sah ihn fragend an.

»Wo ist Paula?«

Er antwortete nicht.

»Bist du der Vater von Paula?«

Er schüttelte den Kopf.

»Wer bist du dann?«

Nervös faltete er die Hände, öffnete sie, faltete sie wieder. Es ist ein Unrecht, dachte er. Ein Unrecht, ihr nicht die Wahrheit zu sagen.

»Hier wohnt gar keine Paula, hab ich recht?«

Er nickte zaghaft.

Sie schwiegen eine Zeit lang, dann sagte er leise: »Du weißt also gar nicht, wie es bei Paula zu Hause aussieht?«

»Ich war noch nie bei ihr eingeladen.« Sie seufzte. »Eigentlich kann ich sie überhaupt nicht leiden. Und sie mag mich, glaub ich, auch nicht besonders.« Sie nahm die Postkarte, schaute drauf und blinzelte. »Sie hat bestimmt die falsche Hausnummer aufgeschrieben.«

»Neunundzwanzig«, sagte er.

»Ja, hier steht: neunundzwanzig.«

»Stimmt denn der Straßenname?«

Sie las ihm den Namen vor.

»Ja, das ist hier.«

Sie seufzte noch einmal. »Ob sie das mit Absicht gemacht hat? Wollte mich Paula reinlegen, was meinst du?«

Er zuckte mit den Schultern, sie trank einen großen Schluck.

Über ihren Lippen war ein Kakaobart, sie fuhr mit der Zungenspitze darüber.

»Hast du denn ein Geschenk für Paula?«

Sie schüttelte den Kopf. »Meine Mutter hat nicht viel Geld. Eigentlich –« Sie brach ab.

»Eigentlich was?«

»Eigentlich bin ich ganz froh, dass ich nicht bei Paula bin. Wie sieht das denn aus, ohne Geschenk.«

Er nickte.

»Wie heißt du?«, fragte ihn das Mädchen.

»Konrad«, sagte er.

»Komischer Name.«

»Findest du?«

Sie nickte.

»Und du, wie heißt du?«

»Lene.«

»Lene. Schöner Name.«

»Na ja, geht so.«

»Du kannst mich auch Konnie nennen. Was hältst du von Konnie?«

Das Mädchen verzog das Gesicht. »Konnie ist noch komischer.«

»Also Konrad.«

»Trinkst du keinen Kakao, Konrad?«

»Ich mach mir auch einen.«

Er stand auf und ging in die Küche. Ihm hüpfte das Herz.

Alles war so anders als sonst. Der Tag war wie eine Blume. Eine hübsche bunte Blume namens Lene.

Die Milch kochte hoch. Er rührte das Kakaopulver hinein. Er bemerkte, dass er dazu leise eine Melodie pfiff.

Er trat mit der zweiten Tasse in der Hand ins Wohnzimmer und setzte sich neben das Mädchen aufs Sofa. Sie erzählte ihm von ihrer Mutter, während er den Kakao schlürfte. Der schmeckte nach Kindheit und Glück, aber auch nach etwas, das ihn ein wenig traurig stimmte. Er suchte in Gedanken nach einem Begriff dafür, doch es wollte ihm keiner einfallen.

»Ich mag meine Mama«, sagte das Mädchen.

Er nickte, das war verständlich, Kinder liebten ihre Mütter. Bei ihm war das auch so gewesen, auch er hatte seine Mutter geliebt.

»Und dein Vater?«, fragte er.

Sie antwortete nicht.

»Was ist mit deinem Vater?«

»Ich hab keinen Vater«, sagte sie schließlich. »Meine Mama sagt, ich hab bloß einen Erzeuger.«

Ja, so ist das, dachte er. Genau, genau, so ist es.

»Kennst du deinen Erzeuger?«

Sie nickte. »Er schlägt meine Mutter.«

Da begann das Mädchen plötzlich zu weinen. Er zögerte kurz, dann legte er den Arm um das Mädchen.

Lene zuckte zurück. »Lass das, ich soll mich nicht von Fremden anfassen lassen.«

Er nahm den Arm schnell wieder weg.

Stattdessen holte er dem Mädchen ein Taschentuch. Er zog es aus einer zerknüllten alten Zellophanhülle hervor, es war zwar noch frisch, aber nicht mehr ganz glatt. Das Mädchen nahm es trotzdem und putzte sich die Nase.

Sie ist allein, dachte er, ganz allein auf der Welt. Wie gut er das verstand.

»Gib her«, sagte er, »ich werfe es für dich weg.«

Er hielt ihr die Hand hin, damit sie ihm das benutzte Taschentuch gab.

»Aber das ist eklig.«

»Nein, nein, das ist nicht eklig.«

Sie reichte ihm zögernd das Taschentuch, und er steckte es ein. Er setzte sich wieder neben sie.

Sie warf ihm einen kritischen Blick zu. »Du wolltest es wegwerfen.«

»Ich heb es für dich auf.«

Sie runzelte die Stirn.

Dann schwiegen sie eine Weile. Es war nicht unangenehm, neben ihr zu sitzen und zu schweigen. Sein Herz klopfte stark, er fühlte sich wohl.

Auf einmal zog Lene ein Foto aus der Tasche ihres Kleids hervor. Sie zog alles hervor, was sich darin befand, zwei Schlüssel an einer Schnur, sicherlich Haustür- und Wohnungsschlüssel, einen Streifen Kaugummi, einen kleinen Plastikanhänger, der aussah wie ein Monster mit dickem Bauch, vermutlich eine Figur aus einem Comicfilm, den er nicht kannte, und schließlich das Foto. Sie strich es glatt und zeigte es ihm.

»Das hier ist meine Mama.«

Er beugte sich darüber und betrachtete es lange.

Dann blickte er das Mädchen an.

»Du hast das schöne Haar deiner Mutter«, sagte er.

Und Lene strich sich mit der Hand durchs Haar, kindlich und kokett.

Er musste lächeln.

»Ja«, sagte er, »das bezaubernde Haar deiner Mutter.«

Schließlich lächelte Lene auch.

Dann wurde sie ernst.

»Jetzt muss ich aber wirklich gehen«, sagte sie und steckte das Foto wieder ein. Sie sammelte auch die Schlüssel, das Monster mit dem dicken Bauch und den Streifen Kaugummi ein.

Es versetzte ihm einen Stich.

»Bleib doch noch«, sagte er.

»Meine Mutter wird sich wundern.«

»Aber du bist doch eigentlich bei Paula. Und so ein Geburtstag ist lang.«

»Nein, nein, ich muss gehen.«

Sie stand auf. Er sah an ihr herab.

»Bleib«, sagte er ein wenig zu laut.

Er spürte, wie sich sein Herz zusammenkrampfte.

## FÜNF

Wenn Lene nach Hause kam, zog sie instinktiv den Kopf ein. Dabei war sie nicht besonders groß, und die Decken in der Wohnung waren nicht allzu niedrig.

Sie schlich durch den Flur. Die Tür zum Wohnzimmer war geschlossen, Lene drückte das Ohr dagegen. Wenn der Mann da war, den ihre Mutter »Erzeuger« nannte, wurde die Luft knapp, und die Zimmerdecken schienen sich herabzusenken.

Und richtig, sie hörte seinen dumpfen Bass. Sie hörte auch ihre Mutter, sie klang ein wenig angesäuselt. Ansonsten war ihre Mutter in Ordnung. Solange der Erzeuger nicht zu Besuch kam, ging es ihr gut.

»Ich will aber nicht«, rief die Mutter hinter der Tür.

»Hab dich nicht so.«

»Lass das, Bernd.«

»Du bist doch eine –«

Das nächste Wort wurde von einem Keuchen verschluckt.

»Nein, hab ich gesagt«, schrie die Mutter.

Aus dem Keuchen wurde ein Husten.

Der Erzeuger räusperte sich hinter der Tür.

»Du bist doch wirklich eine gottverdammte Schlampe. Ich verfluche den Tag deiner Geburt.«

»Dann hau doch endlich ab.«

»Und ich verfluche den Tag, als diese Mistgöre zur Welt kam.«

»Bernd!«

Flaschen klirrten. Lene hielt den Atem an.

»Sag das nicht noch mal, Bernd.«

»Mistgöre. Ein peinlicher Unfall.«

»Unfall? Du nennst deine Tochter einen Unfall?«

»Eine Katastrophe.«

»Du widerlicher –«

Weiter kam die Mutter nicht, eine Ohrfeige knallte. Und dann kamen die Geräusche, die Lene am meisten fürchtete, es waren die Geräusche, die der Erzeuger von sich gab, wenn er der Mutter wehtat. Einmal war Lene ahnungslos ins Schlafzimmer gekommen, und da hatte sie die Mutter mit dem Erzeuger gesehen, wie ein Knäuel war sie mit ihm verheddert, das Knäuel hatte Spinnenbeine, und der Kopf der Spinne war rot, in dem Kopf steckten die Augen der Mutter, die sahen sie an, und schon begann die Spinne zu schreien, aber Spinnen schrien doch nicht, Spinnen waren eklig, und Spinnen waren stumm.

»Geh weg, Lene, geh weg«, schrie der Spinnenkopf.

Lene verschwand von der Tür.

In ihrem Zimmer warf sie sich aufs Bett und presste Jo an sich. Jo war ihre Stoffschildkröte. Mit Jo konnte sie fliehen, weit weg. Jo lebte nämlich eigentlich auf einer Insel, und zu dieser Insel nahm er sie mit. Dazu mussten sie schwimmen, Jo war ein guter Schwimmer, sie brauchte sich nur ganz fest an seinen Panzer zu klammern, und schon konnte es losgehen. Draußen vorm Fenster war der dunkle Hinterhof, da standen die Mülltonnen, aber wenn man die Augen schloss, kam gleich dahinter das Meer. Jo schwamm mit ihr fort. Jo ließ sie nicht im Stich.

Sie durchpflügten das offene Meer, und bald erreichten sie den Strand, dort gab es Palmen und Kokosnüsse und keinen Erzeuger.

Im Nebenzimmer, wo die Mutter weinte und schrie, wusste niemand etwas von dieser Insel. Sie lag mit Jo am Strand und war in Sicherheit: kein Erzeuger, der sie einen Unfall nannte oder eine Katastrophe. Türkisfarbene Wellen warfen sich an den Strand, schaukelten, plätscherten, am Himmel gab es fliegende Fische und bunte Papageien.

Jo war ein Held.

Sie war beinahe schon eingeschlafen, als die Mutter zu ihr ins Zimmer kam.

Lene schlug die Augen auf.

»Ist er weg?«, fragte sie.

Die Mutter nickte.

Sie hatte eine Schwellung im Gesicht, die Augen waren rot gerändert.

»Und wie war es bei Paula?«

Die Mutter strich ihr das Haar aus der Stirn.

Lene drückte Jo noch fester an sich.

»Wie war die Geburtstagsfeier?«

Sie wollte schnell zurück an den Strand, aber wenn die Mutter dabei war, ging es nicht.

»Nun sag schon, wie war es?«

»Schön«, murmelte Lene und drehte sich auf die Seite.

Endlich wünschte ihr die Mutter eine gute Nacht und verließ das Zimmer.

Es war Montag am Spätnachmittag, Trojan starrte die Tatortfotos an der Wand an: das blutgetränkte Laken, den zerfetzten Vogel, die schwarz verkrusteten Augenhöhlen, leblos und starr, den beinahe kahlen Schädel der Toten. Dann betrachtete er das Bild von Coralie Schendel, das ihr Freund einige Monate vor ihrem Tod aufgenommen hatte, es zeigte eine junge Frau mit langem dichtem blondem Haar, blitzenden Augen und einem fröhlichen Lächeln auf den Lippen.

Trojan stieß die Luft aus.

Vor ihm auf dem Tisch lag ein angebissener Döner Kebab, den ihm Gerber vom Türken an der Ecke mitgebracht hatte.

Trojan nahm ihn und kaute lustlos daran herum. Sein Blick wanderte zu der Großaufnahme der Verletzung am Hals, dann zu dem Fetzen Kopfhaut über der linken Schläfe. Plötzlich begann er zu würgen. Nicht kotzen, dachte er, nicht jetzt.

Er schlang den Bissen hinunter und versuchte eine Weile mit geschlossen Augen weiterzuessen, aber das half auch nichts. Angewidert wickelte er die Reste in die Alufolie und schob den Döner beiseite. Er nahm einen großen Schluck aus der Mineralwasserflasche und schaute auf seine Liste.

In fünf Minuten musste er den nächsten dieser unzähligen Hinweisgeber aus der Bevölkerung vernehmen. Weitere drei Namen standen auf der Liste, das könnte also mindestens noch eine Stunde dauern.

Er sah zur Uhr.

Mit einem Mal zuckte er zusammen, fluchte leise und blätterte in seinem Terminkalender.

Unter Montag, zehnter Mai, achtzehn Uhr fand er einen

Kringel vor, nur einen Kringel mit drei Strichen daneben, das war sein geheimes Kürzel für eine Therapiesitzung, falls Gerber mal einen Blick in seinen Kalender warf.

Er sprang auf und ging ins Nebenzimmer. Ronnie saß am Tisch, vor ihm eine ältere Dame, die wild gestikulierend auf ihn einsprach, an seinem Gesichtsausdruck war zu erkennen, dass sich auch deren Hinweis als wenig fruchtbar erwies. Sie steckten einfach fest. Verdammt, sie steckten fest.

»Ronnie, kannst du mal einen Augenblick kommen?«

Ronnie Gerber entschuldigte sich bei der selbsternannten Zeugin und trat zu Trojan hinaus auf den Gang.

»Ronnie, ich schulde dir eine Einladung zum Bier, ach, was sag ich, zu drei Bieren, wenn du meine nächste Vernehmung übernimmst.«

»Nils, das geht nicht.«

»Ich weiß, ich weiß, aber es ist ungeheuer dringend.«

»Wir sind doch alle überarbeitet hier, da kannst du dich nicht einfach verdrücken.«

»Es ist wirklich überlebensnotwendig.«

»Verdammte Scheiße, was soll das?«

Er war laut geworden.

»Bitte, Ronnie, nur dieses eine Mal.«

Gerber runzelte die Stirn und sah ihn lange an.

»Okay, hau ab, Nils«, sagte er schließlich.

»Du bist echt ein Kumpel.«

Gerber verschwand wieder im Vernehmungszimmer und knallte die Tür zu. Trojan holte seine Jacke und stürmte aus dem Gebäude.

Mit zehnminütiger Verspätung stand er endlich vor der Praxistür. Diesmal öffnete ihm Jana Michels persönlich.

»Da sind Sie ja, Herr Trojan.«

Er rang nach Atem und spürte, wie ihm der Schweiß in Bächen herunterlief. Mit einem Mal fürchtete er, aufstoßen zu müssen und den Geruch von Döner Kebab zu verströmen.

Er murmelte eine Entschuldigung, sie warf ihm bloß die Andeutung eines Lächelns zu und ließ ihn herein.

»Kommen Sie gleich mit nach hinten durch.«

Wie ein Schuljunge tappte er ihr hinterher.

In dem Zimmer am Ende des Ganges folgte die übliche Prozedur, sie notierte etwas auf ihrem Laptop, er hockte in einem der beiden Ledersessel. Verstohlen wischte er sich den Schweiß von der Stirn.

Schließlich setzte sie sich ihm gegenüber.

Sofort brach es aus ihm heraus: »Ich kann das nicht mehr.«

Sie sah ihn fragend an.

»Diese Therapie. Ich schaffe das nicht mehr.«

Und als sie nichts erwiderte, fuhr er einfach fort: »Mein Kollege muss die Vernehmungen für mich übernehmen, wir arbeiten an einem bestialischen Mordfall, wir haben nichts in der Hand, die Stimmung im Kommissariat ist schlecht, alle knurren sich gegenseitig an, ich kann nicht mehr schlafen, weil mich die Bilder vom Tatort verfolgen, und ich frage mich, wozu ich das alles tue und wohin das führen soll. Ich kann einfach nicht mehr.«

»Sprechen Sie von der Therapie oder von dem Mordfall?«

»Von beidem.«

Sie hob die Augenbrauen. »Kann es vielleicht sein, dass Sie einiges davon durcheinanderbringen?«

»Wie soll ich mich auf mein Seelenleben einlassen, wenn ich rund um die Uhr arbeiten muss!«

»Das ist eine berechtigte Frage.«

»Ich muss alles Persönliche ausschalten, sonst kann ich mich nicht auf den Fall konzentrieren.«

»Möchten Sie mir von diesem Fall erzählen?«

Es wurde sehr still im Zimmer. Trojan überlegte. Sie unterlag ja einer beruflichen Schweigepflicht, und wenn er keine Namen nannte, wäre es erst recht unbedenklich. Jedoch fürchtete er, dass ihm die Stimme versagen würde, so angespannt war er in den letzten Tagen gewesen.

Schließlich begann er ihr alles zu erzählen, ersparte ihr kein Detail vom Tatort, zählte Einzelheiten aus den Ermittlungen auf, und je länger er sprach, desto befreiter fühlte er sich.

Sie unterbrach ihn nicht. Irgendwann war er fertig. Er wusste nicht, wie viel Zeit vergangen war.

Sie schwiegen beide, er hörte ihre Atemzüge.

Dann sagte Jana Michels leise: »Ich kann verstehen, Herr Trojan, dass Sie das alles sehr belastet. Sie mussten furchtbare Dinge mit ansehen. Das ist erschütternd. Und Sie haben wirklich nicht den geringsten Anhaltspunkt?«

Er schüttelte den Kopf. »Die meisten Taten sind Beziehungstaten, aber in diesem Fall glaube ich das nicht. Es war jemand, der sich irgendwie Zutritt zur Wohnung seines Opfers verschafft hat.«

»Der Vogel könnte ein Zeichen sein.«

Er nickte.

»Und dass der Vogel keine Federn mehr hat«, sagte sie, »ist möglicherweise auch von Bedeutung.«

Wieder nickte er. »Haare und Federn.«

»Was für den Menschen die Haare sind –«

»– sind für den Vogel die Federn«, ergänzte er.

»Der Täter scheint hier auf etwas hinzuweisen. Er raubt seinem Opfer die Haare, so wie er dem Vogel die Federn geraubt hat.«

»Was fällt Ihnen zu den Augen ein?«, fragte Trojan.

»Was fällt Ihnen ein?«

Er schwieg.

»Ganz spontan, was fällt Ihnen ein?«

»Ausgestochen, leer.«

»So leer, wie Sie sich selbst fühlen?«

»Hilflos, verzweifelt, im Dunkeln. Aber das ist meine Sicht. Ich muss an den Täter denken.«

»Möchte er vielleicht nicht, dass das Opfer ihn ansieht bei der Tat?«

Trojan blickte auf. »Er will also etwas verbergen?«

»Möglich.«

»Aber was?«

»Was glauben Sie?«

Er überlegte, dann schüttelte er wortlos den Kopf.

»Ist es vielleicht ein Mangel? Ein Makel?«

»Sie meinen: etwas, wofür er sich schämt?«

Sie nickte.

»Wie sah diese Frau aus, die er umgebracht hat?«, fragte sie nach einer Pause. »Was war besonders an ihr?«

»Sie hatte schönes blondes Haar. Lang und kräftig.«

»Könnte es sein, dass er die Haarpracht seines Opfers als Trophäe nimmt?«

»Eine Trophäe, ja. Aber was tut er damit?«

»Anschauen, berühren. Dadurch evoziert er die Tat immer wieder aufs Neue. Vielleicht schmückt er sich sogar damit.«

»Er schmückt sich mit den Haaren seines Opfers?«

Sie zuckte mit den Schultern. »Eine Vermutung, mehr nicht.«

Trojan atmete tief durch.

»Eine Trophäe, ein Schmuck«, murmelte er.

Er sah sie an.

»Danke.«

Jana Michels lächelte. »Wofür?«

»Dafür, dass Sie mir zuhören.«

Sie schauten sich lange an.

Gleich sagt sie mir, das sei ihr Beruf, dachte er. Hoffentlich weist sie nicht wieder auf ihren Beruf hin.

Aber sie schwieg.

Stattdessen fragte sie nach einer Weile: »Ist das vielleicht Ihr Mangel, Herr Trojan? Fehlt Ihnen jemand, mit dem Sie sprechen, dem Sie alles erzählen können?«

Er schluckte.

»Ich weiß nicht.«

Sie wartete. Er wurde verlegen.

»Ich weiß nicht, was ich Ihnen darauf erwidern soll.«

»Gar nichts. Sie sitzen hier nicht in einem Verhör. Aber denken Sie doch einmal darüber nach.«

Sie blickte auf die kleine Uhr auf dem Tisch.

Gleich sagt sie wieder, wir müssen für heute Schluss machen, dachte er. War es denn schon so spät? Er war doch eben erst gekommen. Oder hatte er so lange zu ihr gesprochen? Er war verwirrt, erleichtert und verwirrt zugleich.

»Wollen Sie es sich bis nächste Woche noch einmal überlegen, ob Sie wirklich die Therapie beenden möchten?«

Er nickte schwach.

»Haben wir eigentlich schon einen Termin für die nächste Woche ausgemacht?« Sie blätterte in ihrem Kalender. »Wieder am Montag zur selben Zeit? Meinen Sie, dass sich das einrichten lässt?«

»Oder was halten Sie von diesem Freitag?«, fragte er schnell. »Freitagabend. Ich würde Sie gerne zum Essen einladen.«

Sie blickte auf.

Für einen Moment zweifelte er daran, ob er diese Frage wirklich ausgesprochen hatte.

Es dauerte zwei, drei Sekunden, dann erhob sie sich. Er stand ebenfalls auf.

»Schön«, sagte sie ernst. »Freitagabend, hier.«

»Hier?«

»Um zwanzig Uhr in der Praxis.«

Er starrte sie an.

Ein seltsames Lächeln huschte über ihre Lippen. »Das ist Ihr nächster Termin.«

Da standen Zahlenreihen an der Tafel, und die Lehrerin sagte etwas. Plötzlich wurde es still in der Klasse. Alle sahen zu Lene hin, aber Lene hatte nicht zugehört.

»Würdest du bitte endlich nach vorn kommen.«

Die Lehrerin trug einen Blazer, das Muster darauf begann vor ihren Augen zu flimmern, wenn sie zu lange hinschaute.

Lene stand auf und ging nach vorn. Sie nahm die Kreide und starrte auf die Zahlen.

Die Lehrerin sagte wieder etwas, alle in der Klasse lachten.

Da schrieb Lene schnell eine Zahl an das Ende der Reihe, hinter das Gleichzeichen.

»Kannst du uns vielleicht erklären, was das zu bedeuten hat?«

Ihr Blick durchbohrte sie. Sie hieß Frau Stumpe, das hielt Lene für passend, wie ein Stumpen, der im Herzen steckte.

»Lene! Ich hab dich etwas gefragt!«

Anstelle einer Antwort strich Lene die Zahl einfach wieder durch.

»Nimm gefälligst den Schwamm, wenn du etwas korrigieren willst«, befahl die Stumpe.

Lene ekelte sich vor dem Schwamm, der nach altem Wischwasser stank. Er tropfte, sie wrang ihn aus, das gab eine Pfütze auf dem Boden, und die Stumpe wurde rot im Gesicht. Lene kannte das, wenn sie rot anlief, folgte bald ihr Kreischen, und das tat in den Ohren weh.

Wieder lachten alle über sie.

Da läutete die Schulglocke, und Lene konnte aufatmen.

Sie wollte sofort zurück zu ihrem Platz, doch die Stumpe hielt sie zurück. Sie roch das Deo unter dem Blazer. Das Muster flimmerte.

»Du musst dich mehr anstrengen, Lene, sonst wird das nichts.«

Sie quetschte ihren Arm, Lene verzog das Gesicht.

Vor dem Schultor begann sie zu rennen. Sie musste Berenice einholen, sie fragen, ob sie sich am Nachmittag zum Spielen treffen könnten, denn der Nachmittag war lang.

Gerade noch rechtzeitig erkannte sie, dass Paula neben Berenice ging, kaum war sie bei ihnen, steckten die beiden die Köpfe zusammen, dann kicherten sie und drehten sich zu ihr um.

Augenblicklich blieb Lene stehen.

Berenice und Paula gingen weiter.

Paula hatte in der großen Pause laut verkündet, sie würde mit Lene kein Wort mehr sprechen, weil sie nicht zu ihrem Geburtstag gekommen war.

Vielleicht würde ja auch Berenice nicht mehr mit ihr sprechen.

Lene zurrte die Schultasche fest und ging allein nach Hause.

Sie heftete den Blick auf die Gehwegplatten an der Weserstraße, sie durfte auf gar keinen Fall auf die Ritzen zwischen ihnen treten, das brachte Unglück. Sie machte große Schritte und blieb Siegerin. Doch kurz vor der Ecke Fuldastraße trat sie in eine hinein.

Feuer, verbrannt, dachte sie.

Sie schloss die große braungestrichene Tür auf und verschwand in dem dunklen Treppenhaus, zeichnete wie immer mit dem Finger die Schmutzspur an der Wand nach, während sie die Treppe nach oben stieg. Die Stufen zu zählen hatte sie längst aufgegeben, es waren achtundsechzig, das wusste sie, und daran würde sich nie etwas ändern.

Sie zog den Kopf ein. In der Wohnung war es still, die Mutter war noch bei der Arbeit. Lene besuchte sie gern in der kleinen Drogeriefiliale, wo die Mutter einen weißen

Kittel trug und wie eine Ärztin aussah, jedenfalls in ihren Augen. Der Laden war so klein, dass man mit den Schultern überall anstieß, und die Mutter war die einzige Verkäuferin darin. Es gab eine Überwachungskamera, im Hinterzimmer stand der Monitor. Wenn keine Kundschaft da war, versteckte sich Lene zwischen den Regalen, und die Mutter musste sie auf dem Monitor finden.

Lene warf die Schultasche in die Ecke. Jo hockte auf dem Bett und schaute sie an. Sie nahm ihn mit in die Küche, wo sie eine Schale mit Schokopops füllte. Sie goss Milch darüber, klemmte sich Jo unter den Arm und trug die Schale zum Wohnzimmer. Die Tür war angelehnt, sie drückte sie auf.

Da zuckte sie zusammen.

Auf dem Lampenschirm hockte etwas, was dort nicht hingehörte.

Es starrte sie an.

Sie hielt einen Moment die Luft an und rührte sich nicht. Dann stellte sie behutsam die Schale auf den Wohnzimmertisch und legte das Stofftier daneben.

Vorsichtig näherte sie sich der Lampe, setzte einen Schritt vor, dann noch einen.

Der Vogel flog auf und flatterte durch den Raum. Lene duckte sich, das hektische Flügelschlagen war ihr unangenehm.

Es war ein kleiner Vogel, mit einem schwarzen Kopf und rotem Gefieder auf der Brust.

Er prallte gegen die Zimmerdecke und flatterte weiter.

Lene streckte die Hände nach ihm aus.

»Komm doch«, flüsterte sie, »komm her.«

## SECHS

Er ließ die Klinge besonders vorsichtig über die Haut gleiten, ein Schnitt, und er müsste mit einem Pflaster zu seiner Verabredung erscheinen.

Verabredung?, dachte er. Nein, es war doch nur ein Termin.

Er streckte den Hals und bearbeitete die empfindliche Stelle am Kehlkopf. Sogleich stellte sich das Bild der Toten ein, schon sickerte es dunkelrot aus der Wunde.

Trojan fluchte.

Er betupfte die Stelle mit dem blutstillenden Stift, wusch sich die Schaumreste aus dem Gesicht und tupfte noch einmal nach. Es würde auch ohne Pflaster gehen.

Er betrachtete sich kritisch im Spiegel, zog den Bauch ein und spannte die Muskeln an.

Schließlich klatschte er sich Rasierwasser auf die Wangen, nicht zu viel, das könnte aufdringlich wirken.

War es nun ein Termin oder ein Rendezvous?

»Nur Mut«, sprach er zu sich selbst.

Im Schlafzimmer öffnete er den Schrank, es folgte die Hemdenfrage. Das nachtblaue mit dem Button-Down-Kragen wäre nicht schlecht, aber es war leider zerknittert. Er musste es wohl irgendwann einmal achtlos hineingeworfen haben. Überhaupt bügelte er nicht gerne, aber manche Hemden verlangten einfach danach. Er nahm ein weißes aus Leinen hervor, das würde gut zu der schwarzen Jeans passen, aber sah Leinen nicht irgendwie altmodisch aus?

Trojan zog mehrere Hemden hervor, dann entschied er sich dafür, doch schnell das nachtblaue zu bügeln, sah zur Uhr, bekam leichte Panik und klappte das Bügelbrett auf.

In diesem Moment klingelte das Telefon.

Jetzt sagt sie ab, dachte er, aber es war ja das Festnetz, so kurzfristig sagte man doch nur auf dem Handy ab.

Er ging zum Telefon und schaute aufs Display. Angezeigt wurde die Nummer von Friederike, seiner Exfrau. Sah ihr ähnlich, ausgerechnet heute Abend anzurufen.

Nicht auszuschließen, dass sie gewisse Vorahnungen hatte.

Er wollte sich gerade abwenden, als ihm einfiel, dass der Anruf ja auch etwas mit Emily zu tun haben könnte.

Also hob er ab.

»Hallo?«

»Hallo, Papa.«

Es war seine Tochter.

»Emily!«

Sogleich packte ihn das schlechte Gewissen. Er hatte sich die ganze Woche nicht bei ihr gemeldet, obwohl er es sich doch fest vorgenommen hatte.

»Wie geht es dir, mein Schatz?«

»Och, na ja.«

»Also nicht so gut?«

»Doch, doch.«

Sie langweilt sich, dachte er, sie braucht etwas Zuspruch von ihrem Vater, aber ihr Vater ist mal wieder schrecklich in Eile.

»Ich dachte, ich versuch's mal auf dem Festnetz. Falls du zu Hause bist.«

Er sah zur Uhr, es war zwanzig vor acht.

»Tja, und da hab ich wohl mal Glück gehabt.«

Er gab ein leises Brummen von sich.

»Oder hast du Besuch?«

»Nein, nein.«

Sie begann zu kichern. »Doro ist da, hab ich recht?«

»Nein.«

Er spürte Hitze in sich aufsteigen. Dass sie jetzt auch noch Doro erwähnen musste.

»Grüßt du sie von mir?«

»Mach ich.«

»Eigentlich wollte ich mich ja heute mit Leo treffen.«

Er horchte auf. Den Namen hatte sie bisher noch nie erwähnt.

»Aber eigentlich müsste es doch an ihm sein, mich anzurufen, findest du nicht?«

»Wer ist Leo?«

Sie antwortete nicht. Er hörte sie in den Hörer atmen, stellte sich vor, wie sie auf ihrem Bett saß, die Beine untergeschlagen, wie sie eine Haarsträhne durch ihre Finger zwirbelte und sie auf Spliss untersuchte.

»Emily?«

Für einen Moment fürchtete er, dass ihr gerade die Tränen kamen. Herrgott, er würde es niemals pünktlich zu seiner Verabredung schaffen oder zu seinem Termin, aber es war nun einmal seine Pflicht, Emily zu trösten, wenn sie Kummer hatte.

»Bist du noch dran, Em?«

Sie holte tief Luft.

»Ja, also, Leo ist – wie soll ich dir das erklären –«

Noch ein Blick zur Uhr, und er hatte einen Entschluss gefasst: »Emily, was hältst du davon, wenn du am Sonntag zu mir kommst? Dann kannst du mir alles erzählen. Es ist nämlich so – ich bin ziemlich in Eile.«

»Du hast eine Verabredung! Na klar doch, es ist Freitagabend, und Freitagabend verabredet man sich.«

»Versteh das bitte nicht falsch, ich –«

»Ich war ja eigentlich auch verabredet, aber –«

Sie brach ab.

»Ist Mama da?«, fragte er vorsichtig.

»Hmm.«

Es entstand eine Pause. Diese typische Pause, wenn er ihre Mutter erwähnte.

»Also, was hältst du von Sonntag?«

»Sonntag?«, fragte sie gedehnt, als müsste sie nachdenken.

Wieder eine Pause.

»Und um wie viel Uhr?«

»Um elf. Wir frühstücken. Wir gehen spazieren, wir –«

Leo, dachte er, wahrscheinlich hat sie Liebeskummer.

»Okay?«

Er lauschte, versuchte ihrem Schweigen zu entnehmen, ob es ihr wirklich recht war. Oder fühlte sie sich jetzt abgewiesen?

Es war Viertel vor acht.

War er ein schlechter Vater?

»Okay«, sagte sie.

Es war ihr unter Strafe verboten, die Barbiepuppen zu berühren. Aber sie musste sie bewundern.

Nach drei Stunden ließ Berenice sie vor ihren Augen in einer Kiste verschwinden. Wie gern hätte Lene ihnen das Haar gekämmt.

Berenice stand auf und sagte: »Komm mit.«

Lene gehorchte, wie sie schon den ganzen Nachmittag über gehorcht hatte.

Die Mutter von Berenice saß im Wohnzimmer und blätterte in einem Magazin.

»Lene muss jetzt gehen«, verkündete Berenice.

»Oh«, sagte die Mutter.

»Stimmt nicht«, sagte Lene leise.

Berenice sah sie an, ihre Augen funkelten. »Doch, du musst gehen.«

Vielleicht war es das letzte Mal, dass sie bei ihr spielen durfte, verwarnt und herumkommandiert wurde. Vielleicht war es der letzte Tag, an dem sie eine Freundin hatte.

Berenice stemmte die Hände in die Hüften und sagte: »Du wirst nämlich zu Hause erwartet.«

Ist nicht wahr, wollte Lene protestieren, aber sie schwieg.

»Wirst du abgeholt?«, fragte die Mutter von Berenice.

Lene schüttelte den Kopf.

»Du findest den Weg allein?«

Sie nickte.

»Bei uns gibt es heute Hähnchenschenkel zum Abendessen«, sagte Berenice. Lene verstand. Für sie sollte es keine Hähnchenschenkel geben, wäre ja auch zu schön.

Sie verabschiedete sich brav von der Mutter, Berenice brachte sie zur Tür.

»Meine Mutter macht die Hähnchenschenkel mit Erdnusssoße.«

»Erdnusssoße mag ich nicht«, entgegnete Lene, obwohl das nicht stimmte.

Mit großen Schritten ging sie heim. Sie durfte nicht auf die Ritzen zwischen den Gehwegplatten treten.

Einmal unterbrach sie das Spiel und schaute in dem Laden an der Ecke nach, ob sie dort noch immer die verzuckerten Weingummis hatten, in Kringelform, die sie so sehr mochte. Sie waren noch da, aber sie kosteten nach wie vor dreißig Cent das Stück, und das war zu teuer.

Lene ging weiter.

Kurz vor der Haustür in der Fuldastraße trat sie absichtlich in eine Gehwegritze.

Feuer, verbrannt, dachte sie.

Sie zählte die Stufen im Treppenhaus bis zu ihrer Wohnungstür, verzählte sich absichtlich, so dass es nicht mehr achtundsechzig waren, sondern einundsiebzig. Manchmal gab es noch Wunder.

Sie schloss auf, betrat die Wohnung und wollte gerade nach ihrer Mutter rufen, als ihr der Atem stockte.

Auf dem Teppich im Flur lag etwas.

Es starrte sie aus winzigen Augen an.

Nachdem sie aufgelegt hatten, blieb er eine Weile mit eingesunkenen Schultern vor dem Telefon stehen. Schließlich gab er sich einen Ruck, knüllte das nachtblaue Hemd zusammen und schlüpfte in ein schwarzes T-Shirt mit V-Ausschnitt. Er trug ja doch lieber T-Shirts als Hemden, und anstelle der schwarzen Jeans wählte er die verwaschene blaue. Er betrachtete sich ein letztes Mal im Spiegel, fuhr mit den Händen durch das struppige kurze Haar und über die angegrauten Schläfen.

Bin ich ein schlechter Vater?, fragte er sich. Da ruft die eigene Tochter im denkbar ungünstigsten Moment an, und schon habe ich ein schlechtes Gewissen.

Er griff nach seiner Jacke und eilte aus der Wohnung, nahm im Treppenhaus zwei Stufen auf einmal und zog den Kopf ein, als er an Doros Tür vorbeikam.

Er schwang sich auf sein Rad und strampelte los: Richtung Südstern, dann durch die Bergmannstraße, er passierte den Mehringdamm und fuhr an der Osteria und dem Kreuzberg vorbei.

Osteria, dachte er, das wäre doch ein feiner Plan. Selbst wenn der Abend sich anfangs mehr wie ein Termin anfühlen würde, eine Therapiestunde mit dem Anflug eines Flirts, könnte er hinterher immer noch vorschlagen, mit ihr dort eine Kleinigkeit zu essen.

Nein, die Osteria war von ihr aus zu weit weg, strategisch ungünstig.

Allerdings ungefähr in der Mitte zwischen ihrer Praxis und seiner Wohnung gelegen, also vielleicht doch nicht ganz verkehrt.

Ruhig, nur ruhig, dachte er. Als er auf der Monumentenbrücke die Bahntrasse überquerte, hob er kurz den Blick zu den Hochhäusern am Potsdamer Platz, die im Abendrot aufleuchteten.

Schon hatte er Schöneberg erreicht.

Gleich hinter der Langenscheidtbrücke bog er in die Crellestraße ein. Er überlegte, ob es nicht auch im Toronto, nur ein paar Meter weiter, einen ruhigen Platz gab, wo man sich bei einem Glas Wein näherkommen könnte.

Er hielt vor dem Haus Nummer vierunddreißig.

Die Mailuft war klar und verheißungsvoll, mit einer Ahnung von Sommer durchmischt.

Sein Herz schlug heftig und wild. Es ist nur ein Termin, sagte er sich, nur ein Termin.

Er schloss sein Rad ab und drückte auf den Klingelknopf. Prompt ertönte der Summer, und er trat ein.

Er stieg die Treppe zu ihrer Praxis hinauf. Kurz darauf öffnete sie ihm die Tür.

»Da sind Sie ja, Herr Trojan, nur ein ganz klein wenig verspätet«, sagte sie und ließ ihn herein.

Er atmete tief durch.

»Mein letzter Patient heute«, fügte sie mit einem Lächeln hinzu.

Die Haut war weiß.

Nannte man das Haut bei einem Vogel?

Gänsehaut, Vogelhaut. Lene rieb sich mit den Händen über die Arme, wo es kribbelte.

Der Bauch des Vogels fehlte. Wo der Bauch sein sollte, war nur ein Loch, und daraus quoll es rot hervor.

Lene stand lange sprachlos da, rieb sich die Arme und krümmte den Rücken.

Es sah eklig aus, aber sie durfte sich nicht ekeln, vielleicht konnte sie dem Vogel ja helfen, vielleicht lebte er noch, sie könnte ihm einen Verband anlegen, wie sie es auch bei Jo manchmal tat, wenn er über Schmerzen klagte.

Lene bückte sich und hob den Vogel auf.

Armer kleiner Vogel, was ist mit dir nur passiert, dachte sie.

Da hörte sie ein Geräusch. Es klang wie ein Schnappen.

Es kam aus dem Schlafzimmer der Mutter.

»Mama?«

Sie drückte den Vogel an sich, er war tot, sie wusste, dass er tot war, aber wenn sie sich ganz fest einbildete, dass er lebte, könnte sie ihn vielleicht noch einmal fliegen lassen, eines Tages, wenn auch nur in ihrer Phantasie.

»Mama?«

Der Ruf blieb in ihrer Kehle stecken.

Sie näherte sich der Tür.

Mit der einen Hand presste sie den toten Vogel an ihre Brust, mit der anderen Hand drückte sie die Tür auf.

Die Mutter lag auf dem Bett. Sie war nackt. Eine Gestalt hockte auf ihr.

Lene sah sofort auf die Füße der Mutter, nur auf die nackten Füße, damit sie den Rest nicht anschauen musste.

Etwas stimmte nicht mit den Füßen.

Sie waren ganz starr.

Ob die Mutter schlief?

Da hörte sie wieder das Schnappen.

So schnappte nur eine Schere.

Es war die Gestalt, die auf der Mutter hockte. Sie ließ die Schere schnappen.

Lene wollte schreien, aber sie bekam keinen Ton heraus.

Da drehte sich die Gestalt zu ihr um.

Sie hatte kein menschliches Gesicht. Und etwas ragte daraus hervor.

Es war spitz, und es war lang.

Endlich konnte Lene sich rühren. Sie drehte sich um und rannte.

Sie spürte einen Luftzug in ihrem Rücken, und mit einem Mal war da ein stechender Schmerz in ihrer Schulter.

Sie schrie.

Schon war sie an der Wohnungstür und riss sie auf.

Sie war draußen. Sie sah die Treppenstufen auf sich zustürzen. Alles drehte sich um sie herum.

Sie fiel.

Ihre Schreie hallten im Treppenhaus wider, gellend und schrill.

# ZWEITER TEIL

## SIEBEN

Sie saß ihm gegenüber in dem Ledersessel und hatte die Beine übereinandergeschlagen. Ihr Kleid war etwas knapper als sonst, und ihr Lächeln war einladend und schön.

Trojan räusperte sich.

»Und?«, fragte sie. »Wie geht es Ihnen heute?«

Er schwieg.

Sie faltete die Hände in ihrem Schoß und wartete.

Trojan seufzte. »Heute Abend bin ich kein Patient.«

Sie sah ihn an.

»Die Therapie ist mir im Augenblick völlig egal. Ich bin froh, hier zu sein.«

Sie lächelte. »Das ist schön.«

»Sind Sie auch froh?«

Sie zog die Augenbrauen hoch, antwortete nicht.

»Freut es Sie, dass ich hier bin?«

»Ja, natürlich. Wir waren doch verabredet.«

»Freitag um acht, genau.«

Es entstand eine Pause. Er sah sie nur an. Dann atmete er tief ein: »Wenn ich bei Ihnen in der Praxis bin, muss ich ja immerzu von mir selbst erzählen. Dabei gibt es einiges, was ich Sie gerne fragen würde.«

»Und das wäre?«

»Zum Beispiel, wie Sie das aushalten. Sie kommen nach Hause, sind angefüllt von all diesen Geschichten, jeder hat seinen Seelenmüll vor Ihnen ausgeschüttet. Ist das nicht zum Verzweifeln?«

»Dafür gibt es eine Supervision.«

»Und was heißt das?«

»Ich treffe mich mit einem anderen Psychologen und erzähle ihm von den Fällen, die mich belasten oder in denen ich nicht weiterkomme.«

»Das ist also eher beruflich.«

Sie lachte. »Wie meinen Sie das?«

»Wenn du nach Hause kommst, schweigen dich erst einmal die Wände an.«

»Sprechen Sie von sich selbst, Herr Trojan?«

»Nein, von Ihnen.«

»Ich dachte, weil Sie mich geduzt haben.«

»Sie dachten an ein verallgemeinerndes Du?«

»Ja.«

»Ein verbindendes Du. Du und ich.«

Was rede ich hier?, dachte er. Ein Termin, es ist nur ein Termin. Aber warum lächelt sie mich dann so an?

»Es gibt Freunde, mit denen man sich verabreden kann«, sagte sie leise.

»Ja, Freunde. Aber Sie haben es das letzte Mal so schön gesagt: dieser Mangel, wenn es niemanden gibt, mit dem man alles teilen kann –«

Er brach ab.

Mein Gott, dachte er, warum kann ich sie nicht einfach fragen, ob sie allein lebt? Warum ist das so schwierig mit Psychologinnen?

»Vielleicht bin ich ein Romantiker.«

»Ja, das könnte schon sein.«

Sie sah ihm tief in die Augen, und Trojan verspürte ein Wirbeln in der Brust.

Und wenn heute mein Glückstag ist?, dachte er. Ich werde ihr vorschlagen, die Therapie abzubrechen, damit sie sich ganz ohne berufliche Skrupel mit mir treffen kann.

»Aber Ihre Exfrau ... ich denke –«

Dass sie Friederike erwähnen musste, war für ihn wie ein Schlag ins Gesicht. Er zuckte innerlich zusammen.

»Verstehen Sie mich bitte nicht falsch, aber ich habe wirklich das Gefühl, dass Sie unter der Trennung sehr gelitten haben und vielleicht noch immer leiden.«

»Nein, das ist alles längst vorbei.«

Sie trug ihr Haar wieder hochgesteckt, er mochte das. Für einen Augenblick stellte er sich vor, wie es wäre, hineinzugreifen und es zu öffnen.

»Nein, nein, das ist wirklich vorbei, ich bin wegen dieser Panikattacken zu Ihnen gekommen, aber auch die werden sich auflösen.«

Alles wird sich lösen, dachte er.

Schließlich sagte er: »Sie haben einen Vorsprung.«

»Einen Vorsprung?«

»Ja, weil ich Ihnen schon so viel von mir erzählt habe. Das ist doch ungerecht, oder?«

»Ungerecht, inwiefern?«

»Sie erfahren alles von mir, ich aber nichts von Ihnen.«

»Nur so funktioniert eine Therapie.«

»Und darum sagte ich vorhin, dass ich heute Abend kein Patient bin.«

»Sondern?«

Er holte tief Luft. Und dann fragte er plötzlich: »Leben Sie allein?«

Sie schwieg, aber ihr Lächeln verschwand nicht.

»In Schöneberg? Lassen Sie mich raten. Gleich hier in der Nähe? Ich versuche mir auszumalen, wie Sie sich Ihre Wohnung eingerichtet haben.«

Sie lachte. »Ach ja?«

»Ich sehe viele Kissen vor mir und bunte Tücher.«

»Tücher?«

Sie lachte herzlich.

»Und Sie haben einen Flokatiteppich, wie es vielleicht auch in Ihrer Kindheit einen gab. Wir zu Hause hatten einen, und wenn meine Eltern nicht da waren, hab ich ihn einfach mit in mein Zimmer genommen.«

Trojan dachte daran, wie er als kleiner Junge auf dem Teppich gelegen hatte, darin versunken, sich weit weg träumend.

»Erzählen Sie mir davon. Erzählen Sie mir von dem kleinen Jungen auf dem Flokatiteppich.«

Das war der Moment, als sein Handy in der Tasche zu vibrieren begann.

Nicht rangehen, war sein erster Gedanke, nicht jetzt. Allerdings war es seine Pflicht, erreichbar zu sein.

Sie schien sofort die Veränderung in seinem Gesicht zu registrieren.

»Ist etwas?«

Er holte umständlich das Handy hervor.

»Gleich, es ist nur –«

Sie schauten beide auf das leuchtende Display.

»Entschuldigen Sie mich bitte für eine Sekunde. Das könnte dienstlich sein.«

Er erhob sich und ging aus dem Zimmer.

Im Flur drückte er auf die grüne Taste.

Es war nur ein sehr kurzes Gespräch.

Als er wieder bei Jana Michels war, runzelte sie die Stirn.

»Herr Trojan, eigentlich sollten Sie das Handy ausschalten während einer Sitzung.«

»Ich weiß, aber manchmal lässt sich das nicht vermeiden.«

»Was ist passiert? Sie sind ganz blass.«

»Es tut mir sehr leid. Ich muss zu einem Einsatz.«

»Ist es etwas Schlimmes?«

Er schwieg.

»Ein Mordfall?«

Er nickte nur. Sie sah ihn an.

Dann reichte er ihr die Hand zum Abschied.

Nur ein Termin, dachte er.

Man wollte ihm einen Wagen schicken, aber er radelte einfach los.

Er hatte das Gefühl, dass schon zu viel Zeit vergangen war, wertvolle Sekunden, in denen er Jana Michels an der Praxistür schweigend angesehen hatte, bis sie schließlich gesagt hatte: »Nun gehen Sie endlich«, mit dem Versuch eines Lächelns.

Trojan keuchte. Der Kreuzberg, die Osteria, der Bergmannkiez flogen an ihm vorbei, dann hatte er die Hasenheide erreicht. Vom Hermannplatz war es nicht mehr weit bis zur Fuldastraße.

Der Täter war irgendwo hier in der Nähe.

Gerber hatte am Telefon von einem Mädchen gesprochen, das ihn gesehen hatte.

Der Mörder wilderte in diesem Viertel.

Trojan durfte nicht noch mehr Zeit verlieren.

Er beschleunigte, umkurvte Passanten an einer Ampel, raste über die Pannierstraße, ein Wagen bremste dicht vor ihm.

Er fuhr weiter, jemand drückte hinter ihm erzürnt auf die Hupe.

Trojans Lunge brannte.

Schon von weitem sah er die aufzuckenden Blaulichter der Streifenwagen und die Absperrbänder vor dem Mietshaus in der Fuldastraße. Ein Pulk von Schaulustigen hatte sich davor versammelt.

Er stieg vom Rad, schloss es an einen Laternenpfahl, hielt kurz inne, um zu verschnaufen, zückte seinen Dienstausweis, und man ließ ihn passieren.

Das Treppenhaus war hell erleuchtet. Er vernahm das Knistern aus den Funkgeräten, die knappen Zurufe der Beamten, das aufgeschreckte Stimmengewirr der Hausbewohner.

Die Tür zu der Wohnung im vierten Stockwerk stand weit offen. Die Kollegen aus dem Team waren längst versammelt.

Gerber trat auf ihn zu.

»Er hat wieder zugeschlagen«, sagte er leise. »Wir sind ziemlich sicher, dass es derselbe ist.«

Trojan war noch immer außer Atem.

»Bist du bereit?«

Anstelle einer Antwort wischte er sich den Schweiß von der Stirn.

»Also komm.«

Gerber führte ihn in das Schlafzimmer.

Die Frau lag nackt auf dem Bett, die Arme nach oben gestreckt, die Beine gespreizt. Ihr Kopf war mit Schnittverletzungen übersät, auf der linken Seite fehlte ihr das Haar. Auf der rechten fiel es ihr in blonden Strähnen ins Gesicht.

Wo einmal ihre Augen gewesen waren, klafften dunkle Höhlen.

Trojan erkannte die tiefe Stichwunde am Hals. Der ganze Körper war mit paarweisen Striemen malträtiert.

»Der Vogel fehlt«, sagte er. »Habt ihr einen Vogel gefunden?«

Gerber schüttelte den Kopf. »Der Täter ist gestört worden. Vielleicht ist das die Erklärung dafür.«

»Wer ist sie?«

»Melanie Halldörfer, zweiunddreißig Jahre alt, alleinerziehend, ein Kind. Die Tochter hat sie vor etwa einer Stunde entdeckt, ein zehnjähriges Mädchen. Sie sagt, es sei jemand in der Wohnung gewesen. Hier, bei der Mutter im Schlafzimmer. Er habe über ihr gehockt. Sie ist schreiend rausgerannt. Als die Nachbarn kamen, um nachzuschauen, fanden sie nur noch die Tote vor.«

Trojan fühlte sich wie gelähmt. »Mein Gott, die eigene Tochter.«

Armin Krach kniete am Boden und hob mit einer Pinzette ein Haar auf, das er in einem Plastikbeutel verschwinden ließ.

»Niemand darf das Haus verlassen«, sagte Trojan.

Gerber brummte zur Bestätigung.

Er war kreidebleich.

»Und jeden Winkel durchsuchen. Vielleicht hält sich der Täter noch immer hier versteckt.«

»Ich habe die Kollegen bereits angewiesen. Aber wahrscheinlich ist der Täter längst über alle Berge. Wir haben eine geöffnete Dachluke entdeckt, der Dachboden war unverschlossen.«

»Sucht da oben alles ab.«

»Ist längst in Arbeit.«

»Er kann über das Dach geflohen und durch einen anderen Hauseingang getürmt sein.«

»Natürlich.« Gerber warf ihm einen strengen Blick zu. »Nils, du kommst spät.«

»Tut mir leid. Ich war –«

»Du brauchst mir nichts zu erklären. Aber der Chef war schon hier. Er hat sich nach dir erkundigt.«

Trojan stieß die Luft aus. »Scheiße.«

»Schon gut, Nils. Es gibt auch ein Leben jenseits des Verbrechens.«

»Ach, wirklich? Und wo ist Landsberg jetzt?«

»Oben auf dem Dach. Bei den Kollegen.«

Trojan blickte auf die Tote hinab.

Ihr Haar ist blond, dachte er, eine blonde Trophäe.

Er kämpfte gegen einen Schwindel an.

»Wo ist das Mädchen?«, fragte er.

»Bei den Nachbarn, ein Stockwerk tiefer.«

»Ist sie ansprechbar?«

»Versuch es. Stefanie Dachs hat sich um sie gekümmert, aber noch nichts aus ihr herausbekommen.«

Trojan bahnte sich an den Beamten vorbei einen Weg durch den Flur und stieg in den dritten Stock hinab. Auch hier war die Wohnungstür geöffnet, er hörte ein durchdringendes Wehklagen, kehlige Laute, die er für Arabisch hielt. Er schritt einen langen Flur entlang, vorbei an jammernden Frauen mit Kopftüchern, die ihre Arme in die Höhe warfen. Mehrere Zimmer musste er durchqueren, überall Klageweiber, keine Männer.

Das Mädchen hockte auf einem Sofa, umringt von weiteren Kopftuchfrauen.

»Können Sie uns für einen Moment allein lassen?«

Sie reagierten mit immer lauterem Klagen.

»Bitte, es ist wichtig.«

»Das Mädchen«, sagte eine von ihnen, »geht ihr nicht gut. Dürfen nicht stören.«

Trojan hielt ihr seinen Dienstausweis hin.

Es dauerte eine Weile, bis er die Frauen halbwegs beruhigen konnte. Sie verließen wild gestikulierend das Zimmer.

Trojan setzte sich zu dem Mädchen. Sie senkte den Kopf, ihre Hände waren tief in den Kängurutaschen ihrer Kapuzenjacke vergraben.

Er holte tief Luft, suchte nach einem Anfang, da fragte sie mit erstickter Stimme: »Wo ist Jo?«

Trojan runzelte die Stirn. »Jo?«

»Kannst du ihn zu mir bringen?«

Die Augen des Mädchens füllten sich mit Tränen.

»Ist das ein Freund von dir?«

Sie nickte.

»Wie sieht er aus?«

Es verging einige Zeit, bis ihm das Mädchen umständlich erklärt hatte, dass Jo ein Stofftier war.

»Vielleicht liegt er noch auf meinem Bett. Kannst du ihn mir holen? Ich traue mich nicht nach oben.«

Trojan nickte. Er eilte zurück in die Wohnung im vierten Stockwerk. In dem Zimmer des Mädchens blickte er sich um. Filzstiftmalereien hingen an der Wand, zeigten eine bunte schöne Welt, da waren Inseln und Palmen und fliegende Fische, Spielzeug lag verstreut auf dem Boden, das Bettgestell war blau angemalt und mit gelben Tupfen verziert, auf dem fliederfarbenen Kissen hockte eine Stoffschildkröte. Er nahm sie auf und trug sie hinunter zu dem Mädchen.

Sie drückte das Tier an sich.

»Wie heißt du?«, fragte er nach einer Pause.

»Lene.«

»Es ist sehr wichtig, Lene, dass du mir genau erzählst, was du in eurer Wohnung gesehen hast.«

Das Mädchen schwieg, während es die Schildkröte in den Armen hin und her wiegte.

»Wer war im Schlafzimmer deiner Mutter? Kannst du mir denjenigen beschreiben?«

Das Mädchen gab ein Schluchzen von sich.

»Wo ist meine Mama jetzt?«

Trojan seufzte.

»Deine Mama ist –«

Er brach ab. Herrgott, dachte er, wie soll ich ihr das nur beibringen. Dabei hatte er das Gefühl, dass Lene längst wusste, was mit ihrer Mutter geschehen war.

Da machte sie eine zuckende Bewegung, und Trojan erkannte die zwei tiefen Risse an ihrer Kapuzenjacke. Auch das T-Shirt darunter war zerfetzt, und er sah die Striemen auf ihrer Schulter. Er streckte die Hand danach aus, aber Lene wich zurück.

»Du bist verletzt.«

Sie schwieg.

»Wie ist das passiert?«

Sie schüttelte bloß den Kopf.

»Wo ist Mama jetzt?«, fragte sie schließlich.

Dann sackte sie in sich zusammen.

## ACHT

Er erwachte aus einem tiefen, dumpfen Schlaf. Er brauchte eine Weile, bis er sich vergewissert hatte, wo er war, dann schlug er mit der flachen Hand auf den schrillenden Wecker und atmete tief durch.

Langsam erhob er sich und zog die Vorhänge auf, und da sah er ihn.

Er hockte im Geäst der Linde vorm Fenster. Sein Gefieder war rötlich, die Partie um die Flügel von einem hellen Blau, die Schwanzfedern dagegen waren schwarz. Er schien direkt zu ihm herüberzuäugen.

Eine Weile hielt er ganz still, auch Trojan rührte sich nicht. Dann flatterte der Vogel auf und verschwand.

Trojan überlegte, ob er von der gleichen Art war, die sie bei Coralie Schendel gefunden hatten. Nein, der hier war größer gewesen. Und Melanie Halldörfer? Wieder tauchten die Bilder von den beiden massakrierten Frauenkörpern vor seinem inneren Auge auf, unerbittlich und grell.

Die Zeichen stimmten überein. Nur auf einem Leib fehlte der Vogel.

Wir müssen seine Art bestimmen, durchfuhr es ihn. Das könnte von Bedeutung sein.

Wie viele verschiedene gab es eigentlich in dieser Stadt? Er beschloss, das demnächst nachzuschlagen.

Er rieb sich den Nacken, dann setzte er den Kaffee auf.

Nur zwanzig Minuten später saß er auf seinem Fahrrad und strampelte am Kanal entlang.

Das Urbankrankenhaus war ein grauer Klotz, die Rückseite führte direkt zum Ufer hinaus.

Trojan fragte an der Pforte nach, dann nahm er den Aufzug und stieg im sechsten Stockwerk aus. Der Geruch nach Desinfektion und Betäubung, das fahle Neonlicht, die lautlosen Schritte auf dem Linoleum, all das löste ein bedrückendes Gefühl in ihm aus, wie immer bei Besuchen in Kliniken. Zwangsläufig musste er an seine Mutter denken, die Ahnung von Todesnähe in ihrem Blick, ihr kahler Schädel nach der Chemotherapie.

Abrupt blieb er stehen.

Die kahlen Schädel der beiden Toten. Das Resthaar bei der einen, blond und blutverkrustet.

Die Bilder schoben sich übereinander.

Die Mutter nach ihrer letzten Operation, Schläuche in Mund und Nase, sein Vater, seine Schwester und er an ihrem Bett.

Und mit einem Mal sah er wieder ganz deutlich vor sich, wie sie zu Hause in der Neubausiedlung gestorben war. Ihr letztes Aufbäumen, das Ersticken, er hatte nur noch ihre Hand halten können.

Er war gerade einmal achtzehn Jahre alt gewesen, und er hatte sich so schwach und hilflos gefühlt. Ihm war, als wäre damals etwas in ihm zerbrochen.

Er taumelte.

Es half nichts, er musste weiter.

Endlich hatte er die Krisenstation erreicht.

Er fragte die Leiterin der Abteilung nach Lene Halldörfer.

»Ach, das Mädchen, das gestern Abend eingeliefert wurde.«

Trojan nickte zur Bestätigung.

»Mit wem habe ich es denn bitte schön zu tun?«

Ihm gefiel der leicht schnippische Unterton nicht. Er zeigte ihr seinen Dienstausweis.

Die Stationsschwester warf einen kurzen Blick darauf, dann sagte sie: »Lene ging es heute Morgen schon wieder besser. Ihr Vater war hier und hat sie abgeholt.«

»Ihr Vater?«

»Ist das so ungewöhnlich?«

»Hat er sich ausgewiesen?«

»Natürlich.«

Ihr stieg eine leichte Röte ins Gesicht. Trojan musterte sie, die unvorteilhaft große Brille, das fransig kurzgeschnittene Haar, ihre von Schweiß glänzende Stirn.

»Haben Sie sich wenigstens irgendwo den Namen und die Adresse notiert?«

Sie schnitt eine Grimasse, setzte sich an ihren Schreibtisch, klapperte auf der Tastatur des Computers und wies schließlich auf das Register auf ihrem Monitor.

»Bernd Schuch.«

»Nicht gerade der Name der Mutter.«

»Auch das ist ja heutzutage nicht weiter ungewöhnlich«, schnaufte sie.

»Hören Sie, wir ermitteln in einem Mordfall. Die Mutter der Kleinen wurde umgebracht.«

»Darüber bin ich informiert.«

»Zunächst einmal wird jeder aus ihrem Umfeld verdächtigt.«

»Aber wenn doch der eigene Vater –«

»Haben Sie auch überprüft, ob er das Sorgerecht für Lene hat?«

Die Schwester sah ihn irritiert an.

Trojan stieß die Luft aus.

»Das hat er nämlich nach unseren Informationen nicht. Also hätten Sie Lene nicht einfach in seine Obhut geben dürfen.«

Sie trommelte mit den Fingern auf der Tischplatte. Dann versuchte sie den Einwand mit einer energischen Handbewegung wegzuwischen.

»Schauen Sie, wir sind hier alle ein bisschen überarbeitet.«

»Erzählen Sie mir nichts von zu viel Arbeit«, entgegnete er. »Hat ein Arzt die Wunden des Mädchens untersucht?«

Sie nickte.

»Er soll mir den Bericht ins Kommissariat schicken, noch heute.«

Trojan schnippte ihr seine Visitenkarte hin. Dann fingerte er nach seinem Handy und drückte eine Kurzwahltaste.

»Ich brauche Verstärkung, am besten Gerber, und einen Wagen, schnell«, sprach er in den Hörer.

Sie rasten die Urbanstraße entlang, hinterm Hermannplatz fuhren sie die Karl-Marx-Straße hinunter. Je weiter südlich sie kamen, desto trostloser wurde die Gegend, Import-Export-Geschäfte, Shisha-Bars und Ramschläden reihten sich aneinander.

Gerber war nicht sehr gesprächig. Alles, was Trojan aus ihm herausbekam, war, dass er schlecht geschlafen hatte. Als er sich nach Natalie erkundigen wollte, grunzte er nur.

Vielleicht hat ihr das Geburtstagsgeschenk nicht gefallen, dachte er bitter.

Sie hielten an der Ecke Lahnstraße. Der Lärm war ohrenbetäubend, Lkws donnerten in Richtung Stadtautobahn.

»Wie kann man hier nur wohnen«, murmelte Gerber beim Aussteigen. Trojan zuckte bloß mit den Achseln.

Er sah an der Fassade des Neubaus hoch, die in einem verwaschenen Rosa gehalten war, ein hilfloser Versuch, von ihrem Elend abzulenken. Kurz unter dem Dach hatte jemand in riesigen Buchstaben sein Kürzel hinterlassen, UCRM, was immer das heißen sollte. Aus einem Fenster hing eine Deutschlandfahne, aus einem anderen lehnte eine Frau in Kittelschürze. Sie spuckte auf die Straße.

Sie mussten lange nach dem Namen auf der Klingelleiste suchen.

Auf ihr Läuten wurde nicht reagiert. Allerdings ließ sich die Haustür mit einem Tritt gegen die Verschalung öffnen.

Im Treppenhaus roch es nach den üblichen menschlichen Ausdünstungen, das ranzige Gemisch schaler Tage und Nächte. Der Lärm in einem der unteren Stockwerke ließ auf eine handfeste Auseinandersetzung schließen, doch Trojan und Gerber hatten andere Sorgen.

Sie stiegen weiter die Treppe hinauf, einen Aufzug gab es nicht.

Ganz oben, am Ende des Flurs, klopften sie gegen die Tür, weil die Klingel nicht funktionierte.

Sie hämmerten ein zweites und ein drittes Mal, bis sie eine leise Stimme von innen hörten.

»Wer ist da?«

»Kriminalpolizei. Machen Sie bitte auf.«

Es dauerte eine Weile, bis zaghaft geöffnet wurde.

Bernd Schuch steckte in einer Schlabberhose, sein T-Shirt reichte gerade bis zum Bauchnabel. Am Hals trug er die Tätowierung einer Krone.

Trojan und Gerber zückten ihre Dienstausweise.

»Meine Melanie ist tot«, sagte Schuch ohne Umschweife, leise und voller Erstaunen.

Sie nickten.

Seine Augen waren rot gerändert.

Er ließ sie herein.

Die Wohnung war ein Sammelsurium von Möbelstücken, die nicht zueinander passen wollten.

»Kaffee?«, fragte Schuch.

»Keine Zeit für Kaffee«, erwiderte Gerber. »Wir suchen Ihre Tochter.«

»Sie schläft.« Schuch nickte zu einer geschlossenen Tür hin. »Sie ist erschöpft, die Kleine. Das war ein Schock. Und für mich erst –«

Er raufte sich das Haar. Aus seinem Mund drang abgestandener Bierdunst. Trojan dachte daran, dass er noch nicht gefrühstückt hatte.

»Möchten Sie nicht doch einen Kaffee?«

Ein verstohlener Blick in Richtung Küche genügte, wo verkrustete Pizzareste auf der Ablage klebten, sie lehnten dankend ab.

»Könnten Sie sie bitte wecken.«

»Ich fasse das alles nicht.« Schuch warf den Kopf in den Nacken und reckte die Arme zur niedrigen Zimmerdecke hin, als wollte er zum Allmächtigen beten, doch dann schlug er bloß mit beiden Fäusten gegen seine Schläfen. »Sie müssen mir das nachsehen, bitte, meine Frau ist gestern –«, er suchte lange Zeit nach einem Wort, »verschieden.«

»Wohl eher Ihre Exfrau.«

»Ja und? Was macht das für einen Unterschied?«

Gerber sah zu Trojan hin.

Trojan räusperte sich. »Herr Schuch, das tut uns alles sehr leid. Aber wir müssen mit Lene sprechen.«

Schuch kratzte sich nachdenklich unterhalb des Bauchnabels. Schließlich wandte er sich zu der verschlossenen Tür.

Trojans Nackenhaare stellten sich auf. Möglich, dass er trickst, dachte er. Instinktiv glitt seine Hand zum Waffenholster unter der Jacke.

»Süße, komm raus!«, rief Schuch.

Schon hatte er die Tür aufgerissen.

Gerber und Trojan schoben sich an ihm vorbei.

»Langsam, langsam«, murmelte er.

Sie musterten das Zimmer. Es war eher eine Art Kammer, vollgestellt mit Gerümpel.

Auf dem Boden lag eine Matratze.

Der Vorhang vor dem schmalen Fenster bewegte sich im Luftzug.

Geräusche drangen aus dem Hof zu ihnen herauf, Stimmen, streitende Paare, tönende Fernsehapparate.

Doch die Matratze war leer.

Nur eine geblümte Bettdecke und ein zusammengeknautschtes Kissen lagen darauf.

Trojan trat vor und schob den Vorhang beiseite. Für einen Moment fürchtete er, Lene dort unten im Hof zu sehen, verrenkt, gestürzt, zerschmettert.

Aber da war nichts.

Er sah erst zu Gerber hin, schüttelte den Kopf, dann blickten sie beide zu Schuch.

Der rieb sich seinen nackten Arm. Trojan bemerkte eine weitere Tätowierung darauf, ein Herz mit Pfeil, doch in seiner Mitte stand nicht »Melanie« geschrieben, sondern »Marusha«.

Für einen Moment war zu hören, wie Schuch eine Ladung Speichel hinunterschluckte.

Dann flüsterte er: »Sie ist weg.«

Trojan und Gerber starrten ihn an.

»Lene«, sagte er. »Wo ist sie?«

Sie tauschten stumme Blicke.

Schließlich hob Trojan die Stimme: »Herr Schuch, Sie sind vorläufig festgenommen.«

## NEUN

Sie nannten es einfach nur »Das Zimmer«. Es war klein, fahl ausgeleuchtet, hatte keine Fenster und war schlecht belüftet. An der Stirnseite befand sich eine verspiegelte Fläche, hinter der man den Beschuldigten aus dem Nebenraum beobachten konnte, ohne dass der etwas davon mitbekam.

Die beiden Stühle und der Tisch waren im Boden fest verankert, die auf der Tischplatte verschraubte Lampe hatte eine Hundert-Watt-Glühbirne, sie wurde nur bei Bedarf eingeschaltet.

Auf die Augen des Gegenübers gerichtet, bewirkte sie oftmals Wunder.

Sie verhörten ihn ohne Schreibkraft, ohne vermerkte Zeugen. Sie wussten, dass es vor Gericht keine Relevanz haben würde, aber die Methode hatte schon oft zum Erfolg geführt.

Der rundliche und etwas gemütlich wirkende Kolpert ging zuerst zu ihm rein und spielte den guten Bullen. Nach zwanzig Minuten kam er raus, sie ließen Schuch eine Weile warten, dann kümmerte sich Holbrecht um ihn und mimte den bösen Bullen.

Als Holbrecht fertig war, ließen sie ihn wieder allein. Anschließend lag es an Stefanie Dachs, die äußerst charmante und verständnisvolle Kriminalbeamtin zu geben.

Nach einer Stunde war sie fertig, hatte Schuch umschmeichelt, umgarnt, ihn sogar kurz zum Lachen gebracht.

Das war der Moment, als Trojan übernahm.

Er ließ die Stahltür ganz sacht hinter sich ins Schloss fallen. Langsam trat er auf den Tisch zu, blieb stehen und sah auf den blassen, verschwitzten Schuch hinab.

»Ich muss pinkeln«, sagte der, ohne aufzublicken.

»Musst du dir verkneifen.«

»Seit wann duzen wir uns?«

»Du siezt, ich duze.«

Schuch sah ihn kurz an. »Was soll das?«

Trojan stützte sich auf die Tischplatte, seine Hände waren dicht vor Schuchs Ellenbogen, der vornübergebeugt dasaß, das Kinn auf die Fäuste gestützt.

»Wo warst du Freitagabend?«, fragte er.

»Hab ich der hübschen Maus gerade alles erzählt.«

»Erzähl es mir.«

»Ich war zu Hause.«

»Wer kann das bezeugen?«

Er ließ den Atem durch die Schneidezähne entweichen. »Mein Fernseher? Mein Sofa? Frag meinen Kühlschrank!«

Trojan kickte ihm mit der flachen Hand die Ellenbogen weg, Schuchs Oberkörper sackte kurz ein, dann hatte er sich wieder gefangen.

Er lehnte sich zurück und sah Trojan feindselig an.

»Erzähl mir den Ablauf ganz genau.«

Schuch verschränkte die Arme vor der Brust. »Ich hab ein paar Bierchen getrunken, ferngesehen. So gegen zehn kam der Anruf von Melanies Nachbarin. Sie hat gesagt –«

Seine Stimme brach.

»Was hat sie gesagt?«

»Melanie ist tot«, antwortete er weinerlich. »Man hat sie ermordet.«

Er starrte Trojan mit großen staunenden Augen an.

»Und was hast du nach dem Anruf gemacht?«

»Ich – ich hab geflennt – ich –«

»Du hast dir noch ein Bierchen aufgemacht. Deine süße Melanie ist tot, und du –«

»Was hätte ich denn tun sollen? Ich war völlig fertig, ich – hab ein Rohypnol geschluckt und –«

Wieder brach er ab. An seinem Hals pochte es unter der Tätowierung, die Krone zitterte. Der König ist angeschlagen, dachte Trojan.

»Weiter!«

»Gegen Mitternacht hab ich noch mal bei der Nachbarin angerufen.«

»Wie heißt sie?«

Schuch suchte nach dem Namen. »Kaba – raba – Scheiße, das ist so was Polnisches, kann ich mir nicht merken.«

Trojan setzte sich auf den Stuhl ihm gegenüber und musterte ihn. Nach einer Pause sagte er betont leise: »Marietta Kabaczynski, die Nachbarin deiner süßen Melanie, hat ausgesagt, dass sie oftmals Geschrei in der Wohnung nebenan gehört habe. Oftmals seien an deiner süßen Melanie Blutergüsse im Gesicht, an den Armen oder am Hals zu erkennen gewesen, und das immer, wenn du zu Besuch warst. Einmal habe sie Lene im Treppenhaus angetroffen, weinend und verstört. Auf ihre Frage hin, was denn los sei, habe die Kleine geantwortet: ›Mein Erzeuger schlägt meine Mutter.‹«

Schuch rührte sich nicht.

»Was hast du dazu zu sagen?«

»Ich will mit einem Anwalt sprechen.«

»Dein Scheißanwalt ist unterwegs. Aber den kannst du vergessen, das ist nur so ein Scheiß-arme-Leute-Anwalt, der kann nichts ausrichten für dich.« Er atmete aus. »Du bist allein, Schuch, ganz allein.«

Er erhob sich, ging eine Weile auf und ab, dann baute er sich vor ihm auf.

»Kennst du eine Coralie Schendel?«

»Nie gehört.«

Er beugte sich zu ihm hinunter. »Hast du sie gefickt?«

»Was?«

»Ob du sie gefickt hast?«

Schuch zeigte keine Regung.

»Erst gefickt und dann umgebracht? Oder umgekehrt? Antworte!«

Trojan konnte Schuchs schlechten Atem riechen. Er beugte sich noch weiter vor, seine Stirn berührte beinahe den Kopf des anderen.

»Wo warst du Dienstagabend? Dienstag vor einer Woche, sag. Sag es ganz schnell, dann bist du es los.«

Er sah die Ader unter der Krone pochen, aber Schuch antwortete nicht.

Trojan überwand seinen Ekel und griff in den Haarschopf hinein, erst war es wie ein Streicheln, doch dann bohrten sich seine Fingernägel in die Kopfhaut, tiefer und tiefer.

»Sag es mir. Ich will dir nur helfen, Schuch. Ich bin dein Freund. Dienstag, vierter Mai, antworte.«

Schuchs Gesicht war schmerzverzerrt.

»Ich weiß es nicht mehr«, flüsterte er. »Ich glaube, an dem Abend war ich auch zu Hause. Oder bei Melanie, ja, ich glaub, ich war bei Melanie.«

»Haben wir überprüft, kann nicht sein.«

»Was?«

»Du warst Dienstagabend nicht bei Melanie.«

»Woher wollen Sie das wissen?«

»Hältst du uns für bescheuert?«

»Nein.« Er schniefte. »Ich glaub, ich war in der Kneipe.«

»Wie heißt die Kneipe?«

»Lahn-Eck in der Karl-Marx-Straße.«

»Ist das schön da?«

»Weiß nicht.«

»Mag man dich im Lahn-Eck, Schuch?«

Er wimmerte leise.

»Kann irgendwer bestätigen, dass du am Dienstagabend vor einer Woche da warst?«

»Bestimmt.«

»Und wenn du doch zu Hause warst? Willst du, dass deine Kneipenkumpel uns anlügen? Willst du das, Schuch?«

»Ich muss pinkeln«, flüsterte er.

Trojan stieß seinen Kopf weg und hockte sich auf die Tischkante.

»Heute früh, Samstag. Was war heute früh los?«

Schuch stöhnte.

»Hab ich doch alles schon hundertmal erzählt.«

»Antworte, wenn ich dich was frage.«

»Ich hab Lene aus dem Krankenhaus abgeholt.«

»Wann war das?«

»Acht, halb neun.«

»So früh schon?«

»Hab die ganze Nacht kein Auge zugedrückt.«

»Armer Schuch. Du hast sie abgeholt, und dann?«

Er war den Tränen nah. »Wir haben bei Kamps 'n Stück Kuchen gegessen. Wir sind rauf zu mir, und sie wollte nur noch schlafen. Ich hab ihr die Matratze ausgerollt. Hab sie noch zugedeckt und ihr einen Kuss auf die Stirn gegeben.«

»Ach, du lieber Schuch.«

»Dann bin ich aus dem Zimmer und hab selbst noch 'ne Runde gepennt. Plötzlich hat es an der Tür gewummert.«

»Das waren dann wohl wir.«

Mit einem Mal sprang Trojan auf und trat mit voller Wucht auf Schuchs Fuß. »Wo ist Lene?«

Er wimmerte. »Ich weiß es nicht.«

»Was hast du mit ihr gemacht?«

»Nichts.«

»Hast du ihr was angetan?«

»Nein.«

»Hast du ihr wehgetan?«

»Ich bin doch ihr –«

»Was bist du? Sag mir, was du bist! Bist du ein mieses Schwein?«

Schuch zog den Rotz hoch.

»Ich bin doch ihr Vater«, hauchte er.

»Wer ist Marusha?«

»Marusha?«

Trojan packte seinen Arm und deutete auf das Tattoo. »Die da!«

Schuch starrte auf das Herz mit dem Pfeil. Es brauchte lange, bis er verstand.

»Das ist doch ewig her«, jammerte er und kratzte über die Haut. »Kriegt man nicht mehr ab, die Scheiße.«

Trojan ließ ihn los und wandte sich von ihm ab. Es vergingen etwa zwei Minuten, ohne dass jemand etwas sagte.

Schließlich flüsterte Schuch in seinem Rücken: »Darf ich jetzt zur Toilette, bitte?«

Manchmal hasse ich meinen Job, dachte Trojan.

Dann ging er wortlos zu der Eisentür, drückte auf den Signalknopf, und man ließ ihn hinaus.

Im Nebenraum warteten Landsberg, Kolpert, Holbrecht und Stefanie Dachs hinter dem Einwegspiegel.

Landsberg trat auf ihn zu. »Und, was meinst du?«

Trojan zuckte mit den Schultern. »Wir müssen die Kleine finden, und zwar schnell.«

»Die Vermisstenmeldung ist raus«, sagte Stefanie. »Ich hab ein Foto von ihr aus der Wohnung geholt, das ging an alle Dienststellen, an Presse und Fernsehen. Da gibt es auch noch eine Tante, die ich befragt habe, aber auch sie weiß nicht, wo Lene sein könnte. Sie hatte schon seit Jahren keinen Kontakt mehr zu ihrer Schwester und zu ihrer Nichte. Überhaupt muss die Halldörfer sehr zurückgezogen gelebt haben.«

Sie schauten durch die Scheibe zu Schuch hinüber, der die Oberschenkel zusammenpresste.

»Was machen wir jetzt mit ihm?«, fragte Holbrecht.

»Lasst ihn hier noch eine Weile schmoren«, sagte Landsberg.

»Lenes Verletzungen«, murmelte Trojan, »die Striemen an ihrer Schulter«, er schluckte, »stammen aller Wahrscheinlichkeit nach von Rasierklingen. Das stand in dem Bericht vom Krankenhaus.«

Sie schwiegen alle.

»Was ist mit seiner Wohnung?«, fragte er in die Stille hinein.

»Krach und Gerber durchsuchen sie gerade, bisher ohne Erfolg.«

Landsberg nickte ihm zu. »Was sagt dir dein Gefühl, Nils?«

Trojan warf einen Blick auf Schuch. Der drückte die Hände auf den Unterleib, durch die Mithöranlage hörte man ihn fluchen.

»Das ist eine arme Sau, mehr nicht«, sagte Trojan. »Rastet im Suff aus, wird gewalttätig gegen Frauen, ist aber nicht unser Mann.«

»Und wenn er sich nur verstellt?« Stefanie Dachs rieb sich die Schläfen. »Er hat Lene aus dem Weg geräumt, weil sie die einzige Zeugin ist.«

Oder wegen der Haare, dachte Trojan, sie sind so blond und schön wie bei ihrer Mutter.

»Wenn Schuch unschuldig ist und sie noch lebt«, sagte er, »dann ist sie in Gefahr.«

In seinem Kühlschrank fand er nur noch ein angebissenes Stück Brot und einen Apfel. Aus der Milchtüte roch es säuerlich, und der Käse hatte einen pelzigen Überzug. Mit spitzen Fingern hob er ihn an, ließ den Mülleimer aufschnappen und warf ihn hinein.

Er nahm den Stoffbeutel aus der Schublade, der war ordentlich zusammengefaltet, man musste auf solche Details achten. Ordnung gab Sicherheit, Ordnung hatte eine Kraft.

Auch der Schlüsselbund hing korrekterweise am Haken, er schnappte ihn sich und verließ die Wohnung.

Als er aus dem Haus trat, wurde er vom Sonnenlicht geblendet.

Er schlug den Weg nach rechts ein. In seinem Viertel gab es zwei Supermärkte zur Auswahl, in beiden war das Personal mürrisch und das Gedrängel zum Fürchten.

Aber er hatte ja Zeit, viel Zeit.

Er setzte sich auf eine Bank am Kanal, den Stoffbeutel in den Händen, und ließ die Schlaufen des Tragegriffs durch die Finger laufen. Ein Ausflugsdampfer zog auf dem Wasser vorbei, es saßen nur wenige Touristen auf dem Deck. Eine Lautsprecherstimme verkündete, rechter Hand befinde sich das Paul-Lincke-Ufer und Paul Lincke sei der Komponist des berühmten Schlagers von der Berliner Luft.

Sofort hörte er in Gedanken die Melodie.

Ein Paar schlenderte an ihm vorüber, eng umschlungen. Unwillkürlich sah er den beiden nach. Die Hand des Mannes glitt über den Hintern der Frau. Sie trug ultrakurze Shorts, er konnte die Hautfalten ausmachen, den Übergang von den Oberschenkeln zu den Pobacken. Er konnte nicht anders, er musste hinsehen.

Der Typ kniff zu, und die Frau kicherte.

Jung war sie, ihr Haar wippte.

Es muss etwas in den Menschen sein, dachte er, das sie gierig gemacht hat.

Für einen Moment musste er an Magda denken, ihr Gesicht erschien deutlich vor ihm. Sie lächelte ihn an.

Wie sie einmal zu ihm auf der Straße gesagt hatte, er solle ihr unter die Achseln greifen und sie herumwirbeln, hoch durch die Luft, vor allen Leuten.

Ihr Lachen dabei.

Er neigte den Kopf, schüttelte den Gedanken ab.

Schließlich stand er auf und spazierte über die Brücke. Auf der anderen Seite des Ufers war Rattengift ausgelegt, ein gelbes Schild warnte davor. Er fürchtete diese Nager, die manchmal über den Gehweg huschten, auf der Suche nach Beute, er hasste sie.

Er schob den Chip in den Schlitz, zog die Kette heraus und wuchtete den Einkaufswagen aus der Reihe.

Im Supermarkt roch es nach Tiefkühlware, rohem Fleisch und Bohnerwachs.

Er brauchte nicht viel, prüfte das Brot, vorgeschnitten, der Clip an der Verpackung verriet, dass es gerade einmal fünf Tage haltbar war, er wollte nicht so oft einkaufen gehen, nicht so oft aus dem Haus.

Eine Tüte Milch oder doch lieber zwei? Gemüse, dachte er, Obst, die Vitamine, was man alles brauchte, um den Körper in Gang zu halten, er wählte ein paar Tomaten aus. Am Kühlregal verspürte er plötzlich Lust, die Würste aus ihren Verpackungen zu reißen und auf den Boden zu werfen. Er wusste auch nicht, warum, vielleicht war ihm nach etwas Subversivem zu Mute, doch er konnte sich beherrschen, verhielt sich wie immer still und unauffällig.

Er beklagte sich noch nicht einmal, als ihm an der Kasse der Kunde hinter ihm den Einkaufswagen in die Ferse schob, die empfindliche Stelle, der Schmerz war stechend, er wandte sich wortlos zu dem anderen um, aber der grinste nur.

Er war an der Reihe und legte seine Sachen auf das Band. Die Kassiererin hatte einen rötlichen Fleck auf ihrem Kittel, er überlegte, woher der stammen konnte, Blut möglicherweise. Am liebsten hätte er sie darauf hingewiesen, aber man deutete nicht mit dem Finger auf andere Leute. Das gehörte sich nicht.

Er zückte sein Portemonnaie und freute sich, dass er das Geld passend parat hatte. Die Kassiererin mit dem Fleck sagte zu ihm: »Bitte Geheimzahl eingeben und bestätigen.« Es wunderte ihn, weil er doch gar nicht mit der Karte bezahlen wollte, aber die Worte kamen wie aus einem Automaten aus ihr heraus, und sie bemerkte den Irrtum nicht. Darüber musste er ein wenig lächeln.

Er verstaute die Einkäufe im Stoffbeutel und schlurfte damit am Kanal entlang.

Heb die Füße, dachte er bei sich, du bist kein alter Mann.

Seine Laune hatte sich leicht gebessert, und einer plötzlichen Eingebung folgend, beschloss er, den Elektromarkt in den Neukölln-Arkaden aufzusuchen, um sich dort die Digitalkameras anzuschauen. Das schien ihm eine sinnvolle Beschäftigung für den Vormittag zu sein, vielleicht konnte er sich sogar dazu durchringen, so ein Gerät zu kaufen.

Das Fotografieren hatte ihm doch früher einmal Spaß gemacht. Er musste lange überlegen, was ihm noch alles in seinem Leben Freude bereitet hatte, es gab nicht viel.

Und wieder tauchte Magdas Lächeln vor seinem inneren Auge auf.

Seine Gesichtsmuskeln begannen zu zucken. Er wechselte den Stoffbeutel von der einen Hand in die andere.

Die Einkäufe könnte er mitnehmen, die Wurst würde so schnell nicht schlecht werden.

Als sei es ein Zeichen der Bestätigung, bog der M 29er genau in diesem Augenblick um die Ecke, als er die Bushaltestelle erreichte. Er zeigte dem Fahrer einen alten Fahrschein vor und freute sich, dass der den Trick nicht durchschaute.

An der Ecke Sonnenallee stieg er aus und wechselte zur Haltestelle des M 41ers über, von hier aus war es nur noch eine Station. Noch einmal klappte die Finte mit dem Fahrschein.

Kurz darauf betrat er das Einkaufszentrum. Es war laut und eng darin, zu viele Menschen. Er wusste, dass sich hier arabische Jugendbanden herumtrieben und die Ladenbesitzer schikanierten, Taschen und Geldbörsen stahlen, einen mit Messern bedrohten. All das wusste er. Er hielt seine Hand auf die Hosentasche gepresst, spürte das Portemonnaie darin. In Sicherheit bleiben, dachte er, unbehelligt.

Er fuhr mit der Rolltreppe ins erste Stockwerk hinauf, von irgendwoher drang Musik zu ihm, und wieder musste er an Magda denken, wie er sie einmal in einen Club ausgeführt hatte, Magda war eine gute Tänzerin gewesen. Er sah sie vor sich, wie sie ihr Haar in den Nacken warf.

Er war oben angelangt und steuerte direkt auf den Eingang des Elektromarktes zu.

Plötzlich blieb er stehen.

Etwas in seinen Augenwinkeln fesselte seine Aufmerksamkeit.

Er drehte sich um.

Da hockte jemand auf einem der weißen Sitzwürfel. Ruheinseln nannte man das in diesen Einkaufszentren.

War es denn möglich, war das nicht –?

Noch so ein Wink, ein Tag voller Zeichen.

Er hielt den Stoffbeutel mit seinen Einkäufen fest umklammert. Lange Zeit rührte er sich nicht.

Aber er musste eine Entscheidung treffen.

Endlich gab er sich einen Ruck und ging zu dem Sitzwürfel hin.

Da war noch Platz für ihn.

Er atmete rasch ein und aus, dann setzte er sich.

»Hallo«, sagte er leise zu dem Mädchen.

# ZEHN

Er hätte Zwiebeln einkaufen sollen, zu einer anständigen Tomatensoße gehörten doch Zwiebeln. Nun konnte er die Wohnung nicht mehr verlassen.

Er rührte in dem Topf, Knoblauch war auch nicht mehr im Haus. Was war nur in den letzten Wochen mit ihm los gewesen? Alles war so karg um ihn herum.

Er ließ die Spaghetti aus der Verpackung in das kochende Wasser gleiten und knickte sie vorsichtig ein, wenigstens für ein Nudelgericht war gesorgt.

Eine Zeit lang stand er reglos vorm Herd, dann schlich er sich zu der geschlossenen Wohnzimmertür hin. Nach kurzem Zögern presste er das Ohr an das Türblatt.

Alles, was er hören konnte, war das Rauschen seines Bluts.

Es war ungewohnt, einen Gast zu haben, aufregend und verstörend zugleich.

Zurück in der Küche, stieß er einen leisen Fluch aus. Die Tomaten wären beinahe angebrannt, er drehte den Schalter herunter und rührte hektisch mit dem Holzlöffel im Topf. Er war ja nicht einmal mehr in der Lage, Spaghetti zu kochen.

Er kostete, es fehlte der letzte Pfiff. Er streute eine Prise Salz und etwas von dem Pizzagewürz in die Soße, drehte an der Pfeffermühle, aber ohne Zwiebeln und Knoblauch wurde das nichts. Da fiel ihm ein, dass er ja Wurst eingekauft hatte. Er holte sie aus dem Kühlschrank, zerschnitt sie in kleine Würfel und warf sie in den Topf.

Er stellte sich den Küchenwecker bereit, in der Hinsicht musste man genau sein, neun Minuten Kochzeit, es war 15:37, er wartete, bis die Ziffern auf 15:46 umgesprungen waren, dann nahm er den Topf vom Herd und schüttete das Wasser mit den Spaghetti in das Sieb. Abtropfen lassen, fertig.

Er klapperte absichtlich laut mit dem Geschirr.

Noch einmal horchte er an der Tür.

Nichts war zu hören.

Er tat die Spaghetti auf den Teller, legte Gabel und Löffel an den Rand, wartete noch einmal zwei Minuten ab, dann öffnete er die Wohnzimmertür einen Spaltbreit und schaute hinein.

Da lag sie, auf dem Sofa. Sie hielt ihre Kapuzenjacke an sich gedrückt wie ein Kuscheltier. Ihr Haar war über der Armlehne ausgebreitet wie ein schönes blondes Vlies.

Er verlor sich in dem Anblick.

Da drehte sie plötzlich den Kopf, und er wich erschrocken einen Schritt zurück, doch sie hatte ihn schon bemerkt.

Rasch richtete sie sich auf und sah ihn an. Ihre Wangen waren vom Schlaf gerötet, aber in ihren Augen blitzte es, sie schien hellwach zu sein.

»Hast du Hunger?«, fragte er vorsichtig, aber sie antwortete nicht.

Er ging in die Küche zurück, nahm den Teller mit den

Spaghetti und dem Besteck und balancierte ihn ins Wohnzimmer.

Vorm Sofa blieb er stehen und fragte noch einmal: »Hast du Hunger?«

Sie beäugte erst den Teller in seiner Hand, dann ihn.

Da sie noch immer nichts sagte, stellte er ihn auf dem Couchtisch ab.

Er ließ sich neben ihr nieder, in angemessenem Abstand, dicht an der zweiten Armlehne. Sie setzte sich auf, die Kapuzenjacke ließ sie nicht los. Dann rückte sie ein Stück von ihm ab, drückte sich in die Sofaecke hinein.

Eine Weile sagten sie beide nichts.

Plötzlich fragte sie mit belegter Stimme: »Wo ist meine Mama jetzt?«

Er seufzte. Es war äußerst schwierig, diese Frage zu beantworten.

Er zupfte an seinem Ohrläppchen.

»Glaubst du an einen Gott?«, fragte er.

Sie hob die Schultern.

»Vielleicht gibt es einen Gott«, sagte er.

Wenn es einen gab, dachte er, dann müsste Magda bei ihm sein, und alles hätte einen Sinn, aber wem war damit schon geholfen? Ihm jedenfalls nicht, ihn brachten diese Fragen zur Raserei.

Er schob ihr den Teller hin.

»Iss, du musst sehr hungrig sein.«

Sie zögerte, dann nahm sie Löffel und Gabel und begann geschickt, die Spaghetti aufzuwickeln. Beim Essen schmatzte sie ein wenig, das gefiel ihm. Schließlich war er auch mal ein Kind gewesen und hatte mit den Tischmanieren zu kämpfen gehabt. All das lag so weit zurück, nun war er zu einem Menschen geworden, der Ordnung brauchte, denn Ordnung bot ihm Halt.

»Und du?«, fragte sie mit vollem Mund.

Er schüttelte den Kopf.

Er war zu aufgeregt, hätte sich verschluckt, immerzu aufstoßen müssen, womöglich wäre ihm die Soße übers Kinn gelaufen.

Sie aß weiter, er beobachtete sie genau, ihm entging nicht, dass sich ihre Augen mit Tränen füllten. Er spürte, wie sie dagegen ankämpfte, sie aß trotzig weiter, doch schließlich ließ sie das Besteck sinken und rieb sich über das Gesicht.

Er rutschte etwas näher und strich mit der Hand über ihren Kopf. Ihr Haar war voll, ein blondes dichtes Wunder.

Sie wich zurück.

»Fass mich nicht an!«

Er hielt die Hand noch ausgestreckt, doch er fügte sich, nickte ihr zu und zog sich wieder in seine Sofaecke zurück.

Sie wischte sich die Tränen weg und aß noch ein paar Bissen, schließlich schob sie den Teller weg: »Dein Essen schmeckt nicht.«

Vielleicht hatte er es nicht richtig gewürzt, ohne Zwiebeln und Knoblauch, das waren ja auch erschwerte Bedingungen, er holte die Pfeffermühle und den Salzstreuer aus der Küche, stellte ihr beides hin. Sie nahm und würzte nach, probierte noch einmal, dann schüttelte sie den Kopf.

Er war enttäuscht, er wollte ihr doch eine Freude machen. Sie schauten beide auf das verschmähte Essen.

Lene drückte die Kapuzenjacke noch fester an sich.

Die Jacke verströmte einen eigenartigen Geruch, er rümpfte kurz die Nase.

Er versuchte es mit einem Lächeln, sie reagierte nicht.

Sie wischte sich mit dem Finger eine Träne weg und fragte: »Ob meine Mama noch zu Hause liegt, da auf dem Bett?«

Für einen Moment versuchte er sich die Szenerie auszumalen.

»Sie werden sie abgeholt haben. Das ist der Lauf der Dinge.«

Sie schien nachzudenken.

»Und wo kommt sie jetzt hin?«

»Manche werden verbrannt, andere kommen unter die Erde.«

Sie nagte an ihrer Unterlippe, wieder wollte er ihr über das Haar streichen, seine Antwort hatte sie nicht gerade geschont, das war ihm jetzt auch klar. Herrgott, es war wirklich nicht einfach, mit ihr über all das zu sprechen.

Er sah, wie ihr wieder die Tränen kamen, und er beschloss, sich lieber nicht zu rühren.

»Und was ist mit deinem Vater?«, fragte er.

»Er ist nicht mein Vater, nur mein Erzeuger.« Sie schlug die Augen nieder. »Hat Mama immer gesagt.«

Er nickte, ihm war diese Unterscheidung aus eigener Erfahrung vertraut, und er sagte: »Mein Erzeuger war auch nicht gut zu mir.«

Sie blickte auf. »Hat er dich geschlagen?«

Wieder nickte er.

»Meiner hat mich auch geschlagen.« Sie schniefte. »Ich will nicht mehr zu ihm.«

»Das kann ich verstehen.«

Sie warf ihm stumme Blicke zu, ihre Augen waren kristallblau. Ihre Kleidung war zerknittert, und die Jacke stank, er dachte daran, dass man sie dringend waschen müsste.

»Ruh dich einfach aus«, sagte er schließlich. »Ein paar Tage, ein paar Nächte, so lange du willst. Du wirst sehen, das wird dir guttun.«

Sie schwieg.

»Das Sofa ist doch bequem, oder?«

Und da sie wieder nichts sagte, klopfte er wie zur Bestätigung auf das Polster. »Es ist ein gutes Sofa.«

Er stand auf und nahm den Teller mit dem verschmähten Essen, doch mit einem Mal saß er dicht bei ihr.

»Hast du Angst?«

Er war ihr jetzt sehr nah, und ihre Augen ruhten auf ihm.

»Wovor hast du denn Angst? Deine Mutter ist im Himmel, sie ist erlöst.«

Ja, dachte er, Erlösung gab es doch für jeden irgendwann einmal, auch für ihn, oder etwa nicht?

»Du bist komisch«, sagte sie nach einer langen Pause.

Er neigte den Kopf. Das hatten ihm schon zu viele Menschen gesagt.

Er erhob sich, trug den Teller in die Küche und schüttete das Essen in den Mülleimer.

Zurück an der Tür, sagte er: »Ruh dich nur aus, wenn du magst.«

Leise zog er die Tür ins Schloss und dachte: Alles hat seine Zeit.

Am Abend kam sie heraus und fragte: »Kann ich mich waschen?«

Er war so überrascht, dass er etwas von seinem Bier verschüttete.

»Natürlich«, sagte er.

Im Badezimmer zeigte er ihr den Stapel mit den Handtüchern und überflüssigerweise auch die Seife auf dem Wannenrand. Sie sagte nichts, wartete ab, bis er sie allein ließ.

Er hörte, wie hinter der Tür das Wasser rauschte. Manchmal, wenn der Strahl gegen den Duschvorhang zu schlagen schien, wurde das Rauschen lauter, es war mehr wie ein Zischen.

Manchmal verebbte es ganz, dann hörte er es wieder deutlich.

Plötzlich war es still.

Er stellte sich vor, wie sie nach dem Handtuch fingerte.

Er horchte, trank einen Schluck Bier, horchte wieder.

Endlich wurde der Riegel im Schloss herumgedreht.

Sie hatte seinen Bademantel angezogen, der ihr um einige Nummern zu groß war. Der Anblick rührte ihn.

Ihre Sachen trug sie im Arm.

Sie stand auf der Türschwelle, barfuß, nur einen Meter entfernt von ihm.

»Hast du eine Waschmaschine?«

»Aber ja.«

Er nickte zu dem Bullauge neben dem Kühlschrank hin, er hatte sie in der Küche anschließen müssen, weil das Bad so klein war.

»Gib her.«

Er erhob sich und wollte ihr die Sachen abnehmen.

Sie aber schüttelte nur den Kopf.

Sie ging zur Waschmaschine, öffnete die Tür und warf die Sachen hinein.

»Die Jacke auch?«, fragte er.

Wo hatte sie die Jacke gelassen?

Wieder schüttelte sie den Kopf.

Sie drehte an den Reglern. Er wollte ihr helfen, das richtige Programm zu wählen. Als er hinter ihr stand, machte sie eine abweisende Bewegung, dabei rutschte das Revers des Bademantels von ihrer Schulter.

Da sah er den Wundverband: eine Lage Mull, an den Rändern festgeklebt, etwa eine Handbreit groß.

Er schluckte.

Sie zog den Bademantel fester zu, drückte auf den Ein-aus-Schalter, das Wasser sprudelte in die Maschine, und die Trommel begann zu rotieren.

Eine Weile verharrte sie ratlos, dann setzte sie sich an den Küchentisch.

Er bemerkte ihren Blick auf die Bierflasche.

»Willst du auch eins?«, fragte er.

»Bier? Bist du verrückt?«

Schlagartig wurde ihm sein Fehler bewusst, und er spürte Hitze in seinem Gesicht aufsteigen.

»Das hat mein Erzeuger immer getrunken«, murmelte sie verächtlich.

»Du hast recht, Bier ist nicht gut.«

Er nahm die Flasche und schüttete den Rest in der Spüle aus.

»Und was machen wir jetzt?«, fragte sie.

Er überlegte.

»Was hältst du von einem Kartenspiel?«

Er holte die Karten hervor, und sie spielten Mau-Mau. Er konnte sich noch schwach an die Regeln erinnern, ließ sie gewinnen. Als sie ihn ein drittes und ein viertes Mal geschlagen hatte, wollte er zum Ausgleich eine Partie für sich entscheiden, aber dann spielte sie triumphierend wieder die vorletzte und die letzte Karte vor ihm aus.

»Mau! Mau-Mau!«

Er beobachtete sie. Es schien ihr zu gefallen, die Siegerin zu sein. Doch irgendwann wurden ihre Augen glasig, und er sagte, es sei vielleicht besser, schlafen zu gehen.

Er musste lange im Schrank nach einer zweiten Bettdecke suchen, endlich hatte er sie gefunden. Sie roch nach Mottenpulver. Er reichte sie ihr.

Nachdem er ihr eine gute Nacht gewünscht hatte, verschwand sie wortlos im Wohnzimmer.

Er schaltete die Waschmaschine aus, öffnete die Trommel und nahm ihr T-Shirt, die Hose, die Söckchen und das Höschen heraus.

Das T-Shirt hatte an der Schulter einen Riss.

Sorgfältig hängte er die Wäsche im Badezimmer auf. Er musste über die geringelten Socken lächeln. Sie waren von der gleichen Art, die auch er als Kind getragen hatte.

Da bemerkte er die Wasserlachen vor der Wanne, Lene hatte nicht aufgepasst. Seufzend holte er Eimer und Lappen hervor und wischte auf.

In der Küche überlegte er, ob er noch ein Bier trinken sollte. Er hielt die Flasche schon in der Hand, stellte sie aber kurz darauf wieder weg.

Schließlich schaltete er im Schlafzimmer den kleinen Fernseher ein. Mit der Fernbedienung arbeitete er sich durch die Kanäle.

Plötzlich hielt er inne.

Es war das Regionalfernsehen. Es wurde viel gesprochen, ein aufgeregter Moderator stellte Fragen an einen Kriminalbeamten, erhielt aber nur knappe Antworten. Es ging um die Morde, es waren bestialische Morde.

Und dann wurde Lenes Foto gezeigt. Sie sah darauf aus wie ein blonder Engel, unschuldig und zart.

Er spürte, wie sich seine Hände verkrampften.

Er betätigte den roten Knopf, und das Bild erlosch.

»Schlaf jetzt, mein lieber Konnie«, hatte Magda immer zu ihm gesagt.

Warum er ausgerechnet jetzt an Magda denken musste, er war doch nicht mehr allein.

Er atmete tief durch, vergrub die Hände im Gesicht.

Sein Körper fühlte sich mit einem Mal schwer und matt an, als würde eine heftige Krankheit über ihn herfallen.

Mühsam stemmte er sich aus dem Bett hoch.

Er musste unbedingt nachsehen gehen, ob das Mädchen schon schlief.

# ELF

Am Sonntagvormittag kam Emily. Er holte beim Bäcker Brötchen, und sie frühstückten zusammen.

»Ich hab dich gestern im Fernsehen gesehen, Papa«, rief sie aufgeregt.

Trojan erinnerte sich nicht gerne an den Auftritt in der Sendung »Berlin am Abend«. Landsberg hatte ihn gebeten, für ihn einzuspringen, weil etwas mit seiner Frau war. Er erläuterte das nicht genauer, aber Trojan hatte den Verdacht, dass es sich um etwas Besorgniserregendes handelte, denn Landsberg war eigentlich immer zur Stelle.

Der Moderator hatte ihm Fragen zu den beiden Frauenmorden gestellt. Trojan hatte nur ausweichend geantwortet und, wie mit dem Chef verabredet, nichts von den Vogelzeichen erwähnt, um die Ermittlungen nicht zu gefährden.

Der Journalist war nicht zufrieden mit ihm gewesen, und Trojan hatte sich vor der Kamera unwohl gefühlt.

»Mama hat es auch gesehen.«

»Ach ja?«

»Sie hat gesagt, du sahst so verkniffen aus.«

»Verkniffen? Was meint sie denn damit?«

Emily zuckte mit den Schultern und strich sich Marmelade auf ihr Brötchen. Sie trug ein weißes Top zu ihrer

Jeans, das Haar fiel ihr in dichten Locken über die Schultern. Sie sieht bezaubernd aus, dachte Trojan voller Stolz.

»Keine Ahnung, frag sie doch selbst.« Sie zwinkerte ihm zu. »Ich finde, du sahst gut aus im Fernsehen.«

Er lächelte. »Danke.«

»Ist das nicht abscheulich mit diesen Morden? Wie hältst du das nur aus?«

Er sah sie an. Plötzlich musste er an die Zeit denken, als Friederike mit ihr schwanger war und er sie das erste Mal auf dem Ultraschallbild erkannt hatte, diesen Wurm mit dem großen Kopf, den Mund, der sich bewegte, als würde sie vor sich hin brabbeln, vergnügt im schützenden Fruchtwasser. Friederike war nach der Untersuchung in den Laden gegangen, und er hatte sich glückstrunken auf sein Fahrrad geschwungen und war zum Dezernat gefahren. »Ich werde Vater!«, hatte er immerzu vor sich hin geflüstert, während die Stadt an ihm vorbeiflog. »Ich werde Vater!«

Das Leben war ein Rausch, ein einziger Taumel gewesen.

»Manchmal ist es auch kaum auszuhalten. Aber du wolltest mir doch von Leo erzählen.«

»Leo?« Sie wurde rot, dann lachte sie. »Ach, Leo, na ja.«

Nach einer Pause sprudelte es aus ihr heraus, und innerhalb kürzester Zeit wusste er, dass Leo in die Zehnte ging, Skateboard fuhr, lange Haare und ein Lippenpiercing hatte, unheimlich gut auf dem E-Bass spielen konnte und dass er sich in den letzten Tagen einfach nicht mehr bei ihr gemeldet hatte.

»Aber stell dir vor, gerade heute Morgen schalte ich mein Handy ein, und da hat er mir doch in der Nacht gesimst, von einer Party aus, von der ich gar nichts wusste, und dass es blöd dort ist und er mich vermisst und er sich ärgert, weil er nicht gefragt hat, ob wir was zusammen machen wollen.«

»Du solltest ihm gleich antworten.«

»Hältst du mich für bescheuert? Den lass ich jetzt eine Weile zappeln. Bis heute Abend oder so.«

Trojan strahlte sie an.

Sie aßen auf, er schlürfte seinen Kaffee, sie den grünen Tee, eine Angewohnheit, die sie neuerdings von Friederike übernommen hatte, die war süchtig nach dem Zeug.

Sie plauderten noch eine Weile, dann stellte er das Geschirr in die Spüle und fragte: »Was hältst du von einer kleinen Bootspartie auf der Spree?«

»Au ja! Kanu?«

»Kanu oder Ruderboot, wie du magst.«

»Kanu ist cooler.«

»Okay.«

Emily sprang auf und drückte ihm einen Kuss auf die Wange. Glücksschauer durchrieselten ihn.

Sie zogen sich die Jacken an und gingen los. Im Treppenhaus deutete Emily fragend auf Doros Wohnungstür.

Er antwortete mit einer vagen Geste, indem er die Handflächen nach oben drehte und eine Grimasse zog.

Emily grinste ihn an.

Sie sprang vorneweg die Stufen hinunter, er folgte ihr.

Unten an den Briefkästen überprüfte er kurz, ob er auch den Wohnungsschlüssel eingesteckt hatte. Emily stemmte die Haustür auf und war bereits draußen auf dem Gehweg, als er stockte.

Etwas hatte ihn irritiert, etwas am Rande seines Blickfelds.

Urplötzlich begann sein Herz wie wild zu schlagen.

»Warte mal einen Moment, Em.«

Er wandte sich um und ging zu den Briefkästen zurück.

Sein Blick wanderte über die Namensschilder, bei seinem eigenen blieb er hängen.

Etwas stimmte da nicht.

Er trat einen Schritt näher, und dann sah er es: Am Einwurfschlitz seines Briefkastens klebte eine Vogelfeder.

Sie zitterte im Luftzug.

Alles in Ordnung, dachte er, nur eine Feder.

Aber sein Herz hämmerte noch immer.

Er nahm den Schlüssel aus der Hosentasche und öffnete den Kasten.

Mit einem leisen Aufschrei wich er zurück.

In seinem Briefkasten lag ein blutverschmierter, gerupfter Vogel. Seine Bauchhöhle war geöffnet. Auf seiner Brust war mit einer Reißzwecke ein Stück Papier befestigt, auf dem in großen gedruckten Lettern zu lesen war:

AUCH DU WIRST STERBEN, TROJAN.

Ein heftiger Schwindelanfall überkam ihn. Er hielt sich stöhnend an der Treppenhauswand fest.

Von draußen rief Emily nach ihm.

Das Blut toste in seinen Ohren.

Nichts anfassen, durchfuhr es ihn, keine Spuren verwischen.

Es brauchte ein paar Sekunden, dann hatte er sich halbwegs gefangen. Er nahm ein Taschentuch aus seiner Jacke, legte es über seine Hand und klappte so den Briefkasten wieder zu. Er schloss sorgfältig ab und steckte den Schlüssel ein, knüllte das Taschentuch zusammen und ließ es in der Jacke verschwinden.

Schon war er bei Emily.

»Was ist denn los, Paps?«

Ich darf sie jetzt nicht enttäuschen, dachte er, wir wollen doch zur Spree.

Instinktiv sah er sich um. Die Forster Straße wirkte ruhig und friedlich, die Bäume rauschten im Wind. Aus einem geöffneten Fenster drang fröhliches Gelächter zu ihnen.

»Alles in Ordnung?« Emily berührte ihn am Arm.

»Hmm. Mir war nur kurz ein bisschen schwindlig.«

Er schluckte.

»Komm«, sagte er mit belegter Stimme, »jetzt machen wir uns einen schönen Tag.«

Sie warf ihm einen prüfenden Blick zu, dann nickte sie.

An der Brücke wechselten sie auf die andere Straßenseite und erreichten nach einigen Metern den Freischwimmer, wo der Bootsverleih war.

Der Boden unter seinen Füßen schwankte leicht, obwohl sie sich noch an Land befanden.

»Lass uns doch lieber ein Ruderboot nehmen.«

»Och, warum denn?«

Er versuchte zu lächeln: »Ein Kanu ist so wacklig.«

Sie zog einen Flunsch.

»Außerdem sitzt man sich im Boot gegenüber.«

»Na schön.«

Er bezahlte am Tresen des Lokals für eine Stunde, man wies ihnen ein Boot zu, und sie stiegen ein.

Emily wollte zuerst rudern.

Er hockte im Heck, seine Hände schwitzten.

Sie plauderte weiter, während sie den Flutgraben entlangschipperten und die Spree erreichten.

Das Licht war grell, die Wolken am Himmel zerfetzt. In der Ferne leuchtete der Fernsehturm, über die Oberbaumbrücke ratterte eine U-Bahn.

Sie ruderte in Richtung der großen Skulptur, die drei Riesen aus Aluminium darstellte, sie rangen im Wasser miteinander oder tanzten. Er hatte das nie richtig begriffen.

Er sah, wie sich der Mund seiner Tochter bewegte, auf und zu, ihr Haar flatterte im Wind, aber alles war so fern von ihm.

Ich darf sie nicht enttäuschen, dachte er wieder.

»Jetzt bist du dran, Papa.«

Sie ließ die Ruder sinken und erhob sich.

Das Boot schwankte.

Es geschah, als er ebenfalls aufstand, um auf ihren Platz zu wechseln. Er hörte erst das Kreischen, dann war die Möwe herangeschossen und rauschte dicht über seinen Kopf hinweg.

Sein Herz krampfte sich zusammen, er rang nach Luft.

Stöhnend sank er auf die Holzbank zurück. Emily stand vor ihm im schaukelnden Boot und sah auf ihn herab.

Für einen Moment wurde ihm schwarz vor Augen.

»Was ist denn?«

Er fuhr sich mit der Hand über die Stirn.

Die Möwe war längst fort, aber die Angst hielt ihn fest umklammert.

»Wir müssen umkehren«, keuchte er.

»Aber wir sind doch gerade erst –«

»Bitte, Emily, schnell.«

Der Schweiß drang ihm aus allen Poren, er zitterte.

»Nun mach schon.«

Emily sah ihn irritiert an.

»Ich erklär dir das später, Em, ja?« Er erschrak selbst über seine brüchige Stimme. »Aber es ist sehr, sehr wichtig, dass du jetzt umkehrst.«

Sie runzelte die Stirn.

Dann setzte sie sich wortlos, nahm die Ruder und wendete das Boot.

»Brauchen Sie einen Arzt?«, fragte der Bootsverleiher.

Trojan schüttelte den Kopf.

»Natürlich braucht er einen Arzt«, stieß Emily hervor. »Irgendwas ist doch mit ihm.«

Trojan lehnte erschöpft an einem Poller und rieb sich die Brust. Mit der anderen Hand fischte er sein Handy hervor.

»Emily, was hältst du davon, wenn du wieder zu Mama fährst?«

»Ich lass dich doch jetzt nicht im Stich, Paps.«

Trojan murmelte ein paar kurze Sätze in das Handy. Der Bootsverleiher zuckte mit den Schultern und kümmerte sich um die nächsten Kunden, die auf dem Steg warteten.

Als Trojan das Gespräch beendet hatte, sah er seine Tochter an. »Es tut mir so leid, Emily.«

»Was denn, Paps?«

»Es sollte doch ein schöner Tag werden.«

»Ist es auch so«, sagte sie, aber die Verstimmung war ihr anzumerken.

Er war noch immer zittrig, wollte sich aber nicht so vor seiner Tochter zeigen.

Und dann kam ein Streifenwagen und holte sie beide ab.

Sie fuhren zurück zu seiner Wohnung.

»Was hat das zu bedeuten?«, fragte Emily.

»Es ist nichts weiter. Ich hab nur etwas in meinem Briefkasten gefunden, was mit dem Fall zu tun hat, an dem ich gerade arbeite.«

»Aber das hättest du mir doch sagen können.«

Er schaute sie bloß schweigend an.

Kurz darauf hatten sich Krach, Gerber und Holbrecht im Treppenhaus versammelt, auch die Kriminaltechniker trafen ein.

Er bat Emily, oben in der Wohnung auf ihn zu warten.

Die Techniker untersuchten den Briefkasten und brachten den Vogel und das Papier ins Labor.

Er unterrichtete die Kollegen über das Notwendigste. Einige Zeit später kam Landsberg hinzu. Er schaute Trojan besorgt an und sagte, er solle sich erst einmal ausruhen.

Emily zog sich auf Trojans Bitte hin in ihr Zimmer zurück.

Er sank in der Küche auf einen Stuhl und nippte an dem Glas Wasser, das ihm Landsberg gereicht hatte.

»Nils, das tut mir alles so leid. Wenn ich es zu dieser Scheißsendung geschafft hätte, wäre das alles nicht passiert.«

»Bist du dir sicher? Dann hätte der Kerl es jetzt vielleicht auf dich abgesehen.«

»Woher kennt der nur deine Adresse?«

Das war die entscheidende Frage, die Frage, die ihn am meisten ängstigte.

»Darüber habe ich natürlich auch schon nachgedacht. Er muss mich wohl beobachtet haben.«

»Hier kannst du nicht bleiben. Wir besorgen dir eine andere Wohnung.«

»Nein.«

»Nils, sei doch vernünftig.«

»Dieses Schwein vertreibt mich nicht aus meinen eigenen vier Wänden.«

Landsberg klopfte seine Jacketttasche ab und holte eine Zigarettenpackung hervor. »Darf ich hier rauchen?«

»Wenn es unbedingt sein muss.«

Seine Hand zitterte, als er sich die Kippe anzündete.

Er stieß den Rauch aus und sagte: »Wenn du hierbleibst, Nils, musst du immer deine Waffe bei dir haben, ist das klar?«

Trojan legte den Finger an die Lippen. »Nicht so laut, bitte, meine Tochter –«

»Sie kann unmöglich hierbleiben.«

»Ist mir schon klar.«

Landsberg inhalierte. »Wir werden dir einen Wachpolizisten abstellen, unten auf der Straße, nur zur Sicherheit an deinem Wohnort.«

»Aber möglichst unauffällig, bitte.«

Es war ihm eh schon nicht recht, dass ein paar Leute aus dem Haus mitbekommen hatten, wie im Treppenhaus nach

Spuren gesucht wurde, dann die übliche Befragung, ob sie etwas Verdächtiges gesehen hätten. Zum Glück war Doro nicht zu Hause gewesen.

»Weiß man schon irgendwas im Labor?«, fragte er.

»Ich hab, kurz bevor ich kam, angerufen. Druckerpapier der Marke Copy X, Laserdrucker von HP, vermutlich ein Modell aus der 10er-Serie, handelsübliche Reißzwecke, Fingerspuren null, Faserspuren null. Sie versuchen es jetzt noch mit einem speziellen Infrarotverfahren, aber –«, er zog an seiner Zigarette, »machen wir uns lieber nicht zu viele Hoffnungen. Der Kerl ist clever.«

»Und die Spuren am Briefkasten kann man wahrscheinlich vergessen.«

Landsberg nickte. »An einem Briefkasten wimmelt es naturgemäß nur so von fremden Fingerabdrücken.«

»Was ist mit dem Vogel?«

»Die gleiche Art wie bei der ersten Toten.«

»Hast du dich eigentlich mal erkundigt, was das für eine Art ist?«

»Hab ich, ja. Es ist ein Gimpel, auch unter dem Namen Dompfaff bekannt.«

»Kommt der in unserer Gegend vor?«

»Nicht unbedingt häufig, manchmal in Gärten, also eher in den Außenbezirken.«

»Und das Blut?«

»Vogelblut, keine anderen Spuren. Aber wie gesagt, das ist erst das vorläufige Ergebnis.«

Landsberg nahm noch ein paar tiefe Züge, dann ließ er an der Spüle etwas Wasser über die Kippe laufen und warf sie in den Mülleimer.

»Und wie geht es deiner Frau, Hilmar?«

Er schlug die Augen nieder.

»In Ordnung«, sagte er in einem Tonfall, der das Gegenteil erahnen ließ.

»Und du, Nils? Bist du okay? Kann ich dich hier allein lassen?«

Er nickte.

»Fahr noch heute ins Kommissariat und hol dir deine Waffe, ist das klar?«

Wieder nickte er.

»Und schick deine Tochter nach Hause.«

Das hier ist doch auch ihr Zuhause, dachte er niedergeschlagen, aber er nickte noch einmal.

»Kopf hoch, Nils. Wir kriegen den Kerl.«

Und dann war Landsberg zur Tür hinaus.

Plötzlich stand Emily vor ihm. Er zuckte zusammen, er hatte sie nicht kommen hören.

»Ich muss also wieder gehen?«

»Emily, ich würde mich freuen, wenn du bleibst, aber es wäre besser, wenn –«

Er brach ab.

»Nur bis morgen, Papa, wie es abgesprochen war? Ich kann dich doch jetzt nicht allein lassen.«

Sie setzte sich zu ihm, er drückte ihre Hand.

»Was war denn nun in dem blöden Briefkasten?«, fragte sie leise.

»Ein Zettel mit einer Drohung«, murmelte er.

Den zerfetzten Vogel erwähnte er lieber nicht.

»Von diesem Mörder?«

Er nickte. »Höchstwahrscheinlich, ja.«

»Dir kann nichts passieren, Papa. Du bist stark.«

Er lächelte sie an.

»Danke, Emily. Danke, dass du mir das sagst.«

Er stand auf.

»Und jetzt machen wir uns erst mal was zu essen. Was hältst du von Rührei?«

## ZWÖLF

Er war seit sieben Uhr morgens im Einsatz. Bisher war es ein normaler Arbeitstag gewesen, ein paar Betrunkene, einige Verkehrsunfälle, eine hilflose Person, die von einem öffentlichen Fernsprecher anrief und fragte, wie sie denn jetzt nach Hause finden würde.

Es war neun Uhr achtzehn, als Polizeidirektor Clemens den nächsten Anruf entgegennahm. Auf seinem Computer begann das Suchprogramm zu arbeiten, das ihm den Aufenthaltsort des Gesprächsteilnehmers auf dem Stadtplan anzeigen sollte.

»Notrufzentrale der Polizei«, meldete sich Clemens, drei Wörter, die er an die hunderttausend Mal am Tag aussprach.

Am anderen Ende der Leitung blieb es still. Vermutlich wieder falscher Alarm, dachte er.

»Hallo, bitte melden Sie sich.«

Jetzt machte er ein leises Atmen aus.

Das Computerprogramm wühlte sich noch immer durch die möglichen Anschlüsse, ein unterirdisches Netz in der Stadt, eine riesige Spinne in ihrer Höhle.

Plötzlich vernahm Clemens die Stimme eines jungen Mädchens.

»Ich habe Angst.«

»Sag mir deinen Namen.«

Wieder Atmen, Rauschen.

Es war eine unterdrückte Rufnummer, aber der Computer hatte sie längst entschlüsselt. Auf dem Monitor blinkte der Name auf: Ratiborstraße 29.

Clemens gab eine Tastenkombination ein, um das Haus genauer zu orten, Vorderhaus, Hinterhaus, Stockwerk, nichts entging dem Programm.

»Möchtest du einen Notfall melden?«

Clemens galt als sehr geduldiger Beamter, es gab Kollegen an den Funktischen neben ihm, die ganz anders reagierten.

Er hörte ein leises Schluchzen.

Und wieder: »Ich habe Angst.«

»Wovor? Wie heißt du? Was ist passiert?«

Das war vermutlich zu viel für das Mädchen. Er musste eine Frage nach der anderen stellen.

»Du musst mir schon sagen, wie du heißt, sonst kann ich dir nicht helfen.«

Ob die Kleine wirklich in Gefahr war? Schwer einzuschätzen, dachte Clemens.

Endlich nannte sie ihren Vornamen, es war mehr ein Flüstern.

»Und dein Nachname?«

Wieder nur das Schluchzen.

»Ich habe solche Angst.«

»Deinen Nachnamen, sag ihn mir.«

Vielleicht war es ja doch nur der Scherz einer Göre, die sich interessant machen wollte.

Tagtäglich hatte Clemens mit diesen Scherzen zu tun.

Doch dann sprach das Mädchen den Nachnamen aus, und er ging auf dem anderen Bildschirm die Liste der dringend vermissten Personen durch.

Er fand den Namen sofort.

»Bleib am Apparat«, sagte er schnell.

Aber das Mädchen hatte schon aufgelegt.

In der Nacht machte Trojan kein Auge zu.

Er hatte Emily doch noch überzeugen können, dass es sicherer für sie war, bei ihrer Mutter zu schlafen. In seinem alten Golf hatte er sie nach Charlottenburg gefahren.

Da bei Friederike gerade einige Freunde zu Besuch waren, hatte er sich mit Erklärungen zurückgehalten und nur erwähnt, dass es dienstliche Gründe hätte.

»Dienstlich, wie immer«, hatte sie ihm schmallippig entgegnet.

Er hatte seinen Ärger über ihre Bemerkung hinuntergeschluckt, sich von Emily verabschiedet und war ins Kommissariat gefahren, um seine Waffe aus dem Stahlschrank zu holen.

Da lag sie nun griffbereit neben seinem Bett, und er horchte in die Dunkelheit hinein.

Mehrmals in der Nacht stand er auf, trat ans Fenster und schaute auf die Straße hinab.

Alles war ruhig.

Nur ein Polizist drehte dort unter den Lindenbäumen einsam seine Runden.

Trojan überlegte, ob er ihn zu einem Kaffee hereinbitten sollte, da er ja eh nicht schlafen konnte, doch dann wollte er noch einmal versuchen, zur Ruhe zu kommen.

Es half nichts, bis zum Morgengrauen lag er wach.

Schließlich fiel er in einen kurzen traumlosen Schlaf.

Als er hochschreckte, war es schon nach acht. Er hatte wohl das Schrillen des Weckers überhört.

Um kurz nach neun traf er völlig zerschlagen und mit einstündiger Verspätung im Kommissariat ein.

Auch Gerber sah nicht gerade ausgeschlafen aus. Sein Gesicht war grau und unrasiert.

Sie bedienten sich schweigend an der Kaffeemaschine, als das Telefon klingelte.

Gerber hob ab und wirkte schlagartig hellwach.

Er murmelte bloß ein paar knappe Sätze in den Hörer und kritzelte etwas auf seinen Block.

In seinem Blick war beinahe etwas Triumphierendes, als er auflegte.

»Lene Halldörfer hat vor etwa zwei Minuten bei der Notrufzentrale angerufen. Sie ist in einer Wohnung in Kreuzberg, Ratiborstraße 29. Das SEK ist informiert.«

»Ratiborstraße?« Trojan verschluckte sich an seinem Kaffee. »Das ist ja gleich bei mir um die Ecke.«

Gerber nickte nur.

Zwei Sekunden später stürmten sie los.

Trojan fuhr. Gerber ließ die Seitenscheibe herunter und befestigte das Blaulicht auf dem Dach.

Sie rasten mit Tempo hundertzwanzig am Ufer entlang, Trojan wechselte hektisch die Spuren. Er spürte seinen Herzschlag, spitz und schnell. Für einen Moment machte er einen Anflug von Panik aus, dann verging das Gefühl wieder.

Er zwang sich, nicht länger darüber nachzudenken.

Es roch nach verbranntem Gummi, als er von der Skalitzer Straße in die Wiener Straße einbog, er gab noch einmal Gas, dann schaltete Gerber die Sirene aus.

Trojan parkte auf dem Gehweg, außerhalb der Sichtweite vom Haus Nummer 29.

Die anderen Wagen folgten.

Das SEK war schon vor Ort.

Sie spurteten hinein. Nicht einmal fünfzehn Minuten hatten sie seit dem Anruf gebraucht.

Im Treppenhaus war es bedrückend still.

Ein Spezialist vom SEK kniete bereits vor der Wohnungstür und bohrte lautlos das Schloss auf.

Am Klingelschild befand sich kein Name.

Hinter dem Spezialisten hatten sich die anderen Männer vom SEK postiert, alle mit Schutzwesten und Helmen ausgerüstet. Sie hielten ihre Maschinenpistolen im Anschlag.

Trojan und sein Team nahmen ein paar Treppenstufen hinter den Behelmten Stellung.

Konrad Moll, dachte er, das war der Name aus dem Melderegister für diese Wohnung.

Kaum wahrnehmbar drang das Surren des elektrischen Bohrers an seine Ohren.

Konrad Moll, neununddreißig Jahre alt, ein arbeitsloser Schaufensterdekorateur.

War das ihr Mann?

Ein leises Klicken, schon war das Schloss geknackt.

Der Spezialist an der Tür hob die Hand und streckte drei Finger aus.

Trojan atmete tief in den Bauch.

Was war mit Lene?

War sie noch am Leben?

Noch drei Sekunden.

Da knickte der Mittelfinger des Spezialisten ein: noch zwei Sekunden.

Es musste schnell gehen, überraschend und schnell, sonst hätte das Mädchen keine Chance.

Dann knickte der Zeigefinger ein: noch eine Sekunde.

Würden sie es rechtzeitig schaffen?

Schließlich war auch der Daumen des Spezialisten unten: null.

Trojan schluckte.

Das war der entscheidende Moment. Nun hieß es: Zugriff!

Er hielt seine Waffe mit beiden Händen umklammert, sie war geladen und gespannt. Er spürte den Lufthauch, als sich die Männer vom SEK lautlos in Bewegung setzten.

Mit einem Krachen flog die Tür auf, und sie waren drin.

Er hörte ihre Rufe, die dumpfen Schritte, ihre Tritte gegen die Zimmertüren.

Konrad Moll, er wollte ihn vor sich sehen, am Boden, zwei Männer vom SEK auf ihm, er wollte ihm die Handfesseln anlegen, persönlich: Konrad Moll, Sie sind verhaftet.

Er jagte die letzten Treppenstufen hinauf. Schon war er in der Wohnung.

Die Männer waren überall. An ihren Maschinenpistolen waren Leuchten aufgesetzt, die Lichtkegel zuckten an den Wänden entlang.

Doch dann spürte Trojan, wie sich die Spannung unter ihnen legte.

»Was ist los?«, rief er in die Wohnung hinein.

Ein Behelmter trat auf ihn zu.

»Habt ihr ihn?«

Er schwieg. Trojan versuchte in den Augen hinter dem Visier zu lesen.

»Habt ihr den Kerl?«

»Leer.«

»Wie?«

»Das Objekt ist leer.«

»Keine Zielperson?«

»Nichts.«

»Und das Mädchen?«

Der Behelmte bewegte leicht den Kopf.

»Was ist mit dem Mädchen?«

Er klappte sein Visier hoch.

»Tut mir leid, Kollege, aber hier ist niemand.«

Trojan atmete schwer.

Er wollte das nicht glauben. Er inspizierte die Wohnung, zwei Zimmer, Küche, Bad.

Er schob die Pistole ins Holster, sein Blick irrte umher.

Gerber und das Team waren dicht hinter ihm.

»Durchsuchen«, murmelte er.

In der Küche standen zwei Tassen in der Spüle, die eine hatte einen Sprung. Er riss einen Schrank auf. Eine Tüte Reis kippte um, die Reiskörner rieselten vor ihm zu Boden.

Trojan stieß einen leisen Fluch aus.

»Wo bist du, du Schwein, ich krieg dich«, presste er zwischen den Lippen hervor.

Da hörte er, wie Gerber nach ihm rief.

»Nils, komm mal her.«

Er kannte Gerber gut, er kannte das leichte Zittern in seiner Stimme.

Und dieses Zittern bedeutete Unheil.

»Wo bist du?«

»Im Badezimmer.«

Trojan ging zurück in den Flur.

Es erschien ihm wie eine Ewigkeit, bis er das Bad erreicht hatte.

Die Männer vom SEK verließen einer nach dem anderen die Wohnung. Ihre Stiefel krachten auf dem Dielenboden, die Funkgeräte waren wieder laut gestellt und spuckten das übliche aufgeregte Geknister aus.

Eine Stimme verlangte *Theodor sieben* zu sprechen, doch *Theodor sieben* antwortete nicht.

Im Treppenhaus regten sich Bewohner, angelockt von dem Lärm.

Endlich war er an der Badezimmertür. Schon von dort nahm er den eigenartigen Geruch wahr.

Gerber stand vor der Wanne und deutete auf etwas darin.

Trojan war, als hätte er Blei an den Schuhen, langsam näherte er sich seinem Kollegen.

Er folgte Gerbers Blick.

Da lag ein Höschen auf dem Boden der Wanne.

Es war ein Kinderhöschen, weiß, mit roten Herzen darauf, zusammengeknüllt.

Und es stank.

Eine Zeit lang rührten sich beide nicht, dann beugte sich Trojan über den Wannenrand.

Er streckte die Hand nach dem Höschen aus. Es kostete ihn einige Überwindung, der Gestank war bestialisch.

Vorsichtig zupfte er an dem Stoff.

Und dann sah er es.

Er taumelte zurück.

Hinter ihm unterdrückte Gerber ein leises Würgen. Der Gestank war jetzt noch stärker.

Etwas war in das Höschen eingewickelt.

Es war ein Vogel.

Er war halb verwest, winzige Maden wimmelten in seiner geöffneten Bauchhöhle.

Und er hatte keine Federn mehr.

Trojan stieß die Luft aus. Kurz darauf sah er zu Gerber hin.

»Kommen wir zu spät?«

Gerber schwieg.

»Ob wir zu spät kommen, hab ich dich gefragt!« Er schrie jetzt beinahe.

Ronnie tastete nach seinem Arm.

»Ich weiß es nicht, Nils«, sagte er leise.

Es brauchte etliche Sekunden, bis sich Trojan wieder im Griff hatte.

»Durchkämmt jeden Winkel«, murmelte er, »und schreibt Konrad Moll zur Fahndung aus.«

Gerber nickte ihm wortlos zu.

# DRITTER TEIL

## DREIZEHN

Der Verkehr auf der Karl-Marx-Straße war dicht und laut. Er war froh, als er das Einkaufscenter erreicht hatte. Mit der Rolltreppe fuhr er hinauf zu H&M. Aus Lautsprechern drang leise Musik, die den Kunden in eine angenehme Stimmung versetzen sollte.

Bei ihm half das nichts, er war zu aufgeregt.

Er schlich durch die Herrenabteilung, doch die war eigentlich nicht sein Ziel. Er musste all seinen Mut zusammennehmen, dann gab er sich einen Ruck. Er durchquerte die Damenabteilung, da waren Dessous ausgebreitet, grell geschminkte Neuköllnerinnen ließen Spitzenunterhosen durch ihre Finger gleiten und diese knappen Fetzen, G-Strings. Er wandte den Blick ab.

Schließlich hatte er die Kinderabteilung erreicht.

Er könnte sich doch wie ein normaler Vater verhalten, einer, der Wäsche für sein Kind kaufte.

Oder er war einfach ein guter Freund.

Die Wäsche war bunt und verspielt. Ein paar Mütter schoben ihre Kinderwagen an den Regalen vorbei, er war der einzige Mann hier. Würde er auffallen? Er blieb an einem Kleiderständer voller T-Shirts stehen und holte tief Luft. Zunächst musste er eine Weile auf und ab gehen, schließlich nahm er ein T-Shirt vom Bügel und betrachtete es genauer. Es gefiel ihm nicht, zu schlicht, er wollte etwas Hübscheres finden.

Die Pastelltöne überwogen, Rot gefiel ihm oder ein unschuldiges Weiß, ein hübsches Muster sollte es haben. Er kam einer dicken Araberin in die Quere, sie hielt ein quengelndes Kind an der Hand. Ihm war, als stieße sie ihn absichtlich an, er sagte nichts, wollte um keinen Preis auffallen.

Dann war er bei der Unterwäsche.

Preisgünstig wäre eine Slippackung, fünf Stück, verschiedene Muster, doch dann ertappte er sich dabei, wie er eine Kombination aus Top und Höschen betrachtete.

Ein Mädchenkörper, dachte er, noch unberührt.

Die Wäsche lag einladend in verschiedenen Größen da.

Er versuchte sich ihre Maße vorzustellen, das war nicht leicht, er musste sich den Schweiß von den Händen abwischen. Egal welche Größe, lieber etwas knapper, dachte er, in der Kombination würde sie reizend aussehen. Auf dem Top waren Blumen, drei übereinanderrankend, die Blütenstempel lang und lockend, in einer Jugendstilart, da kannte er sich aus, schließlich hatte er früher einmal Schaufenster dekoriert, einen gewissen Geschmack konnte man ihm nicht absprechen.

Er befingerte das Höschen, auch hier waren die Blumen drauf, das war hübsch, zwei an der Seite und eine weiter unten im Schritt. Er entdeckte noch eine andere schöne Kombination, da war das Logo der Firma auf dem Po abgedruckt, und er versuchte sich vorzustellen, wie das wohl aussah, der Mädchenkörper in diesem Höschen. Er fummelte an dem Preisschild herum, das waren 14,90 € und das

Gleiche noch einmal für das Oberteil, zusammen 29,80 €, eigentlich zu teuer, aber einerlei, er würde es nehmen, alle beide, das mit den Blumen und das mit dem Schriftzug auf dem Hintern.

Nun zu den T-Shirts, dachte er, die Hose könnte warten.

Konrad wühlte sich durch die Angebote, und je länger er das tat, desto besser fühlte er sich, schließlich hatte er einen Kapuzenpulli, eine Jeans und zwei T-Shirts beisammen und aus der Unterwäscheabteilung sogar noch eine Art Negligé für Kinder. Er hatte den Stoff betastet, fühlte sich wie Seide an, es empörte ihn ein wenig, dass so etwas für Kinder hergestellt wurde, war das nicht zu aufreizend?

Natürlich würde sie darin toll aussehen.

Als er sie sich darin vorstellte, durchwallte es ihn, immerhin war sie doch seine Blume.

Er stand beklommen an der Kasse. Er glaubte, die Blicke der Mütter in seinem Rücken zu spüren, und die Verkäuferin schien ihn äußerst herablassend zu bedienen.

Er bezahlte mit der EC-Karte und unterschrieb auf dem Bon. Endlich hatte er die Tüten mit seinen Einkäufen in den Händen und konnte mit der Rolltreppe hinunterfahren.

Als Konrad die nächste Rolltreppe betrat, stieß er versehentlich mit einer Frau zusammen. Sie schrie leise auf, dann sah sie ihm erschrocken ins Gesicht.

Sie hatte eine Brille auf, und ihre Haare waren verstrubbelt, schon erkannte er sie als seine Nachbarin, die Frau von gegenüber. Ihr Alter war schwer zu schätzen, irgendetwas in den Vierzigern vermutlich. Er grüßte sie selten, empfand eine merkwürdige Scheu vor ihr. Immerhin hatten sie sich einmal kurz im Treppenhaus unterhalten, als es um einen Wasserschaden ging. Er wusste über sie eigentlich bloß, dass sie Gardebohm hieß, und das auch nur vom Klingelschild.

Er haspelte eine Entschuldigung und wollte weitergehen.

»Herr Moll –«

Sie nur nicht weiter beachten.

Die Frau schwitzte stark. Sie machte eine abwehrende Handbewegung und schnappte nach Luft. Was war nur los mit ihr?

»Man hat doch gerade erst heute Morgen –«, murmelte sie.

Er verstand die ganze Aufregung nicht.

Nur der Höflichkeit halber blieb er stehen. Andere Kunden drängelten sich an ihnen vorbei.

Da wich die Gardebohm vor ihm zurück.

»– gerade erst heute Morgen hat man Ihre Wohnung aufgebrochen.«

Sie fuchtelte mit den Händen herum, als wollte sie jemanden um Hilfe herbeiwinken.

Er verstand das alles nicht.

Schließlich stammelte sie noch etwas von der Polizei.

Dann verschwand sie in der Menge, und er war auf der Rolltreppe. Er durfte jetzt nicht länger nachdenken, musste sich beeilen. Etwas war passiert. Er wusste ja, dass das Bild von der Kleinen im Fernsehen gezeigt worden war.

Konrad Moll spurtete die Rolltreppe hinunter, kurz darauf war er am Ausgang und endlich im Freien.

Auf der Karl-Marx-Straße wollte er sich möglichst unauffällig bewegen, aber dann rannte er einfach los, dabei wusste er gar nicht, welche Richtung er einschlagen sollte. Zurück nach Hause? Das könnte ein Fehler sein. Was hatte die Gardebohm gesagt? Man hatte seine Wohnung aufgebrochen? Plötzlich tränten ihm die Augen.

Er stolperte, und dann hörte er das Heulen der Sirenen, und er sah, dass aus der Anzengruberstraße Streifenwagen auf ihn zurasten und auch aus der Erkstraße, und plötzlich waren da immer mehr Polizeiautos, und dann sprangen die Uniformierten heraus, und er sah ihre Waffen und hörte ihre Rufe, und plötzlich fühlte er sich so klein, hässlich und klein. Er wollte im Boden versinken.

Er taumelte, schon warfen sich zwei Männer auf ihn.

Vor ihm auf dem Asphalt lag ein Centstück. Ein Glückscent, dachte er, doch er hatte einfach kein Glück, niemals hatte er Glück.

Dann wurden seine Arme auf den Rücken gedreht, er spürte das Metall der Handschellen, sie schnappten zu. Er hatte Schmerzen am ganzen Körper.

Nicht weit von dem Centstück entfernt lagen die Tüten mit der hübschen Wäsche darin.

Ob er sie wohl mitnehmen dürfte?, fragte er sich.

Man zerrte ihn vom Boden hoch und stieß ihn in einen Wagen.

»Meine Einkäufe«, murmelte er noch, dann schlugen die Türen zu.

Er saß zusammengesunken in dem »Zimmer«. Trojan betrachtete ihn durch den Einwegspiegel. Er holte tief Luft, dann ging er zu ihm hinein.

Innerlich zitterte er, aber er durfte sich seine Unruhe auf keinen Fall anmerken lassen.

Sollte Lene Halldörfer noch am Leben sein, würde er bei Konrad Moll nur auf die sanfte Tour etwas über ihren Aufenthaltsort in Erfahrung bringen, davon war er überzeugt.

Er setzte sich an den Tisch, beugte sich vor und reichte dem anderen die Hand.

Der sah überrascht auf, reagierte aber nicht.

»Ich heiße Nils. Dies ist ein vertrauliches Gespräch. Wie du siehst, ist niemand außer mir in diesem Raum, keine Zeugen, keine Schreibkraft.«

»Seit wann duzen wir uns?«

»Wie gesagt, ein vertrauliches Gespräch. Möchtest du rauchen?«

Moll schüttelte den Kopf. Er war klein, ein wenig gedrungen, teigig im Gesicht, sein Haar war bereits schütter trotz seines noch relativ jungen Alters.

»Willst du etwas trinken? Ein Glas Wasser?«

Wieder schüttelte er den Kopf.

Trojan räusperte sich.

»Weißt du, manchmal hilft es, wenn man einfach mal mit jemandem sprechen kann. Ich meine, du hast viel durchgemacht in den letzten Tagen und Nächten. Ich kann mir vorstellen, dass du nicht viel Schlaf abbekommen hast.« Trojan versuchte es mit einem Lächeln. »Ich kann das nachvollziehen, hab in letzter Zeit auch nicht gerade viel geschlafen.«

Er beugte sich vor und senkte die Stimme. »Hast du Alpträume, Konrad? Fühlst du dich verfolgt? Hörst du vielleicht Stimmen?«

Moll schwieg. Aber seine Augen flitzten in ihren Höhlen

hin und her. Trojan spürte, dass ihn die Schmusetaktik verwirrte. Gut so, dachte er.

»Hier wird nichts protokolliert, okay? Nichts von dem, was du mir anvertraust, wird irgendwo vermerkt.«

Moll rieb sich über die Stirn. Dann faltete er die Hände im Schoß, wohl um sich den Anschein von Gefasstheit zu geben, doch Trojan bemerkte die Anspannung in seinem Gesicht.

»Ich mache dir einen Vorschlag, Moll, wenn du uns verrätst, wo das Mädchen ist, setze ich mich beim Staatsanwalt für dich ein. Ich habe einen guten Draht zu ihm, musst du wissen. Und er schätzt es sehr, wenn sich ein Beschuldigter als kooperativ erweist.«

Moll zog die Luft ein. Trojan registrierte das Zucken um seine Mundwinkel.

»Lebt die Kleine noch?«, fragte er kaum hörbar.

Für einen Moment tauchten die Bilder der beiden Toten vor seinem inneren Auge auf, dann eine Vision von Lene Halldörfer, massakriert und mit kahlem Kopf, Schnittverletzungen am ganzen Körper. Und mit leeren Augenhöhlen. Er schluckte die Übelkeit hinunter. Nichts anmerken lassen, dachte er.

Er bemühte sich um einen neutralen Tonfall, als er sagte: »Sie ist süß, nicht wahr? Ganz anders als die beiden Frauen. Ich meine, die haben dir Stress gemacht, nicht wahr? Melanie Halldörfer und Coralie Schendel. Richtig Stress, oder? Du bist in Panik geraten. Irgendwas ist da gerissen. Ich werde das dem Staatsanwalt so erzählen. Dass du einfach ausgerastet bist, Moll.«

Er lehnte sich noch weiter vor.

»Ich kann das sogar ein bisschen nachvollziehen, Moll. Auch bei mir brennt manchmal eine Sicherung durch, und dann –«

Er ließ seine Faust mit voller Wucht auf den Tisch donnern.

»Zack!«

Moll zuckte zurück.

Trojan nahm die Hand ganz vorsichtig wieder weg. Sofort war seine Stimme wieder sanft und schmeichelnd.

»Und hinterher tut es mir leid.« Er machte eine Pause. »Zeig ein ganz klein wenig Reue und Einsicht, Moll«, sagte er halb flüsternd, »und Staatsanwalt Reuss wird beeindruckt sein. Du hast nämlich Glück, Moll, wenn sich Reuss deiner annimmt. Hat die meiste Erfahrung, ist schon etwas älter, nicht mehr so karrieregeil. Reuss ist ein Guter. Und ich werde ihm noch heute von unserem kleinen Vorgespräch berichten.«

Moll hob vorsichtig den Blick.

»Okay?«, fragte Trojan.

Er versuchte in den Augen zu lesen, sie waren wässrig, von kaum zu bestimmender Farbe, etwas Grau, etwas Blau.

»Lene Halldörfer«, flüsterte er. »Blond wie ihre Mutter. Du wolltest sie dir bis zum Schluss aufheben, nicht wahr?«

Moll schluckte.

»Sie hat dich gesehen, als du bei ihrer Mutter warst. Du bist zurückgekommen. Du hast sie dir geholt. Sie sollte nichts verraten von all dem, was du mit ihrer Mutter angestellt hast. Und sie ist noch viel süßer als ihre Mutter, stimmt's?«

Er legte seine Hand auf den Tisch.

»Sag es mir, Konrad, ich bin so eine Art Freund für dich, dafür bin ich eingestellt worden bei der Kripo. Ich bin so was wie der polizeiliche Seelsorger, weißt du. Ich bin der Bulle mit Herz, mir kannst du alles erzählen. Und glaub mir, so viele andere, die schon hier vor mir gesessen haben, waren hinterher unglaublich erleichtert, weil sie sich all diese grausamen Alpträume von der Seele geredet haben.«

Moll sah erst auf Trojans Hand, dann kurz in sein Gesicht. Schließlich rutschte er auf seinem Stuhl zurück und fiel noch mehr in sich zusammen.

»Sag es mir, Moll, sag es einfach, was hast du mit der Kleinen angestellt?«

Trojan spürte, wie ihm der Schweiß den Rücken hinunterrann. Jede Minute war kostbar.

»Hör zu, für Mord gibt es lebenslänglich, das dürfte dir ja klar sein. Aber hierzulande hast du eine lebenslängliche Strafe nach fünfzehn Jahren abgesessen, Moll. Nur ist die Frage, ob der Richter eine anschließende Sicherheitsverwahrung anordnet.« Wieder setzte er eine Pause. »Du kannst hier Punkte sammeln, Moll. Dieses vertrauliche Vorgespräch kann über deine Zukunft entscheiden.«

Er wartete ab.

»Und es gibt eine Zukunft für dich, glaub mir.«

Moll rührte sich nicht.

Scheiße, dachte Trojan. Wahrscheinlich ist alles zu spät, die Kleine lebt nicht mehr.

Plötzlich murmelte Moll: »Es war freiwillig.«

Trojan traute zunächst seinen Ohren nicht. Ruhig bleiben, dachte er, jetzt packt er aus.

Er wartete, aber es kam nichts mehr.

»Was war freiwillig?«

»Sie ging mit mir mit.«

»Wann war das denn, Moll?«

Der andere hob den Kopf. Seine Stimme klang trotzig wie bei einem beleidigten Kind.

»Sie ist freiwillig mit mir gegangen. Von den anderen Namen weiß ich nichts. Nur aus dem Fernsehen. Sie hab ich auch im Fernsehen gesehen. Sie haben von den Frauenmorden gesprochen. Und man hat das Bild von der Kleinen gezeigt. Aber sie ist freiwillig mit mir gegangen.«

»Okay, Moll, mal ganz langsam von vorn. Wann bist du Lene Halldörfer das erste Mal begegnet?«

»Bei mir zu Hause. Sie hat sich in der Tür geirrt, wollte zu einem Kindergeburtstag. Ich hab ihr Kakao gemacht.«

»Kakao?«

Trojan war um seine Beherrschung bemüht. Gleich schlag ich ihm eine rein, dachte er, diesem miesen Stück Scheiße.

»Ja doch, Kakao.«

Moll warf ihm einen flehenden Blick zu.

»Weiter«, murmelte Trojan.

»Ein paar Tage später traf ich sie wieder.«

»Wo war das?«

»In den Neukölln-Arkaden.«

»Wann?«

»Am Samstagvormittag. Sie saß da. War so allein und –. Ich hab sie gefragt, ob sie mit zu mir kommen will.«

»Und dann?«

»Hat sie bei mir übernachtet.«

»Wie lange?«

»Von Samstag auf Sonntag. Und von Sonntag bis heute. Wir haben Mau-Mau gespielt.«

Mau-Mau, durchfuhr es Trojan, Mau-Mau nennt er diese Sauereien. Sein Magen verkrampfte sich. Er konnte nicht mehr ruhig sitzen bleiben, musste aufstehen und eine Weile auf und ab gehen. Er spürte, wie ihn Moll beobachtete. Er durfte jetzt nicht die Fassung verlieren, entweder waren sie kurz vor der Auflösung, oder alles brach wieder in sich zusammen. Etwas irritierte ihn an Molls Aussagen. Das klang alles so freundlich, entweder verbarg sich hinter seiner Fassade ein mörderischer Abgrund, oder sie hatten einen verdammten Fehler gemacht und den Falschen erwischt.

Er strich an dem Einwegspiegel vorbei, wusste, dass die Kollegen dahinter versammelt waren und das Verhör verfolgten.

Er setzte sich wieder.

»Was ist heute Morgen passiert?«

»Nichts. Ich bin los und wollte der Kleinen was zum Anziehen kaufen. Hab ich dann auch getan, bei H&M, und –. Mein Gott, sie hatte doch niemanden außer mir. Ihre Mutter ist tot, und zu ihrem Vater wollte sie nicht mehr zurück. Der hat sie geschlagen, ihr Vater. Und wie das ist, wenn man Schläge von seinem Vater bekommt, das weiß ich nur allzu gut. Meine ganze Kindheit über bin ich von dem Alten verprügelt worden.«

»Langsam, Moll. Du kanntest das Mädchen nach deiner Aussage doch erst seit ein paar Tagen.«

»Aber sie war mein Licht, meine Sonne. Mit ihr war es hell.«

Moll zitterte. In seinen Augen schimmerten Tränen.

»War? Hast du eben ›war‹ gesagt?«

Moll antwortete nicht.

»Wo ist Lene?«

Er schluckte.

»Ist sie tot?«, fragte Trojan leise.

Der andere starrte ihn an.

»Sie war bei mir zu Hause, als ich ging. Wo sie jetzt ist, weiß ich nicht.«

»Hast du ihr was angetan?«

»Nein.«

»Was ist mit dem Vogel?«

»Was für ein Vogel?«

Trojan stieß die Luft aus.

»Wir haben einen ausgeweideten Vogel in deiner Wohnung gefunden. Er ist von der gleichen Art, der sich auch auf dem Leichnam von Coralie Schendel befand.«

»Ich kenne keine Coralie Schendel.«

»Wie kommt der Vogel in deine Wohnung?«

Molls Gesicht verzerrte sich.

»Ich weiß es nicht.«

»Komm schon, Moll, alles spricht gegen dich. Lene Halldörfer hat heute Morgen bei der Notrufzentrale angerufen. Aus deiner Wohnung. Sie hatte Angst, große Angst. Sie brauchte Hilfe. Und jetzt ist sie verschwunden. Nur dieser tote Vogel liegt da in deiner Badewanne, eingewickelt in eine Mädchenunterhose. Was soll ich davon halten?«

Moll sah ihn an.

»Ich weiß nichts von einem Vogel.«

»Ein letztes Mal: Wo ist die Kleine?«

Trojan ließ plötzlich wieder die Faust auf den Tisch knallen. Dann langte er hinüber und packte Moll am Arm.

»Moll, wenn du mir jetzt verrätst, wo die Kleine ist, hast du noch eine winzige Chance. Denk an das, was ich dir über Staatsanwalt Reuss gesagt hab. Oder soll ich vielleicht einen meiner Kollegen hereinbitten? Es gibt nämlich noch andere Methoden als meine, weißt du? Nur könnten die dir sehr wehtun. Möchtest du das, Moll? Es gibt Kollegen hier im Revier, die verachten Menschen wie dich. Menschen, die kleine Mädchen mit nach Hause nehmen. Menschen, die sich an Kinderwäsche ergötzen. Es gibt Kollegen hier, die können sehr, sehr wütend werden, wenn sie es mit jemandem wie dir zu tun haben. Ich möchte auf jeden Fall verhindern, dass du Schmerzen erleiden musst. Auch dafür ist dieses Vorgespräch da, mein Freund. Um dich zu warnen.«

Moll blickte ihn ängstlich an.

»Ich hab der Kleinen nichts angetan!«

Trojan seufzte und ließ von ihm ab.

Sie schwiegen lange.

Dann fragte der andere leise: »Könnte ich vielleicht doch ein Glas Wasser haben?«

»Aber natürlich.«

Trojan nickte ihm mit einem gequälten Lächeln zu, erhob sich, ging zur Stahltür, drückte auf den Signalknopf, und man ließ ihn hinaus.

Stefanie Dachs erwartete ihn bereits im Vorraum und hielt das Glas Wasser in der Hand.

»Dieses Schwein, dieses verdammte Schwein«, zischte er.

»Bleib ganz ruhig, Nils«, sagte Stefanie, »ich glaub, du hast ihn bald weichgekocht.«

»Hoffentlich.«

Sie nickte ihm aufmunternd zu.

»Sei tapfer«, sagte sie und reichte ihm das Glas.

Trojan holte ein paar Mal tief Luft, dann ging er zurück.

Er stellte das Glas auf den Tisch und setzte sich.

»Siehst du, mein Freund, ich kümmere mich um dich.«

Moll blickte ihn schweigend an.

»Du hast Glück gehabt«, sagte Trojan, »so freundlich behandeln wir nicht jeden hier. Trink einen Schluck, Moll, und dann erzählst du mir alles, okay?«

Um den Mund des anderen zuckte ein kurzes Lächeln.

Trojan war sofort wachsam. Was hatte dieses Lächeln zu bedeuten?

Moll streckte die Hand nach dem Glas aus, doch dann zog er sie wieder zurück.

Plötzlich fragte er leise: »Gibt es einen Menschen in Ihrem Leben, Herr Kommissar, den Sie wirklich aufrichtig lieben?«

Trojan war überrascht.

Was soll das denn jetzt, dachte er, fängst du Spielchen mit mir an?

»Wie meinst du das?«

»So wie ich es gesagt habe.«

Trojan überlegte. Wenn er ihm jetzt entgegenhalten würde, dass sein Privatleben nichts mit der Sache zu tun hätte, könnte ihn das vielleicht am Reden hindern, also war es wohl am klügsten, sich auf seine Frage einzulassen.

»Bestimmt gibt es diesen Menschen.«

Unwillkürlich musste er an Jana Michels denken. Bin ich denn verrückt?, dachte er. Lieben? Ich kenne sie ja überhaupt nicht richtig.

Dann stellte er sich vor, wie sie wohl mit dem Verdächtigen umgehen würde. Ihn fröstelte bei dem Gedanken.

»Und wie sieht es bei dir aus?«, fragte er.

Moll rührte sich lange Zeit nicht. Dann beugte er sich vor und sagte: »Diesen Menschen hat es einmal gegeben. Sie hieß Magda. Mit Magda war mein Leben voller Licht. Aber dann starb sie.«

Trojan schluckte. Ein weiteres Mordopfer, durchfuhr es ihn.

Als hätte er in seinen Gedanken gelesen, schüttelte Moll den Kopf.

»Nein, Herr Kommissar, ich habe ihr nichts angetan. Weder meiner Magda noch der Kleinen, nach der Sie suchen. Das müssen Sie mir glauben.«

Er schlug die Augen nieder.

»Lene hat mir etwas von diesem Licht zurückgegeben.«

Er griff nach dem Glas und schwenkte es sacht hin und her.

»Nein, ich habe ihr nichts angetan. Sie müssen wissen, dass ich ein äußerst friedfertiger Mensch bin, Herr Kommissar.«

Trojan musterte ihn. In seinem Hirn arbeitete es angestrengt. Worauf will er nur hinaus?, dachte er, seine Stimme klingt plötzlich ganz anders als zuvor. Etwas hatte sich darübergelegt, als würde er durch ein Tuch hindurch sprechen.

Und während Trojan noch überlegte, was er ihm erwidern sollte, war alles bereits zu spät.

Moll warf ihm wieder dieses seltsame Lächeln zu und führte langsam das Glas an seine Lippen.

Dann biss er zu.

Einmal, zweimal.

Trojan hörte das Glas splittern.

Molls Gesicht verwandelte sich in eine hässliche Fratze. Das Blut quoll aus seinem Mund.

Trojan sprang auf.

Moll stopfte sich das Glas tiefer in den Mund, kaute, schluckte.

Für einen Moment war Trojan wie erstarrt.

Dann warf er sich auf ihn und schrie: »Spuck es aus, spuck es aus!«

Doch aus Molls Kehle kam nur ein Röcheln.

Die Eisentür wurde aufgestoßen, und Stefanie Dachs stürzte herein, hinter ihr erschienen Landsberg und Gerber.

Moll sank von seinem Stuhl.

Trojan versuchte, ihm das Glas zu entreißen.

»Ruft einen Notarzt, schnell!«, rief er.

Dachs, Landsberg und Gerber starrten auf Moll hinab.

»Nun macht schon«, stammelte Trojan.

Molls Augen verdrehten sich nach innen, doch seine Kiefer malmten einfach weiter.

Das Glas knirschte unter seinen Zähnen.

## VIERZEHN

Es war schon fast Mitternacht, aber bei Cem war eigentlich immer geöffnet.

Trojan nahm sich drei Bierflaschen aus dem hell erleuchteten Getränkekühlschrank und ging an die Kasse.

»Was ist los, Chef?«, fragte Cem. »Du siehst blass aus.«

Trojan kramte schweigend das Kleingeld hervor.

»So schlimm?«

Er nickte nur.

»Kopf hoch. Weißt du, egal was passiert: Irgendwann danach scheint wieder die Sonne. Denk einfach dran, Chef, denk an die Sonne.«

Trojan sah ihn nur an.

Cem hob die Augenbrauen.

»Willst du reden? Bin ein guter Zuhörer.«

Er versuchte zu lächeln.

»Danke, Cem, vielleicht ein andermal, okay?«

»Kein Problem, Chef. Ich bin hier. Bin immer hier.«

Er steckte die Flaschen in den Rucksack und verließ den Laden.

Kaum war er in der Wohnung, öffnete er das erste Bier.

Er trank es halb leer, dann warf er sich erschöpft auf Emilys Bett. Er schloss die Augen, sofort flackerten die Bilder vor ihm auf, Molls blutige Fratze, die leere Wohnung in der Ratiborstraße, die Maden in dem verwesten Vogel, die Mädchenunterhose mit den Herzchen. Und immer wieder die Bilder von Coralie Schendel und Melanie Halldörfer.

Moll lag auf der Intensivstation und schwebte in Lebensgefahr. Er hatte sich mit den Glasscherben die Speiseröhre zerfetzt, doch das eigentlich Gefährliche waren die daraus resultierenden inneren Blutungen. Ob er durchkommen würde, war nach Aussage des Arztes schwer abzuschätzen.

Und sie wussten noch immer nichts über Lene.

Außerdem würde es ein Ermittlungsverfahren wegen des Vorfalls bei der Vernehmung geben.

Natürlich zog das unangenehme Fragen auf sich, wenn ein Beschuldigter vor den Augen des Kommissars versuchte, sich das Leben zu nehmen.

Seine Vernehmungsmethoden waren nicht ganz legal gewesen, doch oft heiligte der Zweck die Mittel, schließlich ging es um das Leben von Lene. Alles war zuvor mit seinem Chef abgesprochen worden, und Landsberg hatte ihm volle Unterstützung zugesagt: »Das soll kein Nachspiel für dich haben, Nils, der Kerl ist doch komplett irre.«

Natürlich hätten sie ihm das Wasser in einem Pappbecher geben müssen. Sie waren schon zu siegesgewiss gewesen, es hatte doch wirklich den Anschein gehabt, als würde Moll gleich auspacken.

Trojan machte sich bittere Vorwürfe, zumal wenn Moll wirklich unschuldig war.

Noch hatte er da seine Zweifel. Schließlich könnten sie seinen Selbstmordversuch auch als Schuldeingeständnis werten.

Doch was half das alles, wenn sie nicht wussten, was mit Lene geschehen war.

Vermutlich war sie längst tot.

»Zu spät«, murmelte er.

Er trank das Bier aus. Jetzt brauchte er dringend was Stärkeres. In der Küche öffnete er den Schrank. Ganz hinten, versteckt zwischen den Vorräten, gab es eine gewisse Flasche für allzu schwermütige Abende.

Er zog sie hervor, betrachtete sie, zögerte kurz, dann nahm er einen großen Schluck. Das derbe irische Malzgesöff brannte angenehm in der Kehle und wärmte ihn. Er atmete tief durch. Die nächsten Schlucke waren noch kräftiger, er leckte sich die Lippen.

Er setzte sich an den Küchentisch, stützte die Ellenbogen auf und vergrub das Gesicht in den Händen.

Mit einem Mal stand er auf und nahm das Telefon. Er klickte sich durch die gespeicherten Rufnummern. Da war der gesuchte Name, ohne länger nachzudenken, drückte er auf die grüne Taste.

Nach dem fünften Freizeichen meldete sich der Anrufbeantworter von Jana Michels' Praxis.

Trojan hörte sich selbst dabei zu, wie er ins Telefon sprach: »Jana? Jana Michels? Sind Sie da? Könnten Sie abheben? Bitte. Es ist dringend.«

Nichts geschah, natürlich nicht, warum sollte sie auch um diese Zeit noch in der Praxis sein. Er hörte es in der Leitung rauschen, griff mit der anderen Hand nach der Whiskyflasche und trank.

Scheiße, dachte er, jetzt sind wahrscheinlich auch noch die Schluckgeräusche auf dem Band.

Nichtsdestotrotz sprach er weiter: »Wissen Sie, das war ein wirklich, wirklich beschissener Montag heute. Kennen Sie das eigentlich auch? Gibt es beschissene Montage in Ihrem Leben, Jana Michels?«

Er horchte auf das Rauschen.

Er stellte sich vor, es wären Wellen, er mit Jana Michels am Strand, irgendwo unter Palmen. Während er sich das noch ausmalte, merkte er, wie er langsam vor Erschöpfung einzunicken drohte, den Hörer in der Hand.

Er zuckte zusammen.

»Entschuldigung«, murmelte er, »löschen Sie das bitte wieder. Ja? Gleich morgen früh löschen.«

Dann legte er auf. Was sollte sie jetzt bloß von ihm denken?

»Idiot«, beschimpfte er sich selbst.

Nun gab es nur noch zwei Möglichkeiten für ihn, schlafen oder wieder raus aus der Wohnung. Frische Luft, ja, dachte er, wäre das Beste. Außerdem beschlich ihn eine merkwürdige Unruhe, die er sich nicht recht erklären konnte, also stand er auf, schlüpfte in seine Jacke, schnappte sich den Wohnungsschlüssel und ging.

Als er unten im Hausflur am Briefkasten vorbeikam, schauderte er. Er musste sich noch einmal vergewissern, dass nichts Verdächtiges darin lag.

Dabei fiel ihm ein, dass er vergessen hatte, seine Waffe aus dem Revier mitzunehmen.

Na schön, dachte er, wenn du es doch warst, Moll, bin ich ja wohl außer Gefahr.

Aber sein Gefühl sagte ihm, dass das nicht stimmte.

Er ging am Kanal entlang, bog in die Friedelstraße ein,

passierte die Kneipen und Restaurants, ging immer weiter, bis er sich plötzlich jenseits der Pannierstraße befand.

Ihm war, als würden seine Schritte ferngesteuert, und er versuchte herauszufinden, was ihn eigentlich trieb. Er konnte es nicht genau fassen, bis er bemerkte, dass er sich allmählich dem Haus in der Fuldastraße näherte.

Vielleicht hatte er dort ja etwas übersehen.

Schon stand er davor.

Er legte den Kopf in den Nacken und schaute zu den Fenstern im vierten Stock hinauf.

Hatte er da nicht eben einen Lichtschein ausgemacht?

Nein, das musste wohl eine Täuschung gewesen sein.

Die Haustür war unverschlossen, er drückte sie auf und ging hinein, stieg die Stufen hinauf.

Die Wohnungstür der Halldörfer war polizeilich versiegelt. Er beugte sich vor und musterte die Siegel. Sie waren eingerissen.

Ihm stockte der Atem.

Jemand war in die Wohnung eingedrungen.

Und womöglich war derjenige noch hier.

Instinktiv tastete er nach der Stelle unter seiner Jacke, wo sich das Holster mit seiner Waffe befinden müsste. Aber da war nichts. Er war wehrlos.

Er untersuchte das Schloss. Keine Einbruchsspuren.

Er überlegte kurz. Wenn von innen nicht abgeschlossen war, könnte er es ja auf einen Versuch ankommen lassen. Er fingerte nach seiner Brieftasche, zog seine EC-Karte hervor und schob sie zwischen Türschnapper und Türrahmen.

Was mache ich hier?, dachte er und spürte, wie der Alkohol durch seine Adern strömte, ich bin ja völlig durch den Wind.

Er fummelte eine Weile mit der Karte herum, und mit einem Mal gab der Schnapper nach, er drückte die Schulter gegen die Tür.

Sie öffnete sich.

Trojan atmete gepresst. Lautlos schob er sich in die Wohnung hinein.

Geradeaus befand sich das Schlafzimmer. Die Tür stand einen Spaltbreit offen.

Durch den Spalt fiel ein matter Lichtschein in den Flur.

Also hatte er sich auf der Straße doch nicht getäuscht.

Langsam ging er auf die Tür zu.

Plötzlich wurde das Licht ausgeknipst.

Für einen Moment verlor er die Orientierung und tastete mit den Händen nach den Wänden.

Schließlich hatten sich seine Augen an die Dunkelheit gewöhnt.

Was sollte er tun? Hilfe holen? Die Kollegen alarmieren? Sicherlich wäre es das Klügste, aber er tastete sich immer weiter vor.

Schon hatte er die Schlafzimmertür erreicht, duckte sich und gab ihr gleichzeitig einen Stoß.

Er hörte, wie jemand im Dunkeln atmete.

Nicht einmal eine Taschenlampe hatte er dabei.

Seine Hände suchten nach dem Lichtschalter an der Wand.

Wieder hörte er das Atmen.

Und ein Geräusch.

Das Geräusch erinnerte ihn fatal an den Vorfall im Vernehmungsraum.

Jemand knirschte mit den Zähnen.

Trojans Nackenhaare stellten sich auf.

Wenn der Täter zurückgekehrt ist, durchfuhr es ihn, laufe ich ihm direkt ins offene Messer. Warum tue ich das?

Er wusste es nicht, er wusste nur, dass seine Schritte gelenkt wurden, als zöge ihn eine unsichtbare Hand weiter in das Zimmer hinein.

Seine Finger fanden den Schalter und betätigten ihn.

Das Licht flammte auf.

Das Laken war abgezogen, doch auch die Matratze war blutdurchtränkt.

Dieser kupfrige Blutgeruch, den er von so vielen Tatorten kannte, schwebte noch immer in dem Zimmer.

Das Kissen lag auf der Matratze. Und auf dem Kissen waren Haare, blonde Haare.

Dann fiel sein Blick auf die Bettdecke.

Der Bezug fehlte, doch auch hier war überall eingetrocknetes Blut.

Unter der Decke lag jemand.

Trojan taumelte auf das Bett zu und zog die Decke weg.

## FÜNFZEHN

Sie trug ein schmutziges T-Shirt und eine fleckige Jeans. In ihrem Arm hielt sie Jo, die Stoffschildkröte. Ihr Haar war zerzaust, und sie sah Trojan aus verängstigten Augen an.

Er versuchte abzuschätzen, ob sie irgendwelche Verletzungen erlitten hatte, aber er konnte nichts erkennen.

Er ließ sich auf dem Bettrand nieder, sie wich vor ihm zurück.

»Du lebst«, sagte er heiser. »Mein Gott, Lene, du bist am Leben.«

Er spürte, wie sich seine Augen mit Tränen füllten. Die gesamte Anspannung der letzten Tage schien sich in diesem Moment von ihm zu lösen.

»Lene, ich …«, stammelte er, »wir haben dich gesucht, seit drei Tagen suchen wir dich schon.«

»Wie bist du hier reingekommen?«, wisperte sie.

Er machte eine vage Geste zur Tür hin.

»Ich bin –«

Er brach ab und rieb sich erschöpft mit der Hand über die Stirn.

»Ganz langsam, Lene, immer der Reihe nach. Alles in Ordnung? Hat man dir wehgetan?«

Sie richtete sich langsam auf und sah ihn misstrauisch an.

Um sich halbwegs zu beruhigen, zählte er innerlich bis zwanzig, darauf fragte er, nun auch flüsternd: »Wo warst du, Lene?«

Sie drückte das Stofftier fester an sich. Mein Gott, dachte er, sie hockt genau dort, wo dieses Schwein auf ihre Mutter eingestochen hat. Sie sitzt in all dem eingetrockneten Blut.

Und noch einmal fragte er: »Wo warst du?«

»Bei einem Mann«, murmelte sie schließlich.

»Hat er dir was angetan?«

Sie rührte sich nicht.

»Du hast die Polizei gerufen, nicht wahr?«

»Ich hatte Angst.«

»Lene, was ist passiert?«

Sie schwieg.

»Du erinnerst dich doch an mich? Ich hab schon am Freitag mit dir gesprochen.«

»Du hast mir Jo gebracht.«

»Ja.«

Er schaute auf das Stofftier, dann in ihre geröteten Augen.

»Lene, du musst mir alles genau erzählen. Das ist überaus wichtig, weißt du. Sonst können wir nicht –« Er brach ab. »– was mit deiner Mutter geschehen ist, wir müssen denjenigen finden, der sie –«

Umgebracht, dachte er, niedergemetzelt.

Er starrte auf den Blutfleck.

Er brachte das Wort vor dem Kind einfach nicht über die Lippen.

»Muss ich zurück zu meinem Erzeuger?«, fragte Lene mit erstickter Stimme.

Er schüttelte den Kopf.

»Wirklich nicht?«

»Wirklich nicht.«

»Ich wollte nicht mehr bei ihm bleiben. Und hier –«

Ihr Blick irrte durch das Zimmer, als lauerte irgendwo in einer Ecke ein finsterer Dämon.

Was hat sie nur durchgemacht, dachte Trojan. Er streckte vorsichtig die Hand nach ihr aus und berührte sie am Arm. Sie zuckte nur ganz leicht zurück.

»Erzähl mir alles von vorn, Lene, bitte.«

Es dauerte einige Zeit, bis sie etwas Vertrauen zu ihm gefasst hatte.

Sie begann stockend: »Mein Erzeuger hat mich abgeholt, im Krankenhaus. Er hat mich mitgenommen, zu sich nach Hause, aber da wollte ich nicht bleiben. Also bin ich abgehauen.«

»Und dann?«

»Mich hat dieser Mann angesprochen. Er heißt Konrad.«

Trojan schluckte.

»Bei dem war ich schon mal, als Paula Geburtstag hatte. Da hab ich mich in der Tür geirrt. Er war nett zu mir, obwohl er ein bisschen komisch ist.«

»Wo war das, wo hat er dich angesprochen?«

»Vor diesem Laden in den Arkaden. Da gibt es Glitzersteine, die sind schön.«

»Und du bist einfach mit ihm gegangen?«

»Er war nett zu mir, und ich konnte doch nirgendwo hin.« Sie kämpfte mit den Tränen. »Hierher hab ich mich nicht getraut. Hier ist doch all das Blut, und Mama –«

Trojan nickte ihr aufmunternd zu.

»Hat der Mann dich in seine Wohnung mitgenommen?«

Sie nickte schwach.

»In welcher Straße ist die Wohnung?«

»Irgendwo in der Nähe vom Kanal. Ich weiß den Namen nicht mehr.«

»Wie lange bist du bei ihm geblieben?«

»Zwei Nächte.«

»Und hat er dich irgendwie – angefasst oder –«

Sie schüttelte den Kopf.

»Nein, wir haben nur Karten gespielt.«

Das darf nicht wahr sein, durchfuhr es ihn. Es war genau das, was Moll während der Vernehmung gesagt hatte. Ihm wurde heiß und kalt zugleich.

»Und er hat mir Nudeln gekocht, aber die haben nicht geschmeckt.«

»Aber dann hat er dir Angst eingejagt, ja?«

Sie antwortete nicht mehr, schluchzte bloß leise in sich hinein. Wieder berührte er vorsichtig ihren Arm, diesmal ließ sie es geschehen.

»Lene, es tut mir leid, aber ich muss dich das alles fragen. Wir müssen doch denjenigen finden, der deine Mutter –«

Wieder suchte er nach Worten.

»– der deiner Mutter all das angetan hat.«

Sie wischte sich die Tränen aus dem Gesicht und sah ihn an.

»Der Mann, den du hier gesehen hast, am Freitag bei deiner Mutter, ist das der gleiche, bei dem du in der Wohnung warst?«

»Hier war kein Mann.«

Trojan zog die Augenbrauen hoch.

»Nein? Aber da war doch jemand, das hast du am Freitag den Nachbarn erzählt.«

Sie schwieg.

»War es eine Frau? War eine Frau bei deiner Mutter?«

Sie schüttelte den Kopf.

Er hatte den Impuls, Lene vom Bett aufzuhelfen und mit ihr woandershin zu gehen, weg von den Blutspuren, aber er wusste auch, dass sie sich einem wichtigen Punkt genähert hatten, also wartete er ab.

Als sie nach einer Weile noch immer schwieg, fragte er behutsam nach: »Lene, wer war bei deiner Mutter, hier am Bett?«

Aber sie antwortete nicht.

»Wer war es denn?«

Ihre Zähne schlugen aufeinander, als hätte sie Schüttelfrost.

Er griff nach ihrer Hand, sie war eiskalt.

»Lene, ist gut, ist ja schon gut. Jetzt bist du in Sicherheit.«

»Und du bringst mich wirklich nicht zurück zu meinem Erzeuger?«

»Nein, das hab ich dir doch schon gesagt. Wir finden einen Ort für dich, an dem du dich wohlfühlst, versprochen. Wir lassen dich nicht im Stich, okay?«

Sie sah ihn zitternd an. Er schlüpfte aus seiner Jacke und breitete sie über ihr aus, sie sollte sich nicht mehr in die blutbefleckte Decke einhüllen.

Sie schwiegen lange Zeit.

Trojan dachte nach.

»Gut«, sagte er dann, »gehen wir noch ein Stück weiter zurück. Freitagabend, du kommst in die Wohnung. Was ist zuerst passiert? Was ist das Erste, woran du dich erinnern kannst?«

Ihr Gesicht verfinsterte sich.

Endlich sagte sie: »Da lag ein Vogel.«

Trojan runzelte die Stirn.

»Wo?«

»Im Flur.«

»Wie sah er aus?«

»Er hatte keine Federn mehr, und in seinem Bauch war ein Loch.«

»Wie groß war er ungefähr?«

Sie zeigte es mit den Händen.

Klein wie ein Dompfaff, dachte Trojan. Und er sagte, mehr zu sich selbst: »Aber wir haben hier keinen Vogel gefunden.«

Da sagte sie plötzlich: »Ich hab ihn mitgenommen.«

Er blickte überrascht auf.

»Ich hab ihn in meine Jackentasche gesteckt«, sagte sie. »Er war immer bei mir.«

Trojan traute seinen Ohren nicht. »Du hast ihn –? Aber warum, Lene?«

»Ich weiß nicht. Ich dachte, er gehört zu meiner Mama.«

Sie schwieg eine Weile.

»Ich hab ihn in der Hand gehalten, auch noch als ich aus der Wohnung rausgerannt bin. Da war Mama schon tot. Und ich dachte, vielleicht hat sie ihn mir ja zurückgelassen.«

Eine Träne lief über ihre Wange. »Aber nach zwei Tagen fing er furchtbar an zu stinken«, sagte sie leise.

»Und dann?«

»Ich hab ihn in der Badewanne versteckt«, flüsterte sie, »in der Wohnung von diesem Mann.«

In Trojans Kopf überschlugen sich die Gedanken. Konnte es sein, dass Konrad Moll völlig unschuldig war?

»Lene, sei ganz ehrlich, hat dir dieser Konrad irgendwie wehgetan?«

Sie schüttelte nur den Kopf.

»Und er hat dich wirklich nicht angefasst oder irgendwelche Spielchen mit dir getrieben?«

»Nein.«

»Aber du hattest Angst vor ihm.«

»Ich hatte plötzlich Angst vor diesem Vogel. In seinem Bauch waren –«

Sie brach ab.

Maden, dachte er.

»Es hat sich darin so komisch bewegt.«

Sie schluchzte auf. Trojan drückte ihre Hand.

»Du hast die Polizei gerufen. Und dann?«

»Ich bin raus aus der Wohnung.«

»Wo bist du hingegangen?«

Sie antwortete nicht.

»Hierher?«

Sie nickte.

»Ich – ich wollte endlich zurück zu meiner Mama.«

Trojan atmete tief durch. Sie wimmerte lautlos in sich hinein. Er strich ihr über ihre Schulter.

»Schon gut, Lene. Ab jetzt wird sich jemand um dich

kümmern, okay? Es gibt Einrichtungen, ein neues Zuhause, wo auch andere Kinder sind. Wir werden was für dich finden, versprochen.«

Warum hat sie nur niemand gesehen?, dachte er. Niemand war für sie da.

»Muss ich denn schon wieder umziehen?«, flüsterte sie. »Hier waren wir doch auch nicht lang.«

Sie löste sich von ihm und wischte mit dem Handrücken ihre Tränen ab.

Er überlegte, ob er ihr noch eine letzte Frage zumuten konnte.

Sie sah ihn reglos an, als ahnte sie bereits, was nun folgen würde.

»Lene, noch ein letztes Mal zurück zum Freitagabend. Als du hier in das Schlafzimmer kamst: Was hast du gesehen?«

Sie rückte weiter von ihm ab. Er spürte, wie sie sich vor ihm verschloss.

»Du hast gesagt, es war kein Mann, und es war keine Frau, die du gesehen hast.«

Sie fixierte ihn.

»Was war es dann?«

Es erschien ihm wie eine Ewigkeit, bis sie antwortete.

Ihre Stimme war verändert, kalt.

»Es war ein Tier.«

»Ein Tier?«

»Ja.«

»Wie sah das Tier aus?«

»Es hatte einen langen Schnabel, und an dem Schnabel war Blut.«

»Was hat das Tier gemacht?«

Sie stockte.

»Lene, erinnere dich.«

»Es hockte auf meiner Mutter. Und da war dieses Geräusch, wie von einer Schere.«

»War da eine Schere?«

»Ich weiß nicht. Ich weiß es nicht mehr.«

»Was geschah dann?«

»Es drehte sich zu mir um.«

»Konntest du die Augen von dem Tier erkennen?«

»Nein.«

»Was passierte als Nächstes?«

»Ich bin rausgerannt.«

»Und dann?«

»Es kam hinter mir her.«

Ihr Mund verzog sich vor Entsetzen.

»Das Tier hatte Krallen, scharfe Krallen. Ich hab sie gespürt.«

Sie vergrub das Gesicht in den Händen.

Trojan atmete schwer.

Großer Gott, dachte er, das muss ein Ende haben.

Und er sagte leise: »Komm, Lene, ich bring dich endlich fort von hier.«

# SECHZEHN

Das Neonlicht schmerzte in seinen Augen. Er hatte nicht mehr als zwei Stunden geschlafen, die Liege in seinem Büro war hart und unbequem, aber es hätte sich nicht mehr gelohnt, nach Hause zu fahren.

Noch in der Nacht hatte er Landsberg darüber informiert, dass er Lene gefunden hatte, lebend und bei einigermaßen guter Gesundheit. Sie wurde sofort in einer Klinik von einer Gynäkologin untersucht und daraufhin zum Kinder- und Jugendnotdienst gebracht. Landsberg hatte das gesamte Team zu einer Besprechung zusammengerufen, da die Täterschaft von Moll nach den Aussagen von Lene ernsthaft in Frage gestellt werden musste. Nach einer zermürbenden Diskussion ließ sich der Chef von jedem Einzelnen noch einmal sämtliche Ermittlungsergebnisse vortragen, doch letztlich mussten sie sich eingestehen, dass sie nichts in der Hand hatten, was die Aufklärung der Mordfälle irgendwie vorantreiben könnte, zumindest nicht solange Moll weiterhin vernehmungsunfähig blieb.

Erst im Morgengrauen waren sie auseinandergegangen, ratlos und demoralisiert. Nun war es acht Uhr früh am Dienstag, und Trojan wartete zusammen mit seinem Chef im Flur vor der Intensivstation des Krankenhauses Westend darauf, dass man sie zu Konrad Moll vorließ.

Eine Schwester hatte ihnen mitgeteilt, der Patient werde gerade medizinisch versorgt. Sie sollten sich gedulden, aber auch nicht allzu viel Hoffnung machen, er sei nicht ansprechbar.

Landsberg stieß einen tiefen Seufzer aus. »Ob man hier rauchen darf?«

Trojan versuchte es mit einem Grinsen. »Ich fürchte nicht, Hilmar.«

»Vertrödeln wir unsere Zeit, was meinst du?«

Trojan zuckte mit den Schultern. »Ich will ihm wenigstens noch einmal in die Augen schauen. Irgendwo dahinter muss doch die Wahrheit versteckt sein.«

Landsberg spielte mit der Zigarettenpackung in der Hand.

»Ich wünschte, er war es. Dann wären wir diesen Fall endlich los.«

Er lief eine Weile auf und ab, drei Schritte in die eine Richtung, drei in die andere, dann blieb er dicht vor Trojan stehen. Unter seinen Augen hatten sich dunkle Ringe gebildet.

»Was sagt dir dein Instinkt, Nils?«

»Frag mich nicht immerzu nach meinem Instinkt.«

»Auf den war aber bisher immer Verlass.«

Trojan atmete tief durch.

»Er kann eine Maske getragen haben, eine Vogelmaske. Das würde erklären, dass Lene ihn nicht wiedererkannt hat, als er sie mit in seine Wohnung nahm.«

»Ja, das ist auch meine Theorie. Warum schluckt jemand Glasscherben? Warum zerfetzt sich jemand die Speiseröhre? Wer tut sich das an? Doch nur wer von einer furchtbaren Schuld erdrückt wird und seiner lebenslangen Haftstrafe entgehen will.«

»Möglich, ja. Andererseits könnte Moll auch einfach selbstzerstörerische Tendenzen haben.«

»Aber warum gerade in dieser Situation? Warum ausgerechnet während der Vernehmung, in dem Moment, da du ihn in die Enge getrieben hast? Erklär mir das, Nils, ich begreife das nämlich nicht.«

»Vielleicht hat das einzig und allein etwas mit dem Mädchen zu tun.«

»Du meinst, weil er ein Kinderschänder ist und die Konsequenzen gefürchtet hat?«

»Ja.«

»Es gab aber keinen sexuellen Missbrauch. Das geht doch aus dem Untersuchungsbericht der Gynäkologin hervor. Mein Gott, schlimm genug, dass man ein zehnjähriges Mädchen mitten in der Nacht dieser Prozedur unterziehen muss.«

Trojan streckte seinen schmerzenden Rücken durch. Ihm fehlte Schlaf, unendlich viel Schlaf.

»Und er ist auch noch nicht als Kinderschänder aktenkundig geworden.«

»Ich weiß nicht, Hilmar, vielleicht hab ich ihn einfach zu hart angepackt.«

»Hör auf damit. Okay, es waren nicht ganz erlaubte Vernehmungsmethoden, aber die hatten auch ihren Sinn, schließlich ging es um das Leben der Kleinen. Deswegen frisst doch keiner Glasscherben. Ich sag dir was, Nils«, er deutete mit der Hand zu der verschlossenen Stationstür hin, »dahinter liegt unser Täter, und wir können bloß hoffen, dass er noch in der Lage dazu ist, ein Geständnis abzugeben, damit die Presse endlich Ruhe gibt.«

Vor Trojans innerem Auge zuckten die geifernden Schlagzeilen aus den Boulevardblättern auf.

Die Bestie aus Kreuzkölln hat wieder zugeschlagen. Wer ist das nächste Opfer? Warum unternimmt die Berliner Polizei nichts?

Zu seinem Glück war noch nichts von dem Vorfall mit Konrad Moll an die Öffentlichkeit durchgesickert, Landsberg schützte ihn, schirmte ihn ab, aber um das Ermittlungsverfahren kam er natürlich nicht herum.

»Diesen Gefallen wird er uns nicht tun. Selbst wenn er es war, das wird er nicht tun.«

»Scheiße.«

»Er sprach von dieser Magda«, murmelte Trojan. »Die habe er sehr geliebt. Sie gab ihm Licht, so was in der Art hat er doch gesagt. Und das Mädchen –«

»– hätte ihm das Licht wiedergegeben, ja«, fiel ihm Landsberg ins Wort. »Das ist doch Bullshit.«

»Ich glaube, es geht um Phantasien, Hilmar. Er muss ja seine Phantasien nicht gleich in die Tat umgesetzt haben. Aber vielleicht hat er in dem Verhör gespürt –«

Er blickte ihn an.

»– dass er der Kleinen hoffnungslos verfallen war.«

»Einer Zehnjährigen!«, zischte Landsberg.

Er verzog angewidert das Gesicht.

»Ich weiß, ich weiß. Pädophile verlieben sich unsterblich in ihre Opfer. So ist das nun mal.«

Landsberg fummelte eine Kippe hervor und steckte sie sich in den Mund, ohne sie anzuzünden.

Trojan sagte: »Er ist ihr verfallen, wir nehmen ihn in die Mangel, er weiß, er wird das Mädchen nie wiedersehen, er kommt womöglich wegen Kindesentführung dran, er schämt sich wegen seiner pädophilen Phantasien, er ist depressiv, hat einen Hang zur Autoaggression, und dann will er mir auch noch Schuldgefühle einimpfen. Also nimmt er sich das Glas und beißt zu.«

Landsberg schaute ihn überrascht an. »Du klingst schon wie so ein verdammter Seelenklempner, Nils. Hast du Erfahrungen in der Richtung?«

Trojan spürte, wie ihm Hitze ins Gesicht stieg.

Es entstand eine Pause, Landsberg versuchte zu lächeln.

»War bloß ein Scherz«, sagte er und steckte die Zigarette wieder zurück in die Packung. »Ich hasse diesen Job«, fügte er leise hinzu.

»Was ist los mit dir, Chef? Zu viel Arbeit, oder –«, Trojan überlegte, ob er sich die Frage erlauben durfte, »oder ist es wegen deiner Frau?«

Landsberg lachte plötzlich auf, aber es war ein gekünsteltes Lachen, zu laut, gepresst.

Er entfernte sich ein paar Schritte und blieb stehen.

Es war, als würde er mehr zur Wand als zu Trojan sprechen: »Sie hört Stimmen. Sie wird langsam verrückt. Es gibt Tage, an denen ich sie einfach nicht wiedererkenne.«

Abrupt drehte er sich zu ihm um.

Es schimmerte in seinen Augen, für einen Moment fürchtete Trojan, sein Chef könnte die Fassung verlieren.

»Hilmar, das tut mir so leid.«

Rasch setzte Landsberg ein schiefes Grinsen auf, kam auf ihn zu und klopfte ihm auf die Schulter.

»Erzähl's bloß nicht weiter.«

In diesem Augenblick wurde die Tür geöffnet, und die Krankenschwester trat auf sie zu.

»Sie dürfen jetzt zu ihm, aber höchstens für zehn Minuten.«

Landsberg versetzte Trojan einen freundschaftlichen Stoß, offenbar erleichtert darüber, dass der private Teil ihres Gesprächs damit beendet war, dann nickte er zu der Schwester hin.

Sie mussten sich einen Kopfschutz überziehen und Plastikschoner über die Schuhe streifen, dann wurden sie von ihr durch die Schleuse geführt.

»Wie gesagt, nicht länger als zehn Minuten.«

Moll wurde künstlich beatmet, die Maschine fauchte monoton. Im Takt seines Herzschlags bewegte sich auf dem Monitor ein Punkt, begleitet von einem durchdringenden Piepton. Molls Hals und seine Brust waren dick verbunden, von seinem Mund war unter der Sauerstoffmaske nicht viel zu erkennen.

Durch die Spritzenpumpen sickerten Schmerzmittel.

Seine Augen waren geschlossen.

Unwillkürlich musste Trojan an seine Mutter denken. Immer in Krankenhäusern dachte er an seine Mutter.

Er beobachtete den flackernden Punkt auf dem Monitor und horchte instinktiv auf seinen eigenen Herzschlag.

Landsberg trat näher an das Bett heran.

»Moll, kannst du uns hören?«

Nur das Fauchen der Maschine und der Piepton auf dem Monitor kamen als Antwort.

»Mach die Augen auf, Moll, wir haben noch ein paar Fragen an dich.«

Trojan registrierte den aggressiven Unterton in Landsbergs Stimme.

»Komm schon, Moll, so einfach ist das nicht, Glas schlucken und dann die Schnauze halten.«

Das Zucken auf dem Monitor veränderte sich mit einem Mal, zumindest kam es Trojan so vor, vielleicht war da etwas in seinem Gehirn, das auf sie reagierte.

Auch er trat näher heran. Er beugte sich über das Gesicht des Patienten.

Es roch streng nach einem Reinigungsmittel, irgendein Spray, mit dem sie ihm vielleicht die Mundhöhle desinfiziert hatten, zumindest das, was noch von ihr übrig war.

»Lene Halldörfer«, sagte Landsberg, »wir haben sie gefunden, deine Süße. Ihr geht es so weit gut.«

Plötzlich begannen Molls Augenlider zu zittern.

Wach auf, dachte Trojan, bitte wach auf, und sag uns die Wahrheit.

»Lene«, sagte Landsberg noch einmal. »Wirklich süß, die Kleine, ganz wie ihre Mutter. Coralie, Melanie, Lene, klingt doch wie ein Gedicht, Moll, hab ich recht?«

Die Töne auf dem Monitor änderten ihren Rhythmus, kamen wie im Stakkato.

Die Augenlider flackerten.

»Hörst du mich, Moll?«

Trojan verspürte einen leichten Schwindel. Er sah wieder den kahlen Schädel seiner Mutter vor sich, ihre vor Angst geweiteten Augen, nachdem sie von ihrer letzten Krebsoperation erwacht war. Sie hatte leise gefragt, wie viel Zeit ihr noch blieb. »Ist es ein Jahr? Ein halbes? Nur noch ein paar Monate?« Und Trojan hatte mit seinen achtzehn Jahren keine Antwort darauf gewusst.

Er ballte die Hände zu Fäusten und starrte angestrengt auf den Monitor.

Der Ausschlag wurde wieder schwächer, und auch Molls Lider bewegten sich nicht mehr.

Es vergingen einige Minuten, ohne dass jemand sprach.

»Zeitverschwendung«, murmelte Landsberg schließlich.

Auf dem Monitor piepte es, die Beatmungsmaschine fauchte.

»Hoffentlich haben wir uns nicht geirrt, Chef«, sagte Trojan.

»Wie meinst du das?«

»Ist nur so ein Gefühl.«

»Was für ein Gefühl?«

»Ich weiß nicht, eine Ahnung, so eine merkwürdige Beklemmung.«

Landsberg starrte ihn an.

»Du fürchtest, dass wieder etwas passieren wird?«

Trojan antwortete nicht.

»Verdammte Scheiße.« Landsberg schnappte nach Luft. »Mir reicht's. Ich muss hier raus.«

Er wandte sich zur Tür.

Trojan hörte sie hinter sich ins Schloss fallen.

Er blieb noch einen Moment bei dem Kranken stehen. Er war von sich selbst überrascht, als er plötzlich die Hand nach ihm ausstreckte und seine Stirn berührte.

»Tut mir leid, Moll«, murmelte er. »Sollten wir uns geirrt haben, tut es mir leid.« Er zog die Hand zurück und ging.

## SIEBZEHN

Walter Fitzler war immer pünktlich, nur ausgerechnet an diesem Abend nicht.

Und das hatte mit Rita zu tun.

Rita war irgendwie anders als sonst, hübscher noch, quirliger, wie aufgedreht, und sie trug diese Bluse, die er ihr mal zu Weihnachten geschenkt hatte, und darunter den knallroten BH, den er an ihr mochte.

Er stand in der Tür zum Wohnzimmer, als er sich das Jackett anzog, und lächelte sie an.

Aus dem Fernseher kam gerade eine Fanfare, die Kulissen leuchteten auf. Es war diese Quizsendung, in der man zum Millionär werden konnte, wenn man auf alle Fragen die richtigen Antworten wusste, ein uraltes Format, aber Rita liebte es.

Und Walter liebte Rita.

»Was ist?« Sie warf ihm ein verschmitztes Lächeln zu.

»Ach, nichts, ich schau dir nur ein bisschen beim Fernsehen zu.«

»Du kommst noch zu spät«, sagte sie und klaubte eine Handvoll Erdnüsse aus der Schale.

Zugegeben, Rita war ein bisschen in die Breite gegangen, aber eigentlich machte ihm das nichts aus. Wie gern würde er noch mal ihre Hüften kraulen und sich an ihren großen

Busen schmiegen, aber sie hatte ja recht, er war spät dran, Kowalski feierte seinen 55. Geburtstag im Eckbert. Er und die anderen von der Tischtennistruppe warteten sicherlich schon auf ihn. Im Eckbert würde es riesige Schnitzel geben, dazu reichlich Bier, Walter freute sich schon darauf.

Jeden Nachmittag traf er sich mit Kowalski, Ole, Holger und Tremmel in der Parkanlage am Kanal zum Tischtennisspielen, nur nicht an den Wochenenden, denn die gehörten den Frauen, was allerdings Holger nicht betraf, denn der hatte keine, aber da musste er durch. Die beiden Platten am Kanal waren recht gut zu bespielen, hatten zwar keine Netze, aber immerhin einen Kunststoffüberzug und nicht diese Gitter, an denen der Ball immer versprang.

Wenn es keine Tischtennisnachmittage gäbe und wenn es Rita nicht gäbe, wäre das Leben nicht lebenswert, das war zumindest die Meinung von Walter Fitzler.

Er ging zu ihr und hockte sich neben sie, schaute kurz auf den Bildschirm. Der Kandidat schwitzte gewaltig, weil er die Antwort nicht wusste, aber er hatte ja noch den Telefonjoker und könnte einen Freund um Rat fragen.

Fitzler kniff sanft in ihre Fettpölsterchen.

Rita kicherte. »Aufhören, Walter, geh zu deinen Jungs und lass mich die Sendung gucken.«

»Ist ja schon gut«, murmelte er, »mir kam da nur gerade so eine Idee –«

»Was?«

»Wenn wir gleich noch mal hier auf dem Sofa –«

»Nichts da!«

Aber sie strahlte ihn auf eine Art an, die er schon lange nicht mehr an ihr gesehen hatte.

»Ach, Rita«, seufzte er, »das Leben ist viel zu kurz.«

»Nun werd mal nicht sentimental, Walterchen«, sagte sie und gab ihm einen Kuss.

Damit war er zufrieden.

An der Wohnungstür rief er ihr noch zu: »Bin erst nach Mitternacht zurück«, und sie: »Treibt es nicht zu bunt! Und grüß mir den Kowalski.«

Im Treppenhaus nahm er fröhlich zwei Stufen auf einmal, eigentlich beachtlich in seinem Alter, aber die frische Luft und die Wettkämpfe im Park, regelmäßig an den Wochentagen, nur bei Sauwetter nicht, taten ihm einfach gut. Und natürlich die Gesellschaft seiner Kumpel.

Walter war schon unten auf der Straße, als ihm einfiel, dass er das Wichtigste vergessen hatte, das Geburtstagsgeschenk für Kowalski.

Er sah auf die Uhr, nun würde er es wirklich nicht mehr pünktlich ins Eckbert schaffen.

Seufzend drehte er sich auf dem Absatz um und ging wieder zurück ins Haus.

Eigentlich war es kein Wunder, dass er das Geschenk vergessen hatte, dachte er, vielleicht war es doch zu peinlich, was er da im Internet bestellt hatte. Die Porno-Karaoke-DVD für 9,99 €, darauf waren harmlose Sexszenen, zu denen dann ins Mikrophon gestöhnt werden sollte. Ob Kowalski das lustig finden würde? Etwas Besseres war ihm einfach nicht eingefallen.

Er hastete die Stufen hinauf.

Im zweiten Stockwerk stand jemand vor der verschlossenen Wohnungstür der jungen Frau Reiter. Fitzler war schon auf dem nächsten Treppenabsatz, als er innehielt.

Der Kerl war ihm doch vorhin nicht aufgefallen. Und an der Haustür war ihm auch niemand entgegengekommen.

Wo kam der plötzlich her?

Fitzler war von Natur aus ein neugieriger Mensch und wachsam obendrein, er kannte alle Bewohner im Haus, auch die meisten ihrer Besucher.

Er wandte sich um und sah von den Stufen auf den anderen hinab.

Den Kerl kannte er nicht. Er trug eine Art Regenmantel und hatte eine Kapuze auf. Zu seinen Füßen stand eine große schwarze Ledertasche.

Vielleicht ein Handwerker, dachte Fitzler, aber um diese Zeit war das äußerst ungewöhnlich.

»Wollen Sie zu Frau Reiter?«, fragte er.

Es kam keine Antwort.

»Ich denke, die ist noch nicht zu Hause.«

Der andere rührte sich nicht.

»Hallo?«

Keine Reaktion.

Fitzler ging ein paar Stufen hinab.

Da vernahm er plötzlich ein merkwürdiges Geräusch, ein gedämpftes Sirren. Es kam aus der Richtung von dem Kerl.

»Sie, ich spreche mit Ihnen!«

Er ging noch ein paar Stufen hinab, dann blieb er stehen.

Nun war das Geräusch weg.

Fitzler holte tief Luft.

Da drehte sich der andere langsam zu ihm um.

Er konnte wenig von seinem Gesicht erkennen, die Kapuze reichte ihm bis über die Augen.

Mit einem Mal begann er zu frösteln. Zögernd trat er näher. Da war das Geräusch wieder, hektisch flappend.

Und dann sah er, dass sich etwas unter dem Mantel bewegte, zappelnd, als sei ein kleines Lebewesen darunter.

Danach ging alles sehr schnell.

Der andere schlug seinen Mantel auf, und augenblicklich flatterte etwas auf Fitzler zu.

Es war ein Vogel. Er huschte über seinen Kopf hinweg, und Fitzler fuhr erschrocken zurück.

Während er noch mit den Armen fuchtelte, öffnete der andere seine Ledertasche.

Er sah einen metallischen Gegenstand aufblitzen. In diesem Moment erlosch das Licht im Treppenhaus.

Schon war der andere dicht bei ihm.

Im Halbdunkel lächelte er ihm zu. Es war kein freundliches Lächeln.

Und Fitzler erkannte das Messer in seiner Hand.

Irgendwo weit über ihm schlugen Flügel gegen eine Fensterscheibe.

»Nicht doch«, wimmerte er.

Kurz darauf explodierte der Schmerz in ihm, alles war gleißend hell.

Er dachte an Kowalski und die Tischtennisplatten und die Karaoke-DVD.

Zuletzt dachte er an Rita.

Er wollte nach ihr rufen, doch es gelang ihm nicht.

Er sackte zu Boden, starrte zu dem anderen hinauf.

Er öffnete den Mund, doch nur ein Röcheln drang aus seiner Kehle.

Dann wurde alles schwarz um ihn herum.

Er versuchte, sich den Arbeitstag aus den Gliedern zu strampeln, raste am Ufer entlang. Neben ihm ratterte die U1 über die Hochbahntrasse. Regen peitschte ihm ins Gesicht. Es war ein angenehmer warmer Mairegen, und er hatte keine Lust, die Kapuze aufzusetzen, öffnete sogar manchmal den Mund und fing die Tropfen auf, wie er es als Kind gern getan hatte.

Da vibrierte sein Handy in der Hosentasche.

Trojan bremste ab, hielt an und zog es hervor. Es erschien kein Name auf dem Display, nur eine ihm unbekannte Mobilnummer. Er drückte auf die grüne Taste.

»Ja?«

»Hallo, Herr Trojan, hier ist Jana Michels.«

»Hallo!«

Er atmete tief durch.

»Ich dachte, ich melde mich mal bei Ihnen.«

Der Anruf von gestern Abend, durchfuhr es ihn, sein halbbetrunkenes Gerede auf ihrem Anrufbeantworter, wie dumm von ihm.

»Sie haben mir doch aufs Band gesprochen.«

»Ach das«, er versuchte es mit einem Lachen, »bitte vergessen Sie das wieder. Ich hatte einen schlimmen Tag und war –«

»Sie klangen erschöpft.«

»Ich war ein bisschen durcheinander, ja.«

Es entstand eine Pause.

Ihre Stimme hatte einen warmen Unterton, als sie sagte: »Ich hab mir Sorgen um Sie gemacht.«

Trojan stieg vom Rad und schob es unter ein Vordach.

»Wirklich?«

Wieder entstand eine Pause.

»Wo sind Sie? Störe ich Sie gerade?«

»Nein, nein, nicht im Geringsten. Ich bin auf dem Heimweg. Es regnet, aber ich mag es. Hören Sie mal.«

Er streckte kurz das Telefon in das Rauschen hinein. »So klingt der Mai.«

Sie lachte. »Hört sich schön an.«

Ist das ein privates Gespräch?, fragte er sich. Hoffentlich, immerhin ruft sie von ihrem Handy an.

Doch dann sagte sie: »Wir haben noch keinen Termin für diese Woche ausgemacht, nach Ihrem überstürzten Abschied am Freitagabend.«

»Ja, das stimmt.«

»Was halten Sie von übermorgen, Donnerstag?«

»Übermorgen, ja.«

»Wieder um acht?« Sie lachte. »Ich behalte mir die Abendstunden für Sie vor.«

»Okay, Donnerstag um acht.«

Er blieb noch eine Weile unter dem Vordach stehen, dann speicherte er die Mobilnummer, schwang sich auf sein Rad und fuhr weiter.

Na schön, dachte er, es war ein berufliches Gespräch, aber ich hatte beinahe das Gefühl, als hätte sie mit mir geflirtet.

Und schon meldete sich wieder dieses Wirbeln in seiner Brust.

Nur kurze Zeit später brummte erneut sein Handy. Vielleicht war ihr noch etwas eingefallen.

Ohne anzuhalten, fischte er es hervor.

Es war Landsberg.

Er sagte ihm bloß ein paar knappe Sätze, aber das reichte aus, um Trojan frösteln zu lassen.

Er wiederholte die Adresse und die Hausnummer.

Pflügerstraße, das war nicht allzu weit von seiner Wohnung entfernt.

Semmler hockte neben der Leiche im Treppenhaus.

»Drei Stiche. Einer davon ging direkt ins Herz.«

»Wie lang war die Klinge«, fragte Trojan, »kannst du das schon abschätzen?«

»Könnten dreißig Zentimeter sein oder mehr. Weiteres kann ich dir erst morgen sagen.«

»Also gibt es Übereinstimmungen?«

Semmler schaute zu ihm hoch.

»Wie gesagt, lass mir Zeit bis morgen.«

Trojan nickte.

Der Mann lag auf den Treppenstufen. Seine Brust war blutüberströmt. Wo einmal seine Augen gewesen waren, klafften zwei schwarze Höhlen. Blut war an die Wand gespritzt.

Eine verängstigte alte Frau steckte den Kopf durch ihre Wohnungstür.

»Treten Sie zurück«, sagte Trojan.

Die Tür wurde von innen zugezogen. Er vernahm ein leises Jammern dahinter.

»Wo ist Gerber?«

Semmler zeigte nach oben.

Trojan stieg die Stufen hinauf. Schon von weitem hörte er das knatternd fächernde Geräusch.

Auf dem Treppenabsatz vor dem Dachboden versuchten

Krach und Gerber den Vogel einzufangen, der verzweifelt umherflatterte, immer wieder gegen Wand und Fensterscheibe prallte.

Er war klein, das Gefieder auf seiner Brust rot, und der Kopf war schwarz. Es war unverkennbar ein Dompfaff. Trojan hatte sich Fotos von dieser Art angeschaut.

Gerber blickte ihn an. »Kann das ein Zufall sein, Nils, was meinst du?«

Trojan schwieg. Er duckte sich, als der Vogel direkt über ihn hinwegsauste, es war ihm unangenehm.

Der Dompfaff stieß einen Schrei aus.

Ihm lief ein Schauer über den Rücken.

Krach sagte: »Meine Eltern hatten mal einen im Garten. Sind eigentlich ganz schöne Viecher. Aber in diesem Zusammenhang –« Er brach ab.

Trojan roch eine schwache Alkoholfahne. Er musterte ihn. Armin Krach, ihr Tatortmann, war nun schon seit Jahren verwitwet. Er war hohlwangig, wirkte wie angekränkelt von all den blutigen Schauplätzen und den schrecklichen Dingen, die er zu Gesicht bekam.

»Wo sind die anderen?«, fragte Trojan.

»Stefanie, Dennis und Max befragen die Hausbewohner.« Gerber seufzte. »Ich musste mit der Ehefrau des Toten sprechen. Sie hat nichts mitbekommen, saß friedlich vorm Fernseher, während ihr Mann abgestochen wurde. Er wollte zu einem Fest mit Freunden.«

»Wer hat ihn gefunden?«

»Ein Nachbar aus dem vierten Stock.«

Sie gingen zusammen hinunter.

Die alte Frau hatte ihre Wohnungstür wieder geöffnet.

Die Leiche lag nur etwa zwei Meter von ihr entfernt. Sie konnte sich einfach nicht beruhigen.

»Jesses, Maria und Josef«, stöhnte sie in einem fort und schlug die Hände über den Kopf.

»Haben Sie denn nichts gehört?«, fragte Trojan.

Die Alte starrte ihn an.

»Direkt vor Ihrer Tür, das müssen Sie doch mitbekommen haben!«

»Sie ist schwerhörig«, sagte Gerber. »Und etwas wirr im Kopf«, fügte er leise hinzu.

»Wer wohnt da drüben?«, fragte Trojan und deutete auf die andere Wohnungstür auf der Etage.

»Eine Frau Reiter«, erwiderte Gerber, »es macht aber niemand auf.«

Trojan drückte auf den Klingelknopf.

»Hab ich auch schon ein paar Mal versucht«, murmelte Gerber.

Es rührte sich nichts.

Trojan stieß die Luft aus. »Aufbrechen?«

Gerber zuckte mit den Achseln.

Sie sahen sich an.

»Lass mich raten, Nils, du vermutest, dass sie jung und blond ist?«

Trojan nickte.

In diesem Moment hörten sie aufgeregte Stimmen von unten, kurz darauf kam einer der Schutzpolizisten, die für die Absperrung zuständig waren, mit einer Frau die Treppe herauf.

Trojan und Gerber versuchten, ihr den Blick auf den Toten zu versperren, doch zu spät, sie hatte ihn bereits gesehen. Sie wurde bleich und taumelte zwei Stufen zurück.

»Zu wem wollen Sie?«, fragte Trojan.

»Ich – ich wohne hier«, stammelte sie.

»Michaela Reiter«, sagte der Polizist. »Personalien sind überprüft.«

Trojan blickte auf das Namensschild an der Tür, dann betrachtete er das dichte blonde Haar der Frau und trat zur Seite.

Zittrig kramte sie den Schlüsselbund aus ihrer Handtasche hervor.

»Das ist Herr Fitzler, nicht wahr?«

»Walter Fitzler, ja.«

»O mein Gott.«

Sie kämpfte mit den Tränen, schloss auf und betrat ihre Wohnung.

»Darf ich?«

Sie nickte, und Trojan folgte ihr.

Sie ging in die Küche, öffnete einen Schrank, nahm eine Cognacflasche hervor, goss sich ein Glas ein und trank.

»Möchten Sie auch?«

Trojan hätte am liebsten bejaht, aber er schüttelte nur den Kopf.

»Ich kann das einfach nicht glauben. Ermordet vor meiner Wohnungstür.«

»Kannten Sie ihn gut?«

»Nicht wirklich, man wechselt ein paar Worte im Treppenhaus, man grüßt sich.« Sie seufzte, stützte sich an der Küchenzeile ab. »Ich wohne ja noch nicht lange hier.«

»Wo waren Sie heute Abend?«

»Ich war mit einer Freundin was trinken, im Freien Neukölln.«

»Fühlten Sie sich von irgendjemandem beobachtet?«

Michaela Reiter runzelte die Stirn. »Nein.«

»Sind Sie in letzter Zeit belästigt worden? Anrufe? Briefe? E-Mails?«

Sie schüttelte den Kopf.

»Ist Ihnen etwas Besonderes in der Kneipe aufgefallen? Ein Typ? Jemand, der Ihnen aufdringliche Blicke zuwarf?«

Wieder schüttelte sie den Kopf. »Warum fragen Sie mich das alles?«

Trojan sah sie an. Sie hatte sich das Haar zu einem Pferdeschwanz gebunden, an ihrem Hals war ein Leberfleck. Er schätzte sie auf Mitte zwanzig. Wieder zuckten die Bilder von den toten Frauen vor ihm auf.

»Frau Reiter, wir haben Grund zu der Annahme, dass der Täter eigentlich zu Ihnen wollte.«

Ihre Augen weiteten sich.

»Zu mir? Aber warum?«

Trojan schwieg.

Sie schlang die Arme um ihre Schultern.

»Ist es wegen dieser Sache, von der man in den Zeitungen liest? Diese Frauenmorde?«

Trojan nickte.

»Aber warum gerade ich?«

»Es gibt ein bestimmtes Muster«, sagte er leise.

»Was für ein Muster?«

Entsetzen flackerte in ihrem Blick auf. Ihr Gesicht war fahl. Trojan wünschte sich, sie irgendwie beruhigen zu können, aber er wusste nicht, wie.

»Um die Ermittlungen nicht zu gefährden, darf ich Ihnen nicht mehr verraten, aber es wäre vielleicht besser, wenn Sie für ein paar Tage und Nächte von hier verschwinden.«

Sie starrte ihn an.

»Nur zu Ihrer Sicherheit. Gibt es jemanden, bei dem Sie unterkommen könnten?«

»Eine Freundin, ich kann sie anrufen.«

»Gut. Teilen Sie mir Ihre Adresse rechtzeitig mit.«

Er reichte ihr seine Karte.

»Wie gesagt, es ist nur zu Ihrer Sicherheit.«

## ACHTZEHN

Er hörte spitze Schreie. Immer wieder flatterte etwas über seinen Kopf hinweg. Er riss die Arme hoch. Da traf es ihn im Gesicht. Es war weich, und es war lebendig. Er schüttelte sich, schlug mit den Händen über den Kopf. Es waren Vögel. Sie schrien, wimmelten um ihn herum, immer wieder stießen sie auf ihn herab, er krümmte sich.

Da sah er Jana Michels. Er rief ihr etwas zu. Auch sie war von den Vögeln umringt und kämpfte gegen sie an. Schließlich verschwand sie ganz unter der gefiederten Masse.

Es waren Gimpel, er erkannte es an den roten Bäuchen, den schwarzen Köpfen.

Er wollte zu ihr, musste ihr helfen, doch er kam nur langsam voran. Es dröhnte in seinen Ohren. Dieses knatternde Flattern verursachte ihm Schmerzen.

Er sah Janas Hand, wollte nach ihr greifen. Doch er fasste bloß in etwas Weiches, Blutiges. Es war eine große aufgerissene Wunde mitten auf ihrem Körper, Federn klebten darin.

Er schrie ihren Namen.

Trojan schreckte hoch und rang nach Atem.

Sein Herz hämmerte.

Er knipste das Licht an.

Ruhig, ganz ruhig, dachte er, es war nur ein Traum.

Aber die Panik hatte längst seinen ganzen Körper erfasst. Seine Zehen krümmten sich, er bekam einen Krampf.

Er lauschte. Da war noch etwas.

Nicht nur das Wummern seines Herzens, etwas von außen. Es kam aus dem Flur.

Trojan tastete nach der Sig Sauer P225 neben seinem Bett, einer 9-Millimeter-Parabellum. Er nahm sie auf. Sie wog schwer in seiner Hand.

Da war das Geräusch wieder. Ein Scharren, es war in seiner Wohnung, ganz in der Nähe.

Er lud die Waffe durch, schwang sich aus dem Bett und schlich zur Schlafzimmertür. Sie war nur angelehnt, weil er nachts einen leichten Luftzug brauchte.

Er ging am Türrahmen in Deckung. Er schwitzte.

Er konnte die Waffe einfach nicht stillhalten.

Ruhig, dachte er wieder, ruhig.

Dann stieß er lautlos die Tür auf, drückte sich an die Wand, knipste das Licht an und riss die Waffe hoch.

Er starrte in den Flur.

Da war nichts. Nur die Jacken, die am Garderobenhaken hingen.

Dann hörte er es wieder, scharrend, kratzend.

Jemand war an seiner Wohnungstür.

Jemand machte sich an seinem Schloss zu schaffen.

Mit dem Rücken zur Wand schlich er voran. Schritt für Schritt arbeitete er sich vor.

Als er an der Tür war, hielt er den Atem an, beugte sich vor, schob die Scheibe vom Spion zurück und sah hindurch.

Plötzlich stieß er die Luft aus und drehte den Schlüssel im Schloss herum.

Mit einem Ruck öffnete er die Tür.

Die Frau im Treppenhaus wich einige Schritte zurück.

»Doro!«

Sie schwankte leicht, starrte ihn an.

»Nils, du –?«

Es brauchte eine Zeit lang, bis sie begriffen hatte.

Sie begann in sich hineinzukichern.

»Oh!«

Sie fuhr sich mit der Hand ins Haar.

»Oh!«, sagte sie noch einmal und lachte.

Trojan atmete schwer.

»Sorry, Bulle, da muss ich mich wohl glatt im Stockwerk geirrt haben.«

Sie lachte wieder, schwankte auf ihren hohen Absätzen.

Dann blickte sie auf seine Waffe.

»Hast ja deine Wumme dabei, Nils.« Sie hob die Arme. »Nicht schießen, nicht schießen!«

Wieder kicherte sie in sich hinein.

Trojan versuchte seinen Atem unter Kontrolle zu bringen.

»Geh ins Bett, Doro. Du bist ja betrunken.«

»Was glaubst du, was ich gerade vorhatte?« Sie machte eine fahrige Handbewegung. »Sorry noch mal. Hab ich dich etwa geweckt?«

Trojan antwortete nicht.

An der Treppe warf sie ihm noch einen glasigen Blick zu.

»Lass mal wieder was von dir hören, Bulle.«

Unsicher stöckelte sie die Stufen hinab.

Trojan schloss die Tür und presste die Hand auf sein Herz. Es schlug noch immer heftig.

Er ging in die Küche, legte die Waffe auf den Tisch und nahm sich ein Bier aus dem Kühlschrank. Jetzt würde er ohnehin nicht mehr einschlafen können.

Er setzte sich, öffnete die Flasche an der Tischkante und trank einen großen Schluck.

Es dauerte lange, bis die Panik allmählich aus seinem Körper wich. Noch immer meinte er, die Schreie der Vögel zu hören und das Kratzen an der Tür.

Er trank weiter und dachte angestrengt nach.

Etwas war ihm am Abend zuvor entgangen. Jemand hatte etwas gesagt, was für die Ermittlungen von Bedeutung sein könnte.

Es war nur eine kurze Bemerkung gewesen.

Aber er kam nicht drauf.

Erst im Morgengrauen legte er sich wieder ins Bett. Er fand keinen Schlaf.

Stefanie Dachs kam mit einem Stoß Papiere in sein Büro.

»Nils, ich hab da vielleicht was.«

Trojan blickte auf.

Sie setzte sich an seinen Schreibtisch.

»Schieß los.«

»Ich bin noch mal alle Asservate aus der Wohnung von Coralie Schendel durchgegangen. Unter anderem den ganzen Kram, den wir in ihrer Küche gefunden haben. Darunter war auch ein Notizblock. Ich hab ihn mir noch mal genau angesehen.«

»Und?«

»Es gibt da einen Eintrag. Schau mal, hier.«

Sie reichte ihm eine aus einem Collegebook herausgetrennte Seite in einer Klarsichtfolie. Inmitten von einigen Kritzeleien war zu lesen: ›Haarspalter, Fr, 16 Uhr‹.

»Das Wort kam mir in dem Zusammenhang so grausam vor, weißt du? Der kahle Schädel und das alles.«

Trojan nickte.

»Daraufhin hab ich mir noch mal sämtliche Tatortfotos aus der Wohnung von Melanie Halldörfer angesehen. Und dabei stieß ich auch auf die Aufnahmen aus dem Badezimmer. Ich hab einfach mal ein paar vergrößert, weil ich assoziativ vorgehen wollte. Die Leichen haben kahle Köpfe, der Täter nimmt die Haare mit, ich dachte an Haare waschen, föhnen, kämmen und alles, was damit zu tun hat. Verstehst du?«

»Ja«, sagte Trojan.

Das ist gut, dachte er.

»Na ja, also –« Stefanie rieb sich den Nacken. »Ich weiß nicht, ob uns das jetzt wirklich weiterbringt. Aber sieh dir das mal an.«

Sie reichte ihm ein Foto.

Trojan verstand nicht. Auf dem Foto waren Utensilien aus dem Badezimmerregal und ein Teil der Wanne zu erkennen.

»Nein, warte, das ist das falsche. Hier ist die Ausschnittsvergrößerung.«

Stefanie gab ihm ein anderes Foto.

Trojan nahm es und sah es an. Da war eine Shampooflasche, auf der sich ein kleiner Aufkleber befand. Darauf stand in einem geschwungenen Schriftzug ein einziges Wort.

»Haarspalter«, sagte er leise.

Stefanie nickte.

Er blickte auf.

»Meine Recherchen haben ergeben, dass es sich beim Haarspalter um einen Friseursalon in der Oranienstraße handelt. Es sieht fast so aus, als wären Halldörfer und Schendel beide dort Kundinnen gewesen.«

»Hast du das schon überprüft?«

»Bisher noch nicht.« Sie lächelte verlegen. »Ich wollte es erst dir zeigen.«

Trojan verspürte ein merkwürdiges Kribbeln in den Händen.

Abrupt stand er auf und schnallte sich sein Waffenholster um.

»Gute Arbeit, Stefanie, wir fahren da sofort hin.«

Der Haarspalter war ein kleiner Laden in der Nähe vom Moritzplatz. Die Wände waren mit Alufolie und Lametta ausstaffiert, überall hingen blinkende Lichterketten. Auf einigen Borden standen kitschige Madonnenfiguren, neben einem Gartenzwerg leuchtete in wechselnden Farben ein großes längliches Gebilde auf, das an einen Dildo erinnerte.

Ein hochgewachsener junger Mann frisierte eine Kundin, die einzige im Laden.

Er begrüßte sie mit einem lässigen »Hallo«.

Stefanie stieß Trojan leicht von der Seite an.

Er folgte ihrem Blick.

In einer Ecke stand auf einem Sockel ein Käfig mit zwei Vögeln darin.

Trojan holte tief Luft. Für einen Moment hatte er die Vision von zwei Gimpeln. Aber das war eine Täuschung, ihr Gefieder war gelb.

Wohl eher Kanarienvögel, dachte er.

»Wer ist hier der Geschäftsführer?«, fragte er.

Der Blonde machte eine ausladende Bewegung mit der Schere in der Hand und rief: »Johann, kommst du mal.«

Kurz darauf kam Johann aus dem Hinterzimmer. Er war schlank, beinahe mager und steckte in einem hautengen T-Shirt, ein Brustwarzenpiercing zeichnete sich deutlich darunter ab. Er setzte ein geziertes Lächeln auf und fragte: »Was kann ich für Sie tun?«

»Trojan, Kriminalpolizei. Wie ist Ihr Name?«

Der Friseur zog die Augenbrauen hoch.

Daraufhin zückte Trojan seinen Dienstausweis.

»Johann Sander«, sagte der Friseur und warf einen Blick auf den Ausweis. »Na, da bin ich aber überrascht.«

Stefanie sagte: »Es geht um eine Kundin von Ihnen, Herr Sander. Beziehungsweise um zwei Kundinnen. Wir müssen da etwas überprüfen.«

»Oh«, machte er und stemmte die Hände in die Hüften.

»Die eine Kundin heißt Coralie Schendel«, sagte Stefanie.

Trojan musterte ihn. Er verzog keine Miene.

»Der Name sagt mir auf Anhieb nichts.«

»Schauen Sie mal in Ihrem Computer nach«, sagte Trojan.

Johann Sander warf seinem Kollegen einen Blick zu und ging hinter den Tresen.

»Worum handelt es sich denn eigentlich?«

Trojan und Stefanie schwiegen.

Er klapperte auf der Tastatur. »Ach, ja, Coralie Schendel, richtig, sie hatte einen Termin bei mir.«

»Wann war das?«, fragte Trojan.

»Freitag, 30. April. 16 Uhr.«

»Was ist mit Melanie Halldörfer?«

»Melanie wie?«

»Halldörfer.«

Trojan beobachtete ihn gespannt.

Wieder tippte Sander auf der Tastatur. Sein Kollege schaute neugierig zu ihnen herüber.

Auch von der Kundin wurden sie durch den Spiegel beäugt.

»Ja, ach ja, die Melanie, an die erinnere ich mich sogar noch gut. Sehr schönes Haar, lang und kräftig.«

Trojan und Stefanie warfen sich einen kurzen Blick zu.

»Wann war sie das letzte Mal hier?«, fragte Stefanie.

Sander rümpfte die Nase. »Sie durchlöchern mich ja mit Ihren Fragen!«

Dann deutete er auf den Monitor. »Hallo, da haben wir sie ja.« Er blinzelte und hielt das Gesicht näher an den Bildschirm.

»Sie hat ihren Termin kurzfristig abgesagt. Hmm. Und noch keinen neuen ausgemacht.«

»Melanie Halldörfer ist tot«, sagte Trojan. »Und Coralie Schendel auch. Sie wurden beide ermordet.«

Sander starrte ihn an. Sein Kollege ließ die Schere sinken. Der Kundin auf dem Frisierstuhl klappte der Mund auf.

»Mein Gott, das ist ja schrecklich«, murmelte Sander.

»Wo waren Sie am Abend des vierten und des vierzehnten Mai?«, fragte Trojan.

Sanders Wangen röteten sich. Einer der Kanarienvögel spreizte die Flügel.

»Sie wollen doch wohl nicht sagen, dass ich etwas damit zu tun habe.«

»Antworten Sie, wo waren Sie am vierten und am vierzehnten Mai abends?«

Sander ruckte mit dem Kopf.

Dann wandte er sich an seinen Kollegen.

»Mike, weißt du noch, was wir am vierten Mai gemacht haben?«

Mike schüttelte den Kopf.

»Und am vierzehnten Mai?«

Der Kollege entschuldigte sich bei seiner Kundin und trat zu ihnen heran.

»Sagen Sie, Herr Kommissar, Sie glauben doch wohl nicht im Ernst, dass mein Freund sich an seinen Kundinnen vergreift.«

»Ob er Ihr Freund ist, ist mir egal, antworten Sie auf meine Fragen.«

Mike und Sander schauten sich an.

Plötzlich schnippte Mike mit den Fingern.

»Ach, am vierzehnten hast du dir doch deine Hämorrhoiden erntfernen lassen.«

Sander breitete die Arme aus. »Richtig!«

»Hämorrhoiden also«, sagte Trojan. »Und wo haben Sie sich behandeln lassen?«

»In der Charité. Die haben Spezialisten für diesen Bereich.«

Mike grinste Sander an und ließ die Schere in seiner Hand auf- und zuschnappen.

Trojan wandte sich ihm zu.

»Wie ist denn Ihr Name?«

»Mike Kluge.«

»Und Sie waren dabei, Herr Kluge, als er sich operieren ließ?«

»Also hören Sie mal. Ich hab ihn besucht, mehr nicht.«

»Und am Abend?«

»Das weiß ich beim besten Willen nicht mehr.«

Trojan sah kurz zu Stefanie hin.

Dann sagte er: »Ich muss Sie bitten, mit aufs Revier zu kommen. Alle beide.«

»Das ist völlig ausgeschlossen«, rief Sander.

»Schauen Sie, wir haben Kundschaft«, sagte Mike Kluge.

Trojan straffte die Schultern. »Ich gebe Ihnen eine halbe Stunde, um den Laden hier dichtzumachen.«

## NEUNZEHN

Michaela Reiter schlug die Augen auf. Sie wusste nicht, wo sie war.

Irritiert blickte sie in das lächelnde Gesicht über ihr.

»Was, wo –?«, stammelte sie.

Dann strich ihr jemand über den Kopf.

Sie setzte sich auf.

»Ruhig, ganz ruhig«, sagte eine Stimme.

Und endlich hatte sie ihre Orientierung wieder.

Gesine Bender griff nach ihrer Hand.

»Du hast geschlafen. Beinahe den ganzen Tag hast du geschlafen.«

»Wie spät ist es?«

Gesine sah auf ihre Armbanduhr. »Halb acht.«

»Morgens?«

Gesine lächelte. »Abends.«

Michaela atmete tief durch. Sie umarmte ihre Freundin, Tränen schossen ihr in die Augen.

»Ist ja gut, ist ja schon gut.«

»Direkt vor meiner Tür.« Wie oft hatte sie in den letzten vierundzwanzig Stunden diese vier Wörter schon gesagt: »Direkt vor meiner Tür.«

»Komm, jetzt mach ich uns erst mal was zu essen.«

Michaela nickte. Sie stand auf, ging ins Bad und duschte

ausgiebig, während Gesine in der Küche mit den Töpfen klapperte.

Als sie beide im Wohnzimmer am Esstisch saßen, musste sie es noch einmal sagen.

»Direkt vor meiner Tür. Und das Schlimmste ist, dass der Kommissar meinte, es könnte mir gegolten haben.«

»Ich glaub das nicht, Ela, ehrlich nicht.«

»Aber warum hat er es dann gesagt?«

Gesine zuckte mit den Schultern und zerteilte mit der Gabel das Gemüse auf ihrem Teller.

»Die von der Polizei müssen sich halt in alle Richtungen absichern.« Sie versuchte zu lachen. »Sieh es doch mal positiv, so haben wir endlich mehr Zeit füreinander.«

»Du hast ja recht.«

Michaela lächelte schwach. Sie ließ ihr Besteck sinken.

»Hast du keinen Hunger?«

Sie verzog das Gesicht.

»Irgendwas stimmt mit meinem Magen nicht.«

»Das ist die Aufregung.«

Sie nickte.

Gesine goss ihr noch etwas von dem Wein ein und prostete ihr zu. »Alles wird gut.«

Michaela trank.

»Ja«, sagte sie, »und danke.«

»Wofür?«

»Dass du für mich da bist.«

Gesine Bender streichelte ihren Arm. »Ach, Ela, du bist doch meine beste –«

Weiter kam sie nicht, denn es klingelte an der Tür.

Michaela Reiter runzelte die Stirn.

»Erwartest du noch Besuch?«

Gesine schüttelte den Kopf.

Dann stand sie auf und ging öffnen. Michaela hörte ein gedämpftes Murmeln aus dem Flur. Kurz darauf kam ihre Freundin mit einem Paket in der Hand zurück.

»Es war ein Bote.«

»Um die Zeit noch?«

Gesine zuckte mit den Schultern, legte das Paket ab und setzte sich wieder.

»Hab ich dir eigentlich schon von Marc erzählt?«, plauderte sie munter drauflos.

»Marc? Nein.«

»Marc ist neu bei uns in der Firma. Er arbeitet im IT-Bereich. Und weißt du, er hat etwas an sich, das mich irgendwie –«, Gesine trank einen Schluck Wein, dann lächelte sie, »– na ja, nervös macht, verstehst du, was ich meine?«

Michaela nickte. Sie schaute auf das Paket.

Es stand kein Absender drauf.

»Hörst du mir überhaupt zu?«

Michaela Reiter zuckte leicht zusammen.

»Ach, Ela, du bist wirklich durcheinander. Nimm dir das alles nicht so zu Herzen, ja?«

»Möchtest du das Paket nicht aufmachen?«

»Das – was?« Gesine sah sie irritiert an. »Ach so, das Paket.« Sie nahm es und zog an den Kartonlaschen. »Also, wo war ich?«

»Bei Marc«, sagte Michaela, ohne den Blick von dem Paket zu lassen.

Sie verspürte eine eigenartige Unruhe.

»Richtig, Marc, er ist ziemlich groß, fast eins neunzig, dunkelhaarig und hat so eine Art sich zu bewegen, dass ich –«

Doch da verstummte sie.

»Was?«

Gesine wurde bleich. Sie hatte das Paket geöffnet. Michaela konnte nicht erkennen, was darin war.

Ihre Freundin stieß einen Schrei aus, dann ließ sie das Paket fallen.

Das Gesicht von Mike Kluge war nur noch eine jämmerliche, verheulte Fratze.

»Aber das müssen Sie mir glauben, bitte.«

Stefanie Dachs beugte sich vor und sprach leise auf ihn ein.

Kluge schniefte.

Er warf theatralisch die Arme hoch, dann packte er seinen Kopf und raufte sich das Haar.

»Ich war an dem Abend bei Sergio, ich schwöre es!«

Trojan wandte sich vom Einwegspiegel ab. Die Luft im Nebenraum war zum Schneiden. Landsberg riss ein neues Päckchen Zigaretten auf.

»Scheiße«, murmelte Trojan.

Er lief auf und ab, dann blieb er dicht vor seinem Chef stehen.

»Wie lange können wir ihn noch hierbehalten, was meinst du?«

Landsberg zündete sich eine Kippe an und inhalierte.

»Schwer zu sagen bei der Beweislage. Für den Haftrichter ist das alles viel zu dünn, fürchte ich.«

»Okay«, Trojan massierte sich die Schläfen, »fassen wir noch mal zusammen, was haben wir alles?«

Landsberg nahm einen tiefen Zug. »Sein Freund, dieser Sander, ist sauber, würde ich sagen.«

»Charité ist überprüft.«

»Ja, er hat die Nacht vom vierzehnten auf den fünfzehnten Mai dort verbracht.«

»Am vierten Mai war er abends im Fitnessstudio, bis halb elf. Auch überprüft.«

Landsberg nickte. »Zu dem Zeitpunkt war Mike zu Hause und kann sich nur schwach an eine Soap im Fernsehen erinnern.«

Trojan lief weiter auf und ab. »Und am Abend des vierzehnten Mai, als sein Freund in der Charité lag, will er sich mit diesem Sergio getroffen haben, seinem Liebhaber für zwischendurch.«

»Nur blöd für ihn, dass wir den gerade nicht auftreiben können.«

»Ja, kein Sergio, kein Alibi.«

»Also behalten wir ihn hier«, sagte Landsberg entschlossen.

Trojan blieb stehen. Er bemühte sich, ruhig zu atmen.

»Hilmar«, sagte er leise, »hast du in dem Zusammenhang auch mal an Michaela Reiter gedacht?«

Landsberg schwieg.

»Sie gehört leider nicht zu den Kunden vom Haarspalter, auch das haben wir überprüft. Und wir gehen nun mal davon aus, dass der Täter auch zu ihr wollte.«

»Na und wenn schon«, murmelte Landsberg.

»Das passt aber nicht ins Muster!«

»Ihr blondes Haar passt ins Muster, das reicht.«

Sie schauten durch den Einwegspiegel. Kluge nagte an seiner Unterlippe. Stefanie Dachs sprach weiter auf ihn ein.

»Gibt es eigentlich einen Praktikanten in diesem Friseursalon?«, fragte Landsberg nach einer Pause.

»Daran habe ich auch schon gedacht«, erwiderte Trojan.

»Und?«

Er sah ihn an und verzog den Mund. »Es gibt einen, aber er hat an beiden fraglichen Abenden an einem Lehrgang in der Berufsschule teilgenommen.«

»Hast du das überprüft?«

»Hab ich.«

»Und die haben keine weiteren Angestellten in diesem Laden?«

»Fehlanzeige.«

Wieder raufte sich Kluge das Haar.

Landsberg trat näher an die Scheibe heran.

»Lassen wir ihn schmoren«, murmelte er. »Einfach schmoren lassen.«

Michaela Reiter sah ihre Freundin an.

Daraufhin lehnte sie sich langsam über den Tisch und schaute auf den Boden hinab.

Das Paket war umgefallen, sein Inhalt lag auf dem Teppich.

Es war ein kleiner Vogel.

Er war tot, gerupft. Er hatte nicht eine einzige Feder mehr.

Seine Bauchhöhle war geöffnet.

Die Gedärme quollen hervor.

Überall war Blut.

Nun stieß auch Michaela einen Schrei aus.

Die beiden Freundinnen starrten sich an.

»Was – was soll das?«, stammelte Michaela.

»Ich weiß nicht. Ich habe keine Ahnung.«

»Das ist doch –«

In diesem Augenblick hörten sie ein Geräusch an der Wohnungstür.

Sie erstarrten, lauschten.

Es klang, als würde die Tür geöffnet werden.

»Hast du nicht abgeschlossen?«, wisperte Michaela.

Gesine stand auf. »Doch, ich bin mir sicher, dass ich –«

Sie ging in den Flur.

Michaela spürte, wie ihr der Schweiß den Rücken hinunterrann.

Ihr Herz raste.

Ihre Nackenhaare stellten sich auf.

Da hörte sie ihre Freundin draußen im Flur leise aufstöhnen.

Ihr wurde kurzzeitig schwarz vor Augen. Sie kämpfte dagegen an.

Sie erhob sich, wollte nachschauen gehen.

Da wankte Gesine Bender zurück ins Zimmer.

Ihr Gesicht war zu einer Fratze verzerrt, der Mund zu einem stummen Schrei geöffnet.

Blut rann über ihre Wange.

Und dort, wo ihr rechtes Auge sein müsste, war nur dunkler blutiger Schleim.

Michaela wich zurück.

»Gesine! Mein Gott! Was ist denn passiert?«

Aber Gesine antwortete nicht.

Sie schwankte nur. Ihr linkes Auge schien gleich aus seiner Höhle zu treten.

Kurz darauf erschien eine Gestalt in der Wohnzimmertür.

Sie kam langsam näher.

Sie hatte kein menschliches Gesicht.

Michaela Reiter riss den Mund auf.

Sie wollte schreien, nur noch schreien.

# ZWANZIG

Landsberg zerdrückte die leere Zigarettenschachtel und schnippte sie von seinem Schreibtisch. Seit Stunden war er damit beschäftigt, sich noch einmal durch sämtliche Berichte, Tatortfotos und Vernehmungsprotokolle im Fall Schendel, Halldörfer und Fitzler zu wühlen, und jetzt gingen ihm auch noch die Kippen aus.

Er lehnte sich auf seinem Stuhl zurück und massierte sich den Nacken.

Noch am Abend zuvor war ihnen nichts anderes übrig geblieben, als Mike Kluge wieder gehen zu lassen, nachdem sie diesen Sergio Parelli endlich aufgetrieben hatten.

Der Italiener hatte Kluges Alibi bestätigt.

Landsberg seufzte.

Sollte er nun seine Arbeit unterbrechen, um Zigaretten zu holen, oder für heute gleich Schluss machen?

Bei dem Gedanken, nach Hause zu fahren, schauderte ihm. Er wusste nicht, in welcher Verfassung seine Frau heute sein würde: nervös, getrieben oder völlig aufgelöst.

Verdammte Scheiße, dachte er. Er zog wieder die Fotos der beiden toten Frauen heran und betrachtete sie lange.

Sprecht zu mir, dachte er, gebt mir einen Hinweis. Wir brauchen eine Spur.

Da klingelte das Telefon.

Er hob ab und nannte seinen Namen.

Am anderen Ende der Leitung blieb es eine Weile still.

Dann sagte eine Stimme, die eher zu einer Mickymaus als zu einem Menschen passte: »Ich möchte Hauptkommissar Trojan sprechen.«

Stimmenverzerrer, durchfuhr es Landsberg, er war schlagartig hellwach.

»Hauptkommissar Trojan ist nicht mehr im Haus. Was wollen Sie von ihm?«

Wieder brauchte es eine Zeit, bis die Stimme erklang.

»Ich habe eine Botschaft für ihn.«

Landsberg überlegte fieberhaft. Der Anruf ließ sich jetzt nicht mehr zurückverfolgen, dafür fehlte ihm die Ausrüstung.

»Sagen Sie es mir, ich werde es ihm ausrichten.«

Es vergingen zwei, drei Sekunden, bis die Mickymaus sprach: »Katzbachstraße 78. Drittes OG. Das wird ihn interessieren.«

Dann wurde aufgelegt.

In diesem Moment wünschte sich Landsberg nichts sehnlicher als eine Zigarette.

»Ich habe Angst.«

Jana Michels nickte. Diesen Satz hörte sie allzu oft in ihrer Praxis.

Sie reichte der jungen Frau die Box mit den Taschentüchern und wartete ab, bis sie sich ausgiebig geschnäuzt hatte.

Die junge Frau zerknüllte das Taschentuch in der Hand.

»Erzählen Sie.«

Sie schien nach Worten zu suchen. Jana Michels bemühte sich, ihre Ungeduld zu verbergen.

Endlich begann die Patientin stockend: »Es fängt schon an, wenn ich mich der U-Bahn-Station nähere. Nein, eigentlich noch früher. Ich mache mich morgens zurecht, um zur Arbeit zu fahren. Und da schlägt mir das Herz so schnell. Ich hab Angst, es könnte zerspringen. Aber noch schlimmer wird es, wenn ich die Treppen zum U-Bahn-Schacht hinuntergehe.«

»Haben Sie das alles aufgeschrieben?«

»Aufgeschrieben?« Die junge Frau schaute sie fragend an.

»Ich habe Sie doch gebeten, ein Protokoll zu führen.«

»Ja, das ist –«

»Wissen Sie, das hilft, wenn Sie Schritt für Schritt notieren, wie, wo und wann die Angst kommt.«

»Ja, gut, ich schreibe ein Protokoll.«

Jana Michels rieb sich über die Stirn. Mist, dachte sie, jetzt hab ich sie unterbrochen. Das war nicht gut.

Sie schlug die Beine übereinander und warf einen Blick auf die Uhr vor ihr auf dem Tisch. Es war Viertel vor acht. Gleich wäre die Sitzung beendet, und dann würde Trojan kommen. Sie hatte nun schon seit geraumer Zeit an ihn gedacht und konnte sich einfach nicht auf das Gespräch mit ihrer Patientin konzentrieren.

Sie fragte sich, was mit ihr los war. Warum machte sie der Termin mit Trojan so nervös?

Dabei wusste sie es längst. Er würde wieder versuchen, das Thema auf ihr Privatleben zu lenken. Er machte das eigentlich ganz geschickt, äußerst unschuldig und sah sie dabei mit seinen großen braunen Augen an. Natürlich wusste sie, dass er sich mit ihr privat treffen wollte, aber sie durfte nicht nachgeben. Das wäre unprofessionell und vertrug sich nicht mit ihrem beruflichen Ehrgeiz. Schließlich war er ihr Patient.

Aber wenn sie ehrlich zu sich selbst war, würde sie das ganz gerne außer Acht lassen.

Die junge Frau hatte etwas zu ihr gesagt, sie hatte nicht zugehört.

»Entschuldigung.«

Konzentrier dich, Jana, ermahnte sie sich in Gedanken selbst.

»Ich sitze in der U-Bahn, die Türen schließen sich, und die Panik ist da.«

»Wie ist das, wenn die Panik einsetzt?«

Die junge Frau führte ihre Hand zum Hals.

»Es packt mich hier. Es schnürt mich ein. Und das Herz schlägt wie wild. Dann wieder ist es, als würde es für ein paar Schläge aussetzen. Ich habe Angst, jeden Augenblick in Ohnmacht zu fallen. Mir wird schwindlig. Und die Luft, die Luft in der U-Bahn ist so stickig und – die vielen Menschen.«

Wieder kamen ihr die Tränen. Jana Michels reichte ihr die Box.

»Frau Wiese«, sagte sie.

Die junge Frau zupfte ein Taschentuch heraus.

»Ja?«

»Ich mache Ihnen einen Vorschlag –«

Jana Michels brach ab, lauschte. Es hatte draußen an der Tür geklingelt. Das war er bestimmt. Ihr rechtes Bein zuckte, sie wollte aufstehen und öffnen, gleich darauf aber besann sie sich, dass dies mitten im Gespräch unmöglich war.

»Was wollte ich sagen?«

Nun hatte sie die junge Frau vollends irritiert.

Jana Michels betrachtete ihr Haar, es war beinahe so blond und dicht wie ihr eigenes. Sie musste daran denken, was ihr Trojan von den Frauenmorden erzählt hatte, auch im Internet hatte sie einiges darüber gelesen.

Da hörte sie ihren Kollegen im Flur. Jetzt ging er bestimmt öffnen. Und richtig, gleich darauf vernahm sie Trojans Stimme. Sie verspürte ein leichtes Kribbeln im Bauch, sie musste sich eingestehen, dass sie den Klang seiner Stimme mochte. Und sie mochte es, wenn er sich mit der Hand über sein kurzes, stoppliges Haar fuhr. Das tat er immer, wenn er verlegen war.

Sie musste plötzlich schmunzeln. Wie viel Mühe er sich gab, nur um ihr zu gefallen.

Jana Michels freute sich auf die Stunde mit ihm. Sie sah zur Uhr. Zehn vor acht, gleich war es so weit.

»Ein Vorschlag, wollten Sie sagen«, murmelte Franka Wiese.

»Richtig, ein Vorschlag.«

Jana Michels stand auf, ging zum Schreibtisch und blätterte in ihrem Terminkalender.

Draußen im Wartezimmer läutete ein Handy. Trojan, dachte sie, das muss er ausschalten. Sie lächelte. Der Mann war eigentlich immerzu auf dem Sprung.

»Wir fahren gemeinsam U-Bahn, Frau Wiese, was halten Sie davon? Gleich morgen Nachmittag? Ich hab um siebzehn Uhr kurzfristig noch einen Termin frei. Wäre Ihnen das recht?«

»Ich soll mit Ihnen U-Bahn fahren?«

»Ja. Ich begleite Sie. Wir treffen uns am Hermannplatz und fahren ein paar Stationen zusammen. Sie können Ihre Angst besiegen, glauben Sie mir.«

»Wirklich?«

Die junge Frau sah sie zweifelnd an, aber da war auch der Schimmer einer Hoffnung in ihrem Gesicht.

»Morgen um fünf, wäre Ihnen das recht?«

Franka Wiese nickte.

»Also gut. Am Hermannplatz, das ist doch Ihre Station, nicht wahr?«

Die junge Frau nickte und erhob sich. Jana Michels schüttelte ihre Hand und begleitete sie zur Tür.

»Dann bis morgen.«

»Bis morgen.«

Sie wartete, bis die Patientin die Praxis verlassen hatte. Danach schloss sie die Augen und zählte in Gedanken bis zwanzig. Schließlich gab sie sich einen Ruck und ging durch den Flur zum Wartezimmer.

Doch das Zimmer war leer.

Sie runzelte die Stirn.

Sollte sie sich getäuscht haben? Aber sie hatte doch eben erst seine Stimme gehört. Sie klopfte vorsichtig an die Tür von Gerd, ihrem Kollegen.

Es rührte sich nichts. Sie drückte die Klinke, aber die Tür war verschlossen. Gerd war also schon gegangen.

Sie ging zurück in ihr Zimmer und schaltete ihr Handy ein.

Da kam auch schon der Piepton, sie hatte eine neue SMS, eingetroffen vor zwei Minuten:

Es tut mir so leid, muss zu einem Tatort. Nils

Das Sofa war in die Mitte des Zimmers gerückt worden. Wie ausgestellt lagen darauf die beiden nackten Frauen.

Sie waren blutüberströmt, ihre Beine gespreizt, die Arme nach hinten über die Rückenlehne gestreckt.

Das dunkle Haar von Gesine Bender schien den Täter nicht interessiert zu haben, sie war nicht kahlköpfig, im Gegensatz zu Michaela Reiter.

Aber auch der Bender waren die Augen ausgestochen worden, und auch sie hatte Schnittverletzungen und paarweise Striemen wie von Tierkrallen am ganzen Körper.

Beiden Frauen war der Hals durchstoßen worden.

Am Leib von Michaela Reiter hatte der Täter noch mehr gewütet. Ihre Bauchhöhle war geöffnet. Inmitten ihrer Gedärme befand sich ein zerfetzter, gerupfter Dompfaff.

Den Frauen zu Füßen lag ein umgestürzter Karton mit Blutspuren daran.

Von dem weißen Stoff des Sofas war kaum noch etwas zu erkennen. Es war mit Blut getränkt.

Der Anblick war so grotesk, dass es Trojan den Atem nahm. Er wankte ein paar Schritte zurück.

Das gesamte Team der Fünften Mordkommission war bereits vor Ort. Zusammen mit den Kollegen von der Kriminaltechnik hatten sie ihre Arbeit aufgenommen.

Landsberg stand dicht neben ihm. Er berührte ihn sacht am Arm.

»Bist du in Ordnung, Nils?«

Trojan holte tief Luft.

Ich hätte sie besser schützen müssen, dachte er.

Er warf Landsberg einen gequälten Blick zu.

Sein Chef kniff ihm aufmunternd in den Arm.

»Wir tun doch alle nur, was in unserer Macht steht, Nils.«

Trojan schloss für einen Moment die Augen. Ich kann nicht mehr, dachte er, ich halte das nicht mehr aus.

»Er muss ihr gefolgt sein«, sagte Landsberg.

Trojans Nacken verkrampfte sich.

»Was ist mit den Nachbarn?«, fragte er, um eine feste Stimme bemüht.

Landsberg kramte eine Zigarettenschachtel hervor und steckte sie gleich wieder ein.

»Der Kerl aus der Wohnung nebenan hat gestern Abend gegen halb neun einen Schrei gehört. Er glaubte aber, irgendjemand im Haus hätte den Fernseher zu laut gestellt.«

Trojan stöhnte leise auf.

Sein Blick wanderte zu den Kollegen hin. Gerber, Krach, Kolpert und Holbrecht, sie alle waren bleich. Stefanie Dachs sah aus, als würde sie jeden Augenblick in Ohnmacht fallen.

»Halb neun«, murmelte er, »die frühen Abendstunden, das ist seine Zeit.«

Landsberg nickte.

»Gesine Bender«, sagte Trojan und schaute auf ihren Leichnam, »sie nimmt ihre Freundin bei sich auf, und dann geschieht ihr das.«

»Nur das Haar hat er ihr gelassen.«

»Ja, weil es nicht blond ist.«

Landsberg rieb sich mit der Hand über die Bartstoppeln. Trojan registrierte das Zucken um seine Mundwinkel, als sein Chef kaum hörbar sagte:

»Ich hab das Gefühl, der Täter hat das alles hier nur für dich arrangiert. Erst schickt er dir eine Warnung. Und dann will er dich sprechen.«

Trojan atmete tief durch. »Noch einmal: Was hat er genau gesagt?«

»Er nannte die Adresse, das Stockwerk, und dann sagte er wörtlich: ›Das wird ihn interessieren.‹«

Trojan warf ihm einen kurzen Blick zu.

Landsberg schaute zu Boden.

»Nils, ich hab Angst um dich. Der Kerl ist geisteskrank. Und du sollst sein Spiegel sein.«

»Sein Spiegel?«

Landsberg hob den Blick.

»Serienmörder setzen Zeichen, kommunizieren mit uns über ihre Taten. Sie wollen sich mitteilen. Du bist sein erster Adressat.«

Trojan sah wieder zu den beiden Toten hin. Das Blitzlicht des Tatortfotografen flammte auf.

»Er hat sich hier ausgetobt«, sagte Landsberg. »Schau dir das nur an. Was will er dir damit sagen?«

Trojan verzog das Gesicht. »Er sagt: ›Du kriegst mich nicht. Du kannst mein Opfer warnen, aber es wird dennoch sterben.‹«

»Ja. So traurig das klingt.«

»Er wütet, aber er genießt seine Wut.«

Er verspürte einen leichten Schwindel. Dabei sah er wieder den toten Vogel und den aufgespickten Zettel in seinem Briefkasten vor sich.

Und plötzlich musste er an Emily denken, an ihr Haar, das blonde Haar ihrer Mutter.

Sollte auch sie in Gefahr sein?

»Er beobachtet uns«, sagte er leise.

»Ja.«

»Aber er wird auch immer leichtsinniger.«

»Er ist größenwahnsinnig.«

»Wer weiß, vielleicht hält er sich für irgendeine Art Gott.«

»Irgendwann macht er einen Fehler.«

»Wie lange soll das noch gehen! Wie viele Tote braucht es denn noch!«

Landsberg sah ihn an. »Was ist sein nächster Schritt? Wir müssen ihm um eine Länge voraus sein. Dann kriegen wir ihn.«

Trojan kämpfte gegen die Übelkeit an. Eigentlich sollte er jetzt bei Jana Michels in der Praxis sitzen, im Warmen, geschützt, in ihrer beruhigenden Nähe.

Stattdessen hatte er das hier vor sich.

»Warum wollte er gerade mich sprechen? Warum verlangt er mich am Telefon? Und warum schickt er ausgerechnet mir die Drohung?«

Landsberg ballte die Hand zur Faust.

»Scheiße, weil du im Fernsehen warst. Ich hab einen Fehler gemacht. Ich hätte da hingehen müssen.«

»Blödsinn, Hilmar, Kopf hoch. Selbstvorwürfe sind das Letzte, was wir jetzt gebrauchen können. Und ob du oder ich in seinen kranken Phantasien eine Rolle spielen, was macht das schon aus.«

»Was das ausmacht? Eine ganze Menge, würde ich sagen. Nils, ich will nicht, dass dir irgendwas zustößt!«

»Schon gut.«

Sie verließen beide das Zimmer und betraten die Küche. Auf dem Herd standen zwei Töpfe, die Kühlschranktür war mit Postkarten und Fotos verziert. Eines zeigte die beiden Freundinnen, lächelnd, Arm in Arm.

Trojan streckte seinen schmerzenden Rücken durch.

Ich muss mich konzentrieren, dachte er.

»Wir müssen alles noch einmal genau durchgehen, Schritt für Schritt. Ich habe das Gefühl, irgendetwas Wichtiges übersehen zu haben.«

Landsberg runzelte die Stirn.

»Was könnte das sein? Denk nach. Oder rede einfach, was dir gerade in den Sinn kommt. Vielleicht hilft uns das weiter.«

Trojan stieß die Luft aus.

»Jemand hat etwas zu mir gesagt. Es war nur eine kurze Bemerkung, aber ich wurde für einen Moment stutzig.«

»Wer war das? Von wem kam diese Bemerkung?«

Zwei Dinge, dachte er, es waren zwei Dinge, die zusammengehören. Ich muss sie nur miteinander verknüpfen.

Du Schwein, durchfuhr es ihn. Du krankes perverses Schwein, ich kriege dich.

Er überlegte fieberhaft.

»Ich weiß es nicht«, sagte er schließlich. »Ich komme nicht drauf.«

»Die Presse macht uns fertig«, murmelte Landsberg.

»Ich sehe schon die Schlagzeilen vor mir. Wieder sind wehrlose Frauen abgeschlachtet worden, und die Polizei sieht hilflos dabei zu.«

Die Worte seines Chefs erinnerten Trojan an das Ermittlungsverfahren wegen Molls Selbstmordversuch. Unangenehme Fragen standen ihnen noch bevor. Wie würden sie vor der Öffentlichkeit nur dastehen, wenn die Presse davon Wind bekäme.

»Was ist eigentlich mit Moll?«, fragte er leise.

Landsberg schwieg.

»Hast du mal in der Klinik nachgefragt?«

Er rührte sich nicht.

»Hilmar, sag schon.«

»Er hat's nicht geschafft«, murmelte er.

# EINUNDZWANZIG

Er riss das Fenster seines Büros auf und sog gierig die Luft in seine Lunge.

Dann fingerte er nach seinem Handy und durchsuchte das Verzeichnis nach einer Nummer.

Er drückte auf den grünen Knopf.

Kurze Zeit später meldete sich Friederike.

»Hallo?«

»Nils hier, hallo. Ist Emily da?«

Am anderen Ende der Leitung war Schweigen. Trojan wäre es lieber gewesen, wenn seine Tochter selbst abgehoben hätte. Er suchte nach Worten, wusste, wie wichtig es für Emily war, wenn ihre Eltern noch immer miteinander sprachen, aber da steckte ein Kloß in seinem Hals, und er spürte in seinen Gliedern die schlaflose Nacht auf der Büroliege, also wartete er einfach ab.

Schließlich sagte Friederike kurz: »Einen Moment.«

Er hörte im Hintergrund eine Tür klappen.

»Hallo, Paps.«

»Emily!«

Er war erleichtert, ihre Stimme zu hören. Ihm war, als machte sein Herz einen Sprung.

»Wie geht es dir, Em?«

»Alles bestens, Papa, warum fragst du?«

Er schluckte, antwortete nicht.

»Ist denn bei dir alles okay?«, fragte sie leise.

»Schon gut, ich wollte nur –«

Er wusste ja selbst nicht, was er von ihr wollte.

»– einfach mal deine Stimme hören. Weißt du, es ist nämlich so –«

»Du suchst immer noch nach diesem Mörder, nicht wahr?«

»Ja.«

»Du schaffst das, Paps. Ich glaub an dich.«

»Danke, Emily. Was machst du gerade? Hast du heute Abend was vor?«

»Och, na ja, ich –«

Er hörte, wie sie in den Hörer atmete.

»Leo kommt noch vorbei.«

Er stellte sich ihr Lächeln vor.

»Leo. Wie schön für dich.«

»Wir wollen zusammen ins Kino gehen.«

»Hör zu, Emily, vielleicht ist es besser, wenn ihr heute Abend zu Hause bleibt. Ihr könnt doch auch eine DVD anschauen.«

»Wieso denn?«

Unwillkürlich fiel sein Blick auf die Tatortfotos an der Wand.

»Emily, versprich mir, dass du immer gut auf dich aufpasst, ja?«

»Paps, was soll das, ich bin kein kleines Kind mehr.«

»Ich weiß doch. Es ist nur, weil –«

»Weil was?«

Er stockte.

»Ach, nichts.«

Sie schwiegen eine Weile.

»Ist bei dir wirklich alles in Ordnung?«, fragte sie vorsichtig.

»Ja, ja, natürlich.«

»Zu viel Arbeit, oder?«

»Hmm, in letzter Zeit schon.«

»Halt durch, Paps. Bald ist es geschafft. Du schnappst dir den Kerl.«

Wie viele Tote wird es noch geben?, fragte er sich.

Er atmete tief durch.

»Ich hab dich lieb, Em.«

»Ich hab dich auch lieb.«

Sie legten auf. Für ein paar Sekunden stand er einfach nur reglos da. Bilder schossen durch seinen Kopf, Bilder von Emily als Kind, wie sie auf ihn zurannte. Er nahm sie in die Arme und wirbelte sie durch die Luft. Sie lachte, jubelte auf, die Welt flog um sie beide herum.

Schließlich rieb er sich energisch mit dem Handrücken diese eine verdammte Träne aus dem Gesicht und schloss das Fenster.

Nicht nachlassen, dachte er, zurück an die Arbeit.

Es war laut, bedrückend laut. Der Hermannplatz wurde vom Feierabendverkehr umtost, türkische und arabische Marktleute schrien ihre Waren aus.

Ein Pitbull war an einem Poller festgebunden. Er bellte ununterbrochen. Geifer sprühte aus seinem Maul.

Ihre Patientin stand unsicher in dem Menschengewühl, sie war blass und hatte die Schultern hochgezogen.

Als ein Notarztwagen über die Kreuzung preschte, zuckte sie unter dem Lärm der aufheulenden Sirene zusammen.

Da hob sie den Blick, erkannte Jana und trat zögernd auf sie zu.

Jana Michels begrüßte sie und nahm ihre Hand, sie fühlte sich kalt an und war voller Schweiß.

»Kommen Sie, wir schaffen das schon.«

An der Treppe zum U-Bahn-Schacht hatten sich die Junkies versammelt. Ihre Hunde kläfften nicht, aber sie hatten sich vor den Stufen breitgemacht. Sie mussten ihnen ausweichen.

Jana spürte, wie sich ihre Patientin verkrampfte, und redete ihr gut zu.

Die Stufen konnten sie nur sehr langsam hinuntergehen.

»Wie fühlen Sie sich?«

Franka Wiese gab keine Antwort.

»Es kann nichts passieren, glauben Sie mir.«

Am Ticketautomaten stürmten mehrere Schwarzhändler auf sie zu.

»Willst du Fahrschein, willst du Fahrschein?«, wisperten sie. Jana Michels schüttelte den Kopf und warf ihre Münzen ein.

Sie nahm das Ticket aus dem Automaten und steuerte mit ihrer Patientin auf den Bahnsteig zu.

»Wenn es nur einer von den neueren Zügen ist.«

»Wo ist da der Unterschied?«

»Die neueren sind weiträumiger, man hat mehr Platz.«

»Beruhigen Sie sich, ich bin bei Ihnen.«

Der Zug fuhr ratternd in den Bahnhof ein, die Türen sprangen auf. Jana Michels stieg mit ihr ein.

Es war einer von den älteren Modellen. Franka Wiese zog den Kopf ein. Sie mussten stehen, es war kein Sitzplatz frei.

»Wohin fahren wir eigentlich?«

»Bis zum Alex, dort steigen wir kurz aus, und dann fahren wir gleich wieder zurück. Ist das okay?«

Franka Wiese sah sie nur an.

Jana Michels bemerkte das Flackern in ihren Augen. Sie drückte ihre Hand.

Die Türen schlugen zu, und der Zug fuhr ab.

»Wie geht es Ihnen?«

Der Mund der Patientin öffnete sich. Wortlos schnappte er wieder zu.

»Reden Sie. Das wird Ihnen helfen.«

Sie klopfte mit der Hand auf ihr Brustbein.

»Mein Herz. Es rast.«

»Es kann nichts passieren.«

Sie zitterte.

Nur kurze Zeit später hielten sie an der Station Schönleinstraße.

»Atmen Sie tief durch, das hilft.«

Franka Wiese schnappte nach Luft.

Die Bahn fuhr weiter.

»Was sollte denn passieren? Es ist ein sicheres Verkehrsmittel. Es ist sicherer, als mit dem Auto zu fahren. Sie haben doch einen Führerschein?«

Sie nickte.

»Wenn Sie sich ins Auto setzen, denken Sie dann auch an einen Unfall?«

»Es ist nicht der Gedanke an einen Unfall. Es sind die vielen Menschen hier.«

Jana Michels schaute sich um. Die Fahrgäste standen dicht bei dicht. Da war jemand, der ihr einen verstohlenen Blick zuwarf. Doch nur kurz darauf konnte sie das Augenpaar in der Menge nicht mehr ausmachen.

Rasch wandte sie sich wieder ihrer Patientin zu.

»Niemand tut Ihnen etwas. Wir sind in Sicherheit.«

Der Zug hielt am Kottbusser Tor. Es wurden zwei Sitzplätze frei.

»Wollen wir uns setzen?«

Die Patientin war bleich. Sie zitterte am ganzen Körper.

»Ich muss stehen bleiben.«

»Warum?«

»An der Tür ist die Luft besser.«

»Die Luft ist überall gleich.«

»Nein. Bitte.«

»Also schön.«

Von Station zu Station steigerte sich die Panik. Sie musste feststellen, dass sie ihre Patientin einfach nicht beruhigen konnte.

Was ist mit mir los?, dachte sie. Ich bin nicht richtig bei der Sache. Sie hat Angst, ich muss ihr helfen. Dafür bin ich schließlich da.

Doch alles, was sie tun konnte, war, ihre Hand zu halten.

Endlich hatten sie den Bahnhof Alexanderplatz erreicht. Sie stiegen aus. Erst als sie die unterirdischen Ladenpassagen verlassen hatten und sich auf der Treppe befanden, die sie zurück ans Tageslicht führte, löste sich die Anspannung ihrer Patientin ein wenig.

Der Alex lag hell und freundlich vor ihnen, die Kugel vom Fernsehturm funkelte im Nachmittagslicht.

»Und? Wie war das jetzt für Sie?«

Franka Wiese lächelte gequält.

»Mit Ihnen zusammen ging es ein bisschen besser, danke.«

Jana Michels hörte sich selbst dabei zu, wie sie sagte: »Unsere Ängste können uns beherrschen und unser Verhalten bestimmen. Wir müssen uns ihnen stellen. Nur so gewinnen wir die Kontrolle zurück.«

Sie stieß einen Seufzer aus. Glaube ich mir denn selbst?, fragte sie sich in Gedanken. Ist es wirklich so einfach?

Sie wollte es sich nicht recht eingestehen, doch auch sie hatte sich auf dem gesamten Weg hierher unsicher gefühlt.

Und noch immer verspürte sie eine leichte Beklemmung, als würde sie permanent von jemandem beobachtet werden.

Sie wandte sich kurz um, aber da war niemand.

Unsinn, dachte sie, ich bin überarbeitet, das ist alles.

»Wollen wir wieder zurück?«, fragte sie.

Franka Wiese nickte tapfer.

Jana nahm ihre Hand. Sie war noch immer schweißnass und kalt.

Sie gingen die Treppe hinunter. Er schaute ihnen nach. Das Sonnenlicht brachte ihrer beider Haar zum Leuchten.

Wie zwei Schwestern sahen sie aus.

Wie zwei hübsche blonde Schwestern.

Er lächelte.

Es war so schön, in ihrer Nähe zu sein, ohne dass sie es wussten. Und so schön, sich auszumalen, was mit ihnen geschehen würde.

Er sog genüsslich die Luft ein, dann folgte er ihnen.

## ZWEIUNDZWANZIG

Jana Michels erwachte. Sie erinnerte sich an einen verworrenen Traum. Da war eine Gestalt gewesen, die ihr etwas zugerufen hatte, eine Warnung, die nur aus einem einzigen Wort bestanden hatte.

Doch das Wort hatte sie vergessen.

Sie rieb sich die Augen.

Trojan, dachte sie. Er war ihr im Traum erschienen.

Sie schwang sich aus dem Bett und öffnete die Vorhänge. Das Sonnenlicht traf sie im Gesicht, sie musste blinzeln.

Unter der Dusche dachte sie noch eine Zeit lang über den Traum nach, dann zog sie sich an, setzte Kaffee auf und aß etwas Obst zum Frühstück.

Nachdem sie ihre Wohnung aufgeräumt hatte, schaltete sie das Handy ein.

Kurz darauf erklang ein Piepton, sie hatte eine neue Nachricht.

Sie hörte die Mailbox ab und vernahm Trojans Stimme.

Sie musste sich eingestehen, dass sie schon gestern den ganzen Tag lang auf seinen Anruf gehofft hatte.

Sei keine Idiotin, beschimpfte sie sich in Gedanken selbst, er ist dein Patient. Er dürfte nicht einmal deine Handynummer haben.

Und doch hörte sie sich die Nachricht zweimal hintereinander an.

Er entschuldigte sich noch einmal für seinen überstürzten Aufbruch am Donnerstag, er sei mit weiteren Mordfällen beschäftigt. Er habe den Eindruck, es würde immer noch schlimmer kommen. Er werde sich aber umgehend wieder bei ihr melden.

Von einem neuen Termin sagte er nichts.

Jana rieb sich die Stirn.

Die Frauenmorde waren das beherrschende Thema in der Boulevardpresse. Sie überlegte, ob sie hinunter zum Laden gehen und sich eine Zeitung holen sollte.

Dann verwarf sie den Gedanken wieder.

Sie klappte das Handy zu und wieder auf, dann suchte sie seine Nummer im Verzeichnis, betrachtete sie lange: 0172 33 94 850. Leicht zu merken, dachte sie, 33 war das Jahr, in dem ihr Vater geboren war, am 9.4. hatte sie Geburtstag.

Anstatt seine Nummer zu wählen, rief sie eine Freundin an und verabredete sich mit ihr auf dem Winterfeldtplatz.

Sie schlenderten über den Markt, kauften ein paar Kleinigkeiten ein, tranken Kaffee, aßen im Berio zu Mittag und saßen danach noch lange plaudernd zusammen.

Als sie am späten Nachmittag nach Hause kam, legte sie sich auf ihr Sofa und fiel sofort in einen tiefen Schlaf.

Sie wurde vom Läuten ihres Telefons geweckt.

Sie schaute zur Uhr und konnte nicht glauben, dass es schon so spät war.

Draußen dämmerte es bereits.

Das Telefon läutete beharrlich weiter.

Es war das Festnetz. Sie dachte kurz an Trojan, er würde es doch wohl eher auf ihrem Handy versuchen.

Dass sie überhaupt schon wieder an ihn dachte.

Schließlich stand sie auf und hob ab.

Sie meldete sich mit ihrem Namen und wartete.

Am anderen Ende der Leitung war nur ein gepresstes Atmen zu vernehmen.

»Hallo?«, fragte sie ungeduldig.

Sie wollte schon wieder auflegen, weil sie befürchtete, an einen dieser Stöhner geraten zu sein, die Frauen am Telefon belästigten.

Da hörte sie plötzlich eine ängstliche weibliche Stimme: »Frau Michels?«

»Ja?«

Wieder vernahm sie nur das Atmen, dann sagte die Stimme kaum hörbar: »Ich bin es, Franka Wiese.«

Jana war verwirrt. Sie war doch nicht mehr in ihrer Praxis, die Arbeitswoche war endlich vorbei. Ließ man sie denn nie in Ruhe?

Unwillkürlich schlug sie einen professionellen Ton an. »Was ist los, Frau Wiese, geht es Ihnen nicht gut?«

»Nein. Mir geht es überhaupt nicht gut.«

»Was ist denn passiert?«

Die Frau am anderen Ende schluchzte auf.

»Ich habe solche Angst.«

Jana Michels holte tief Luft. Sie musste sich jetzt unbedingt distanzieren, Patienten durften nicht in ihr Privatleben eindringen, aber natürlich trug sie auch eine gewisse Verantwortung.

»Ist es eine Panikattacke, Frau Wiese?«

»Ja.«

»Wo sind Sie gerade?«

»Bei mir zu Hause.«

Wieder schluchzte sie auf.

In diesem Moment fiel Jana etwas ein, das sie stutzig werden ließ.

»Woher haben Sie eigentlich meine Privatnummer?«

Es entstand eine kurze Pause, als zögerte sie.

»Aus dem Telefonbuch«, sagte Franka Wiese schließlich.

Das war plausibel. Sie hatte längst vorgehabt, ihren privaten Eintrag löschen zu lassen, es aber immer wieder aufgeschoben.

Und dann sagte Franka Wiese: »Ich habe Angst zu sterben.«

»Atmen Sie ganz tief durch. Bilden Sie die Hände zu einem Trichter, und atmen Sie hinein. So wie ich Ihnen das in der Praxis gezeigt habe.«

Doch der Atem flog, es war mehr ein Hecheln.

Und noch einmal sagte sie: »Ich habe Angst zu sterben.«

Jana Michels seufzte.

»Sie sterben aber nicht.«

»Ich habe Angst, schreckliche Angst.«

Sie durfte jetzt nicht ungeduldig werden.

»Was ist vorgefallen, Frau Wiese? Woher kommt plötzlich diese Angst? Was haben Sie –?«

Aber Franka Wiese fiel ihr ins Wort, ihre Stimme überschlug sich: »Kommen Sie her, bitte.«

»Frau Wiese, es ist Samstagabend, ich habe ein Privatleben, das müssen Sie akzeptieren.«

»Bitte. Ich flehe Sie an. Kommen Sie her, sonst wird es nur noch schlimmer.«

»Sie müssen doch –«

»Stellen Sie keine Fragen, bitte. Kommen Sie her.«

»Meinen Sie, Sie können sich nur beruhigen, wenn jemand bei Ihnen ist?«

»Ja.«

»Frau Wiese, das geht wirklich nicht, ich kann nicht –«

»Aber Sie müssen kommen. Bitte.«

Etwas irritierte sie.

Diese Angst schien übermächtig zu sein.

Was war nur passiert?

Für einen Moment malte sie sich aus, ihre Patientin würde am offenen Fenster stehen und könnte sich jeden Augenblick hinausstürzen.

Aber waren das nicht nur ihre eigenen Projektionen?

Sie durfte sich davon nicht beeinflussen lassen.

Wieder flehte die Stimme: »Frau Michels, kommen Sie her, ja? Bitte, bitte, kommen Sie zu mir.«

Jana Michels wollte ihre Patientin mit ein paar letzten Sätzen abwimmeln.

Umso mehr war sie von sich selbst überrascht, als sie plötzlich sagte: »Also schön. Ich schaue kurz bei Ihnen vorbei. Wie ist die Adresse?«

»Mainzer Straße 13. Im ersten Stock.«

»Gut, aber ich komme nur für zehn Minuten.«

»Danke«, stammelte Franka Wiese und legte auf.

Jana Michels stand noch eine Weile vor dem Telefon und überlegte.

Warum tue ich das?, fragte sie sich selbst.

Warum fällt es mir so verdammt schwer, nein zu sagen?

Jemand ist in Not, dachte sie, und ich muss helfen.

Dann zog sie ihre Jacke an und verließ die Wohnung.

Im Sitzungsraum waren die Fotos der Toten aufgehängt. Es waren nun mittlerweile fünf Mordopfer, vier Frauen und ein Mann.

Landsberg hatte Verstärkung angefordert. Mehrere Kollegen von der Vierten Mordkommission nahmen an der Sitzung teil. Sie waren zuvor von ihm über den Stand der Ermittlungen unterrichtet worden.

Seit zwei Stunden beratschlagten sie nun schon über ihre weitere Vorgehensweise. Stefanie Dachs hatte sich dafür eingesetzt, endlich etwas von den Vogelzeichen an die Presse zu verraten, damit potentielle Opfer gewarnt würden. Schließlich sei es denkbar, dass der Mörder durch das Aussetzen eines Dompfaffs seine Tat ankündige.

Daraufhin diskutierte man ausgiebig über das Thema »Täterwissen«. Je mehr Einzelheiten über die Mordfälle an die Öffentlichkeit gelangten, desto schwieriger wäre es, den eigentlichen Täter von möglichen Trittbrettfahrern zu unterscheiden.

Schließlich war man sich einig, dass der Schutz der Bevölkerung in diesem Falle Vorrang hatte, und eine entsprechende Presseerklärung wurde vorbereitet.

Trojan schaute zur Uhr. Wieder einmal hatte er das Gefühl, dass sie sich im Kreis drehten und wertvolle Zeit verloren.

In einer kurzen Pause verdrückte er sich auf den Flur und wählte Jana Michels Handynummer.

Er hatte Glück, sie hob nach dem zweiten Klingeln ab.

»Hallo, hier ist Nils Trojan.«

»Hallo, Herr Trojan.«

Ihre Stimme klang erfreut. Er atmete auf.

»Ich hoffe, ich störe nicht an einem Samstagabend.«

»Nein, nein.« Er hörte sie lachen. »Ach, was heißt schon Samstagabend. Ich bin auf dem Weg zu einer Patientin.«

»Das ist aber ungewöhnlich am Wochenende.«

»Ja, schon, aber na ja, es scheint sich um einen Notfall zu handeln. Sie klang sehr verzweifelt am Telefon.«

Trojan schwieg.

»Wie sieht es bei Ihnen aus?«, fragte sie. »Sind Sie auch noch am Arbeiten?«

»Ja, es ist genauso zum Verzweifeln. Wir kommen einfach nicht weiter, und ich –«

Er unterbrach sich. Wie gern würde er sie heute Abend sehen.

Und dann sagte er: »Es tut mir so leid, dass ich neulich einfach aus der Praxis verschwunden bin, ohne wenigstens Hallo zu sagen.«

»Nun, das ist Ihr Job, nehme ich an.«

Ich möchte dich treffen. Heute Abend noch. Wie gern hätte er diese Worte ausgesprochen.

Doch sie tauschten bloß noch ein paar Höflichkeitsfloskeln aus, vereinbarten einen Termin für die nächste Woche, dann legten sie auf.

Er starrte lange Zeit auf das Telefon in seiner Hand.

Schließlich gab er sich einen Ruck und ging wieder in den Sitzungsraum.

Das Haus in der Mainzer Straße war ein efeuberankter Altbau. Jana Michels schaute an der Fassade hoch, dann ging sie zu der Eingangstür und suchte auf der Klingelleiste nach dem Namen »Wiese«.

Sie drückte auf den Knopf, und kurz darauf wurde geöffnet. Sie stieg die Treppe zum ersten Stockwerk hinauf und betätigte abermals die Klingel.

Wieder fragte sie sich, warum sie eigentlich so gutmütig war. Schon als Kind war sie verdammt hilfsbereit und folgsam gewesen.

Die Tür wurde geöffnet, doch nur einen Spaltbreit.

Jana wartete darauf, dass sich Franka Wiese zeigen würde.

Doch nichts geschah.

Leicht irritiert drückte sie die Tür auf.

Dann ging sie hinein.

Es war sehr dunkel im Flur. Ihre Patientin schien in den angrenzenden Zimmern die Vorhänge zugezogen zu haben.

»Frau Wiese?«, fragte sie leise.

Niemand antwortete.

Sie ging noch ein paar Schritte weiter in den Flur hinein.

Da trat sie auf etwas Weiches.

Etwas lag vor ihr auf dem Boden.

Sie konnte nicht genau erkennen, was es war.

Sie bückte sich.

Da sah sie es.

Es war ein toter Vogel. Er hatte keine Federn mehr. Und er war zerfetzt, die Flügel standen ab, verdreht, gebrochen.

Wo einmal der Bauch gewesen war, quollen die Gedärme hervor.

Jana Michels zuckte erschrocken zurück.
Nun hatten sich ihre Augen an die Dunkelheit gewöhnt.
Sie erkannte noch mehr.
Ihr Atem stockte.
Da waren etliche Vögel.
Sie lagen überall verteilt auf dem Dielenboden.
Tot, federlos und zerfetzt.
Jana Michels stieß einen unterdrückten Schrei aus.
In diesem Moment hörte sie ein Geräusch.
Hinter ihr fiel die Wohnungstür ins Schloss.

# VIERTER TEIL

## DREIUNDZWANZIG

Willkommen«, sagte eine Stimme.

Sie klang völlig verzerrt, sprach wie aus weiter Ferne zu ihr.

Dabei war die Gestalt ganz nah.

Sie stand vor der verschlossenen Wohnungstür. Sie hatte kein menschliches Gesicht. Etwas ragte daraus hervor, lang und spitz. Jana erkannte das Blut daran.

Die Gestalt kam näher.

Jana versuchte sich auf die Augen zu konzentrieren. Wenn es möglich wäre, der Gestalt in die Augen zu schauen, könnte sie vielleicht ihre Angst besiegen.

Aber sie konnte die Augen nicht erkennen. Sie waren hinter dunklen Gläsern verborgen.

»Willkommen«, sagte die Stimme noch einmal, blechern, unheimlich.

Sie wich langsam vor ihr zurück.

Sie wollte schreien, aber sie brachte keinen Ton hervor.

Die Gestalt trug eine Sturmhaube aus einem festen Stoff. Der gesamte Körper steckte in einem dunklen Gewand.

Jana wich noch einen Schritt zurück. Sie spürte, wie sie auf einen toten Vogel trat. Es glitschte unter ihr.

Ihr Herzschlag stolperte.

Der Schweiß schoss ihr aus allen Poren.

Reiß dich zusammen, Jana, sprach sie in Gedanken zu sich selbst. Finde einen Ausweg, schnell. Du musst hier raus.

Aber die Gestalt kam immer näher.

Und dann streckte sie die Arme nach ihr aus. Jana sah die Handschuhe, und an den Spitzen waren Krallen.

Doch als sie genauer hinblickte, bemerkte sie, dass es Rasierklingen waren.

Die Gestalt setzte zwei weitere Schritte vor. Jana stieß mit dem Rücken gegen eine Wand.

Ich muss hier raus, durchfuhr es sie.

Dann kam das Zittern. Es fing in den Händen an, dann zitterten ihre Arme. Schließlich verkrampfte sich ihr Nacken. Und dann spürte sie, wie ihre Beine nachgaben.

Nein, dachte sie, nein.

Sie durfte jetzt nicht in Ohnmacht fallen.

Die Gestalt kam noch näher.

Und Jana erkannte, dass das lange Etwas, das aus der Sturmhaube hervorragte, ein Messer war. Wo die Wangenknochen und das Nasenbein sein müssten, befand sich eine Art Gestell, eine Spange, die um den gesamten Kopf herumführte.

Da war Klebeband, und da waren Schrauben.

Und mitten darin steckte der Schaft des Messers. Die Klinge stach hervor, sie war blutbefleckt.

Es sah aus wie ein riesiger Schnabel.

Ein riesiger blutiger Schnabel.

In diesem Moment hörte sie ein leises Stöhnen aus einem entfernten Winkel der Wohnung. Franka, durchfuhr es sie. Ich muss ihr helfen.

Sie versuchte sich zu orientieren.

In einem der angrenzenden Zimmer musste sie doch sein. Sie wagte sich nicht auszumalen, was mit ihr geschehen war.

Was sollte sie nur tun?

Die Gestalt trat einen weiteren Schritt auf sie zu.

Und dann hatte Jana eine Eingebung.

Vielleicht könnte es funktionieren.

Wenn sie nur keinen Fehler machte.

Vorsichtig glitt ihre Hand in ihre Jackentasche. Sie ertastete das Mobiltelefon darin. Verborgen in der Tasche klappte ihre Hand es langsam auf.

Sie konnte nicht im Verzeichnis suchen, also musste sie die Nummer eintippen, Ziffer für Ziffer.

Sie begann fieberhaft zu überlegen.

0172, dachte sie. Das ist der Anfang.

Die Gestalt hatte sich zwei Schritte von ihr entfernt aufgebaut.

Sie war groß, sehr viel größer als sie.

Sprich, dachte sie. Du musst deinen Angreifer ablenken. Sprich ihn an, so gewinnst du Zeit.

»Was wollen Sie?«, fragte sie mit zittriger Stimme.

Ihr Daumen glitt über die Tastatur. Die Null war ganz unten, die Eins oben links, bei der Sieben und der Zwei war sie unsicher, aber ihr blieb keine andere Wahl. Sie suchte die nächste Taste: eine drei. War das richtig? Ja, das müsste stimmen.

»Sagen Sie, was wollen Sie von mir?«

Sie hörte die Gestalt schnaufen.

Aber auch das klang hohl und verzerrt.

Es ist eine Maske, dachte sie, nur eine Maske.

Und womöglich war darunter ein kleines Mikrophon mit einem Stimmenverzerrer versteckt. Oder dieser Mensch unter der Maske hatte ein Kehlkopfleiden.

Fass es in Worte, dachte sie, wehre dich mit deinem Verstand, lass die Angst nicht übermächtig werden. Es ist ein Mann, der sich eine Maske aufgesetzt hat. Er will dir Angst einjagen, aber diesen Gefallen wirst du ihm nicht tun.

»Antworten Sie. Was wollen Sie?«

Eine drei und noch einmal eine drei, 33, das Geburtsjahr ihres Vaters, so hatte sie sich die Nummer doch gemerkt. Sie versuchte sich die Tastatur ihres Handys vorzustellen. Die Drei war oben rechts, wenn sie sich nicht täuschte. Sie durfte sich keinen Fehler erlauben.

»Hier wohnt doch eine Franka Wiese, nicht wahr?«, sagte sie möglichst gefasst. »Ich muss dringend zu ihr. Also sagen Sie, wo kann ich sie finden?«

Ja, dachte sie, weiter so, das bringt ihn vielleicht aus dem Konzept.

Sie sah, wie die Gestalt mit den Schultern zuckte.

Sie drückte blind auf die Taste. Danach kam die Neun, sie vermutete sie zwei Stellen unter der Drei.

Da sagte die Gestalt plötzlich: »Jana.«

Ihr Atem stockte.

»Wie schön, dass du gekommen bist.«

»Sie kennen meinen Namen?«

»Natürlich kenne ich den. Ich weiß einiges über dich.«

Die nächste Ziffer war die Vier, 9.4., ihr Geburtstag. Um Himmels willen, sie durfte jetzt nichts durcheinanderbringen. Also die Vier drücken, wo war die Vier? Unter der Eins. Ihr Finger glitt, versteckt in der Jackentasche, über die Tastatur.

»Ich habe mich auf dich gefreut, Jana.«

Jetzt war sie doch durcheinandergekommen. 0172 33 94 und dann? Sie überlegte fieberhaft.

»Nun bist du also endlich da. Und ich habe eine Überraschung für dich.«

Ihr fehlten noch drei Ziffern. Kam jetzt eine Acht?

Die Gestalt trat noch dichter an sie heran, die Messerspitze, die aus der Maske ragte, war nur wenige Zentimeter von ihr entfernt. Sie hatte nicht mehr viel Zeit.

Eine Fünf und eine Null.

War das richtig? Acht, fünf, null?

Egal, sie musste es einfach versuchen.

Die Fünf war in der Mitte der zweiten Reihe, direkt darunter die Acht.

Die Null war ganz unten, sie durfte jetzt nur nicht danebendrücken.

Geschafft. Und nun noch den grünen Knopf betätigen. Ihre Fingerspitze suchte.

Oben links, ja, oben links war der grüne Knopf.

Sie drückte drauf.

Da kam der Schmerz. Die Gestalt legte ihre Hand auf ihre Wange, und Jana spürte, wie die Rasierklingen sich in ihre Haut gruben. Das Blut schoss hervor.

Sie schrie auf.

Sie wich zurück, aber da war die Wand, ihr Hinterkopf stieß dagegen.

In diesem Moment hörte sie es. Es war die automatische

Ansage. Sie war deutlich aus dem Handy in ihrer Jackentasche zu vernehmen.

»Guten Tag, Sie sind verbunden mit der Mailbox von …«

Und dann folgte Trojans Stimme, laut, viel zu laut, auf einem Chip gespeichert. Er nannte seinen Namen.

Die Gestalt hielt inne.

Jana wich zur Seite aus, doch es war zu spät. Der andere hatte es auch gehört.

»Bitte sprechen Sie Ihre Nachricht nach dem Tonsignal«, sagte die automatische Stimme.

»Ein Vogel!«, stieß sie hervor.

Da packte er sie. Sie spürte die Rasierklingen auf ihrer Brust und am Hals. Er zerrte an ihrer Jacke, und schon hatte er das Handy hervorgeholt.

Er ließ es fallen.

Er trat zu.

Er trug schwere Stiefel.

Sie hörte das Knacken unter den Sohlen. Dann schob er die zerbrochenen Einzelteile mit der Stiefelspitze zu ihr hin.

Jana starrte auf den Boden.

»Nils Trojan, ja? Das war ein Fehler«, sagte er mit seiner Roboterstimme.

Sie spürte, wie das Zittern wiederkam, und sie schluchzte auf. Ihre letzte Chance, vertan.

»Sei kein böses Mädchen, Jana. Sei brav.«

Und wieder umklammerte sie sein Griff, und die Rasierklingen bohrten sich in ihre Haut.

Sie schrie, aber er presste ihr die Hand auf die Lippen, und sofort schoss das Blut daraus hervor.

»Nun komm. Die Überraschung wartet auf dich.«

Er warf sie herum und stieß sie vor sich durch den Flur.

»Komm schon.«

Sie tappte über die toten Vögel. Es war weich und glibberig unter ihren Schuhsohlen. Jeder Schritt verursachte ein schmatzendes Geräusch.

Und dann stieß er sie in ein Zimmer. Die Vorhänge waren zugezogen. Der Lichtkegel der Nachttischlampe war auf das Bett gerichtet.

Da lag eine Frau.

Sie war nackt und blutüberströmt.

Die Frau stöhnte leise.

Und Jana erkannte, wer es war.

Ihr Kopf war beinahe kahl. Nur ein paar letzte blonde Haare standen von ihrem Schädel ab.

Jana suchte ihren Blick, doch sie fand ihn nicht.

Ihre Augen waren ausgestochen.

Wieder stöhnte die Frau leise, ein leichtes Zucken durchfuhr ihren Körper.

»Nein«, wimmerte Jana, »nein, nein.«

Und dann rief sie ihren Namen. Und ihr war, als würde Franka versuchen, den Kopf in ihre Richtung zu bewegen. Doch es gelang ihr nicht.

Er hielt sie fest umklammert.

»Schau hin«, sagte er. »Schau genau hin.«

Jana vernahm das Ratschen, als die Rasierklingen den Stoff ihrer Jacke aufrissen.

»Franka«, sagte sie mit erstickter Stimme, »oh, mein Gott, Franka.«

Sie hörte das verzerrte Lachen unter der Maske.

Sie musste Hilfe holen.

Sie durfte das nicht zulassen.

All das durfte nicht geschehen.

Er stieß sie auf einen Stuhl.

»Schau genau hin, Jana. Schau, was jetzt passiert.«

Und sie sah, wie er das Messer hervorholte. Es war lang. Und sie sah die Schere in der anderen Hand. Sie schaute auf das Haar von Franka und auf ihre Kopfverletzungen, und sie wimmerte, das Blut trat aus ihren Wunden.

Erster Stock, dachte sie, der Vorhang, dahinter das Fenster. Ich muss es wagen.

Ich muss mich hinausstürzen.

Er nahm Messer und Schere und hockte sich auf das Bett.

Jana sprang auf.

Doch da war er schon wieder bei ihr. Sie spürte das Messer an ihrer Kehle.

»Aber nein, Jana«, sagte er, »so geht das nicht. Du musst stillhalten. Hörst du? Ich will, dass du dich nicht bewegst.«

Er ließ von ihr ab, legte Messer und Schere weg, beugte sich über eine Tasche und holte etwas daraus hervor.

Jana schluchzte auf.

Sie erkannte die Spritze in seiner Hand.

Sie stürzte zum Fenster hin, zerrte an dem Vorhang.

Doch dann kam der Schmerz wieder, die Rasierklingen fuhren über ihren Rücken, und schon drehte er sie zu sich herum, und das Messer, das aus seiner Maske ragte, traf sie im Gesicht.

Sie zuckte mit einem Aufschrei zurück.

Dann spürte sie, wie er ihr die Spritze in den Hals stach.

»Nein«, wimmerte sie, »nein.«

Schon kurz darauf schien alles um sie herum unter einem Schleier zu versinken. Ihre Glieder wurden schwer, entsetzlich schwer.

Er schleppte sie zum Stuhl, und sie sank einfach hin.

Ihr war schwindlig.

Doch sie verlor nicht das Bewusstsein.

Sie musste mit ansehen, was er tat.

Er ging zurück zu dem Bett.

Er beugte sich über Franka, und das Messer stach auf sie ein.

Und sie sah, wie er ihrer Patientin die Schenkel öffnete und sich auf sie warf.

Sie hörte das Blut in ihren Ohren tosen.

Ich muss aufstehen, dachte sie.

Sie dachte an Trojan. Er sollte bei ihr sein.

Mit einem Mal begannen ihre Lider zu flackern, und der Schwindel wurde stärker.

Da war ein Sog. Vor ihren Augen drehten sich kleine schwarze Kreise, sie wurden schneller, immer schneller.

Sie fiel vornüber in das Zentrum der Kreise.

Tiefer und tiefer.

## VIERUNDZWANZIG

Es war 22 Uhr 30, als Trojan nach Hause kam. Er zog sich sofort aus und ging unter die Dusche. Er ließ lange das heiße Wasser auf sich herabprasseln. Dann trocknete er sich ab, schlüpfte in seinen Bademantel und nahm sich ein Bier aus dem Kühlschrank.

Erschöpft sank er im Wohnzimmer aufs Sofa, griff nach der Fernbedienung, legte sie aber gleich wieder weg, selbst zum Fernsehen war er zu müde. Er trank das Bier in kleinen Schlucken, irgendwann spürte er, wie sein Kinn auf die Brust sank. Er stellte die Bierflasche neben sich auf dem Boden ab und rollte sich zusammen. Kurz darauf war er schon eingeschlafen.

Er erwachte von einem lauten Wummern. Er reckte den Kopf hoch und lauschte. Es kam aus der Wohnung unter ihm. Doro, dachte er, sie hat ihre Anlage aufgedreht. Er hörte ihr Lachen, eine männliche Stimme rief etwas. Dann wurde die Musik noch lauter.

Er wälzte sich auf die Seite und schob sich den Kragen seines Bademantels übers Ohr. Aber er konnte nicht mehr einschlafen. Er stieß einen Zornesruf aus, schwang sich auf und ging barfuß in den dritten Stock hinunter.

Er drückte auf den Klingelknopf. Ihm war, als würde die Musik für einen Moment leiser gedreht werden, aber es öffnete niemand. Er klingelte ein zweites und ein drittes Mal, dann vernahm er ein Kichern aus der Wohnung. Das war unverkennbar Doro. Die Bässe wurden noch etwas leiser.

Trojan ging wieder hinauf. Er zog den Bademantel aus und legte sich ins Bett, verkroch sich unter der Decke und drückte sich das Kissen aufs Ohr.

Aber es half nichts, er konnte nicht wieder einschlafen. Er sah wieder die Mordopfer vor sich, er hörte Landsbergs Stimme und das aufgeregte Gemurmel in der Sitzung, er dachte an Jana und ihr Gespräch auf dem Handy.

Er wälzte sich hin und her. Die Musik von unten war noch immer deutlich zu hören. Schließlich stand er auf und schnappte sich das Telefon. Diesmal wollte er anrufen, er suchte Doros Nummer im Verzeichnis, als er plötzlich innehielt.

Hatte er sein Handy nach der Sitzung eigentlich wieder eingeschaltet? Er musste doch während der Ermittlungen Tag und Nacht erreichbar sein.

Seufzend ging er in den Flur zum Garderobenhaken und nahm es aus der Jackentasche. Es war tatsächlich ausgeschaltet. Er gab die PIN ein, holte sich die Bierflasche aus dem Wohnzimmer und trank den Rest aus.

Da hörte er schon den Signalton, er sah auf das Display: eine neue Nachricht.

Sie kam von Jana.

Er hörte die Mailbox ab.

Es waren nur zwei Worte, die sie ausrief: »Ein Vogel!« Dann brach die Verbindung ab.

Ihm trat der Schweiß auf die Stirn. Ihre Stimme klang

panisch und schrill. Er hörte die Nachricht ein zweites Mal ab.

»Ein Vogel!« Dann knackte es, und die Verbindung war unterbrochen.

Er wählte sofort ihre Nummer, aber es sprang nur ihre Mailbox an.

Er ließ sich mit der Telefonauskunft verbinden und bat um ihre Festnetznummer. Es war ein Eintrag ohne Adresse. Er wurde zu dem Anschluss durchgestellt, aber auch hier meldete sich bloß der Anrufbeantworter.

Er hinterließ eine kurze Nachricht.

Er wählte noch einmal ihre Handynummer und hinterließ auch auf der Mailbox eine Nachricht.

Er verspürte eine eigenartige Beklemmung. Sein Herz pochte.

»Ein Vogel!« Was hatte das zu bedeuten? Was wollte sie ihm damit sagen?

Es gab keine andere Erklärung: Sie war in Gefahr.

Er zog sich an, steckte seine Waffe ein, griff sich den Autoschlüssel und seine Jacke und stürmte aus der Wohnung.

Die wummernden Bässe hinter Doros Tür interessierten ihn nicht mehr.

Unten auf der Straße überlegte er kurz, wo er seinen Golf geparkt hatte. Er rannte zur Reichenberger Straße und rief gleichzeitig auf dem Handy das Kommissariat an. Keiner aus seinem Team war mehr da, natürlich nicht, schließlich mussten sie alle irgendwann einmal schlafen.

Es war bereits halb eins. Die Nachricht von Jana war um 20 Uhr 27 eingetroffen. Er hatte viel Zeit verloren.

Als er einen Kollegen aus einer anderen Mordkommission am Apparat hatte, sagte er: »Trojan hier. Ich brauche einen Eintrag aus dem Melderegister. Jana Michels, vermutlich in Schöneberg, Geburtsjahr weiß ich nicht, irgendwann in den Siebzigern wahrscheinlich. Und bitte schnell, es ist äußerst dringend.«

Sein Golf stand an der Ecke Ohlauer Straße. Er sprang hinein, ließ den Motor an und fuhr los.

Er raste in Richtung Schöneberg.

Er war bereits auf der Monumentenbrücke, als der Kollege zurückrief.

»Ich hab hier den Eintrag einer Jana Michels, 1973 geboren, Akazienstraße 41, dritter Stock rechts.«

Trojan bedankte sich, legte auf und beschleunigte.

Er überlegte fieberhaft. Es war ungefähr Viertel nach sieben, als er das letzte Mal mit ihr telefoniert hatte. Sie hatte gesagt, sie sei auf dem Weg zu einer Patientin. Um 20 Uhr 27 traf der merkwürdige Anruf auf der Mailbox ein. Konnte sie zu diesem Zeitpunkt bereits wieder zu Hause gewesen sein, oder hatte sie aus der Wohnung der Patientin angerufen?

Er stieß die Luft aus.

Da er ja von ihrer Patientin weder Namen noch Adresse hatte, blieb ihm nichts anderes übrig, als zunächst in ihrer Wohnung nachzuschauen.

Vielleicht schlief sie ja tief und fest, vielleicht war ja alles gut.

Doch sein Instinkt sagte ihm, dass das nicht der Fall war.

Sein Herz hämmerte.

Er hielt vor dem Haus Nummer 41 in der Akazienstraße. Nur ein einziges Fenster war noch erleuchtet, ganz oben links. Er sprang aus dem Wagen, spurtete zur Haustür und rüttelte daran. Sie war verschlossen. Er drückte auf sämtliche Klingelknöpfe und wartete ungeduldig. Nichts geschah. Er rüttelte wieder an der Tür und trat dagegen.

Da schnarrte die Sprechanlage, und eine verschlafene Stimme fragte: »Wer ist da?«

»Kriminalpolizei, bitte machen Sie auf.«

Der Summer ertönte, Trojan stieß die Tür auf und rannte die Treppen hinauf.

Im dritten Stockwerk fand er ihren Namen auf dem Klingelschild.

Er läutete, gleichzeitig begann er auf die Tür einzutreten. Es war eine alte Kassettentür. Da niemand öffnete, trat er weiter auf die Kassette unterhalb des Schlosses ein.

In seinem Rücken erschien ein Nachbar und drohte mit der Polizei.

Trojan hielt ihm seinen Ausweis hin, während er unablässig die Tür mit Fußtritten bearbeitete.

»Wann haben Sie Frau Michels das letzte Mal gesehen?«, fragte er den Nachbarn.

»Warum? Was geht hier vor?«

»Antworten Sie!«

»Ich weiß es nicht, gestern vielleicht.«

»Wann genau?«

Doch Trojan erhielt keine Antwort.

Endlich gab die Holzkassette mit einem Krachen nach.

»Treten Sie zurück«, rief er dem Nachbarn zu, »verschwinden Sie!« Er griff durch das Loch hindurch, fingerte nach der Klinke und öffnete.

Er zückte seine Waffe und ging in die Wohnung hinein.

Alles war dunkel.

Er knipste im Flur das Licht an. Es waren drei Zimmer, Küche und Bad.

Er schlich durch die Räume, machte überall Licht.

Doch Jana war nicht da.

Er schaute auf ihr großes schönes Bett. Die Decke, die darüber ausgebreitet lag, war von einem erdigen Rot, ganz so, wie er es sich einmal ausgemalt hatte.

Aber für Träumereien blieb ihm jetzt keine Zeit.

Auf dem Schreibtisch in ihrem Arbeitszimmer stand kein Computer.

Demnach hatte sie ihren Laptop im Büro gelassen.

Er musste unbedingt an die Patientenakten heran.

Er schob die Waffe ins Holster und stürmte an dem völlig verdutzten Nachbarn vorbei hinaus ins Treppenhaus. »Kümmern Sie sich um die Wohnungstür«, rief er ihm noch zu, und dann war er schon unten, sprang ins Auto und fuhr in die Crellestraße.

Nur wenige Minuten später war er dort. Er stemmte sich gegen die Haustür, sie gab nach einigen Versuchen nach. Er stürmte hinauf in die zweite Etage, wo die Praxis lag. Auch hier warf er sich gegen die Tür. Sie wirkte um einiges stabiler, ein heftiger Schmerz fuhr in seine Schulter.

Er rannte ein drittes und ein viertes Mal dagegen an, als er Schritte von oben vernahm. Das Türblatt begann bereits zu splittern, als jemand über ihm auf dem Treppenabsatz rief:

»Was soll das? Hören Sie auf damit!«

»Kriminalpolizei«, murmelte Trojan, nahm Anlauf und wuchtete wieder seinen Körper gegen die Tür.

Der andere kam eilig die letzten Treppenstufen herunter. »Warten Sie doch, ich habe einen Schlüssel.«

Trojan hielt inne und sah den anderen überrascht an.

Er war groß und hager, sein Haar war aschblond. Er war mit einer Art Hausmantel bekleidet. Seine Schultern waren vorgeschoben. Da erkannte Trojan, dass er es mit Janas Kollegen zu tun hatte.

»Was machen Sie denn hier um diese Zeit?«

»Ich wohne hier, über der Praxis.«

»Machen Sie auf, schnell!«

»Warum?«

»Aufmachen, das ist ein Befehl!«

Der Psychologe musterte ihn, rührte sich nicht.

Trojan hielt ihm seinen Dienstausweis hin.

Da sagte der andere: »Sie sind doch ein Patient von Jana, nicht wahr?«

Trojan ballte die Hand zur Faust.

»Aufmachen jetzt! Und keine Fragen mehr!«

Endlich fingerte er einen Schlüsselbund hervor.

»Wissen Sie, wo Jana Michels im Moment ist?«

»Keine Ahnung.«

»Wann haben Sie sie das letzte Mal gesehen?«

»Am Freitag, denke ich.«

Er ging an ihm vorbei und schloss die Tür auf. Dabei ließ er ihn nicht aus den Augen.

Trojan schob ihn zur Seite und stürmte in die Praxis. Auch die Tür zu Janas Sprechzimmer war abgeschlossen.

»Haben Sie dafür auch einen Schlüssel?«

Der Psychologe nickte, kam langsam näher.

»Wie heißen Sie?«

»Brotter. Doktor Gerd Brotter.«

»Schön, Herr Brotter, würden Sie sich bitte etwas beeilen.«

»Hat sie denn etwas angestellt?«

Trojan schnaufte. »Möglicherweise ist sie in Gefahr.«

»In Gefahr?«

»Herrgott, machen Sie endlich die Tür auf, oder ich trete sie ein.«

»Schon gut, schon gut«, murmelte Brotter und suchte an seinem Schlüsselbund.

»Haben Sie denn überhaupt die Befugnis –?«

»Schnauze halten und Tür aufmachen«, zischte Trojan.

Brotter hob die Augenbrauen. Endlich hatte er aufgeschlossen.

Trojan eilte in das Sprechzimmer. Auf dem Schreibtisch befanden sich ihr Laptop und ihr Terminkalender. Er blätterte mit einer Hand darin und fuhr gleichzeitig den Computer hoch. Das Kennwort wurde verlangt.

Brotter war in der Tür stehen geblieben und beobachtete ihn.

»Sie haben nicht zufällig das Passwort von Frau Michels?«

»Natürlich nicht.«

Trojan probierte es mit ihrem Vornamen, nebenbei überprüfte er den Terminkalender. Unter Samstag, 22. Mai fand er keinen Eintrag. Das wunderte ihn nicht, schließlich handelte es sich ja bei ihrer Patientin wohl um einen Notfall.

»Error«, meldete der Computer. Er gab ihren Nachnamen auf der Tastatur ein, dann beide Namen in Verbindung, schließlich versuchte er es mit Kürzeln, doch jedes Mal wurde ihm angezeigt, dass das Passwort nicht stimmte. Wenn er nun die Spezialisten vom Revier beauftragen würde, ginge wieder wertvolle Zeit verloren.

Er dachte angestrengt nach.

»Was wollen Sie eigentlich an ihrem Computer?«, fragte Brotter misstrauisch.

Trojan sah kurz zu ihm auf, ohne zu antworten.

Dann schaute er auf die Abbildung über dem Eingabefeld. Es war keines der vom Betriebssystem vorgeschlagenen Bilder, sondern eines, das sie wohl selbst eingefügt hatte. Es zeigte zwei Muscheln am Strand.

Er gab das Wort »Muschelstrand« ein.

Wieder nichts.

Im Internet hatte er einmal gelesen, dass eine Sicherheitsfirma 32 Millionen Passwörter ausgewertet hatte, die bei einer Panne ungewollt veröffentlicht worden waren. Dabei hatte sich überraschenderweise herausgestellt, dass die Zahlenfolge 1-6 das meistverwendete Passwort war. Zugegeben, kein besonders sicheres, aber vielleicht war Jana nichts Besseres eingefallen.

Er gab die Zahlenkombination ein.

»Error.«

Das zweithäufigste Kennwort lautete dem Artikel zufolge schlicht: »Passwort«.

Er versuchte es.

Es klappte. Der Computer fuhr weiter hoch. Er atmete auf.

Kurz darauf hatte er die Dateien vor sich und öffnete einen Ordner, auf dem »Patientenverzeichnis« stand.

Er holte tief Luft. Es war eine ellenlange Liste. Auch wenn er die männlichen Vornamen außer Acht ließ, waren es noch immer zu viele Möglichkeiten.

Konzentrier dich, dachte er, streng dich an.

Er nahm einen Stift und einen Zettel und schrieb sich die Patientinnen heraus, die am jüngsten waren. Er strich einige wieder durch, bei denen die Therapie offenbar schon länger zurücklag.

Es waren noch immer zweiundzwanzig Frauen, die in Frage kamen.

»Wie viele Patientinnen von Jana Michels sind blond?«, fragte er Brotter.

»Wie bitte?«

»Denken Sie nach, Mann, helfen Sie mir! Ich suche eine blonde Patientin von ihr. Auffälliges dichtes blondes Haar.«

Und jung, dachte er.

Da gab es eine 28-jährige, eine 27-jährige und eine 25-jährige.

»Es sind schon ein paar blond«, sagte Brotter. »Aber ich kenne sie nicht alle mit Namen. Schließlich sind es nicht meine Patientinnen.«

Dieser Idiot, dachte Trojan.

»Hat Jana mit Ihnen über eine Patientin gesprochen, die in letzter Zeit besonders nervös war?«

Brotter legte die Stirn in Falten.

»Nicht dass ich wüsste. Wir sind sehr diskret, was unsere Patienten anbetrifft.« Und süffisant fügte er hinzu: »Stellen Sie sich nur vor, sie würde mir etwas von diesem Polizisten erzählen, der regelmäßig zu ihr in die Praxis kommt.«

Trojan warf ihm einen eisigen Blick zu.

Dann wählte er auf seinem Handy die Nummer der 25-jährigen Patientin. Lange Zeit ertönte nur das Freizeichen. Komm schon, komm schon, dachte er, heb ab.

Schließlich meldete sich eine verschlafene Stimme.

»Hallo?«

»Ist da Paola Zietlinksi?«

»Ja.«

»Sind Sie in Ordnung, Frau Zietlinksi?«

»Wie bitte?«

»Geht es Ihnen gut?«

»Wer sind Sie?«

»Trojan, Kriminalpolizei. Ich will mich nur vergewissern, ob bei Ihnen alles in Ordnung ist. Haben Sie –?«

Es wurde aufgelegt.

Okay, dachte er, sie war es nicht.

Er wählte die Nummer der 27-jährigen Patientin.

»Sagt Ihnen der Name Franka Wiese etwas?«, fragte er Brotter.

Der Psychologe schwieg.

Dann sagte er: »Möglich, dass Jana diesen Namen einmal erwähnt hat.«

»Ist sie blond?«

In diesem Moment ertönte ein Signalton aus dem Handy, und eine automatische Ansage meldete sich: »Dieser Anschluss ist vorübergehend nicht erreichbar.«

Trojan unterbrach die Verbindung, steckte das Handy ein, klappte den Laptop zu und klemmte ihn sich unter den Arm.

»Ob sie blond ist?«, fragte er.

Brotter schaute ihn an.

Trojan stieß die Luft aus und eilte an ihm vorbei.

Er war bereits an der Praxistür, als ihm der Psychologe hinterherrief: »Ich denke, ja. Eine blonde Patientin.«

Da war Trojan längst auf der Treppe und rannte die Stufen hinab.

Auf dem Weg in die Mainzer Straße rief er Landsberg an.

Es war 01 Uhr 17 in der Nacht.

## FÜNFUNDZWANZIG

Das Erste, was er sah, nachdem er die Tür aufgebrochen hatte, waren die toten Vögel auf dem Dielenboden. Dann erkannte er den schwachen Lichtschein am Ende des Flurs. Er schlich mit gezückter Waffe voran. Schließlich hatte er das Schlafzimmer erreicht. Von hier kam das Licht. Er duckte sich an der Türöffnung, streckte die Waffe aus und war mit einem Satz im Zimmer.

Er starrte auf das Bett.

Die Frau lag nackt vor ihm, ihr Schädel war kahl, die Augenhöhlen waren schwarz verkrustet.

Ihr Körper war mit Striemen übersät.

Jemand hatte mit einem Messer auf sie eingestochen.

Das Bett war voller Blut.

»Jana«, rief er entsetzt aus.

Er trat langsam näher.

Aber es war nicht Jana, es war ein anderer Leichnam.

Er rief noch einmal ihren Namen und eilte durch die anderen Zimmer.

Wo war sie?

Was hatte dieser Wahnsinnige mit ihr angestellt?

Als er hinter sich ein Geräusch hörte, fuhr er herum und riss die Waffe hoch.

»Ruhig, ganz ruhig«, sagte eine Stimme.

Trojan atmete schwer.

»Ich bin's, Nils.«

»Hilmar.«

Trojan ließ die Waffe sinken.

»Bin gerade reingekommen.«

Er holte tief Luft.

»Was ist passiert?«

Trojan steckte die Waffe ein und führte Landsberg wortlos ins Schlafzimmer.

»Wer ist sie?«

»Franka Wiese. Eine Bekannte von mir war auf dem Weg zu ihr. Und diese Bekannte hat mir auf die Mailbox gesprochen, rief mich wahrscheinlich von hier aus der Wohnung an. Sie schrie nur: ›Ein Vogel!‹ Dann war die Leitung unterbrochen.«

»Wann kam der Anruf?«

»Gegen halb neun. Zwanzig Uhr siebenundzwanzig, um genau zu sein. Scheiße, ich hab mein Handy zu spät eingeschaltet. Sonst hätte ich sie vielleicht noch retten können. Alle beide. Und jetzt ist eine von ihnen –. Und die andere ist –«

Er brach ab und sah sich im Zimmer um.

Da lag ein umgekippter Stuhl vor den zugezogenen Vorhängen am Fenster. Er erkannte Blutspritzer auf dem Boden.

»Ganz langsam, Nils, du meinst, hier waren zwei Frauen am Tatort?«

Trojan nickte.

»Eine ist mit dem Täter verschwunden.«

»Wer ist diese Frau?«

»Sie heißt Jana, Jana Michels. Die Tote hier war eine Patientin von ihr.«

»Patientin?«

»Jana ist Psychologin. Wir haben gegen halb sieben gestern Abend noch miteinander telefoniert. Sie sagte, sie sei auf dem Weg zu einer Patientin. Sie habe von ihr einen Anruf erhalten, der nach einem Notfall klang.«

Dr. Semmler und die Kriminaltechniker trafen ein, sie trugen ihre weißen Overalls. Gerber und Krach kamen hinzu. Sie erbleichten.

Trojan ging vor dem Bett in die Hocke.

»Hier, sieh dir das an«, sagte er.

Landsberg trat zu ihm.

Die Überreste eines Handys waren auf dem blutbefleckten Laken zu einem Kreis ausgebreitet. In der Mitte des Kreises lag ein gerupfter Dompfaff.

»Das sind dann wohl die Reste ihres Telefons, mit dem sie mich angerufen hat.«

Landsberg stieß die Luft aus.

Ich muss sie finden, verdammt, durchfuhr es Trojan.

Die Kriminaltechniker bauten ihre Scheinwerfer auf. Das Licht war grell. Trojan wurde es für einen Moment schwindlig. Er ging zurück in den Flur. Auch hier war Blut, die Spuren führten ins Treppenhaus.

Immer mehr Kollegen aus dem Team trafen am Tatort ein.

»Gasse bilden«, murmelte er, »seid vorsichtig, tretet nirgendwo rein.«

Er klingelte bei dem Nachbarn gegenüber.

Es dauerte eine Weile, bis ihm endlich geöffnet wurde.

»Kriminalpolizei, ich hab ein paar Fragen an Sie. Kann ich reinkommen?«

Es war ein junger Mann, seine Wangen waren vom Schlaf gerötet.

»Was ist denn passiert?«

Trojan fuchtelte ungeduldig mit seinem Dienstausweis herum.

»Lassen Sie mich rein.«

Der junge Mann trat zurück und ließ ihn in die Wohnung.

»Ist Ihnen gestern Abend gegen halb acht etwas im Haus aufgefallen?«

»Nein.«

»Haben Sie aus der Wohnung gegenüber Schreie gehört?«

Er schüttelte den Kopf

»Denken Sie genau nach.«

»Mein Gott, was ist denn passiert?«

»Es handelt sich um einen Mordfall. Hat Frau Wiese gestern Abend Besuch bekommen?«

»Ist sie –?«

Trojan nickte. »Ja, man hat sie ermordet.«

Der junge Mann starrte ihn an.

»Also, hatte sie Besuch?«

»Ich weiß nicht, ich interessiere mich nicht besonders für meine Nachbarn.«

Trojan warf ihm einen kurzen Blick zu.

»Okay, halten Sie sich für weitere Fragen bereit.«

Er ging ins zweite Stockwerk hinauf, klingelte an der rechten und der linken Tür.

Links öffnete ihm verschlafen eine Frau.

Nachdem er erläutert hatte, worum es ging, bat sie ihn, sich einen Moment zu gedulden, bis sie sich angezogen hatte.

Dann ließ sie ihn herein.

»Gestern Abend, ja«, sagte sie, »da war etwas. Als ich nach Hause kam, so gegen zehn, trat mir ein Pärchen an der Haustür entgegen. Sie kamen gerade raus, er hielt sie im Arm. Und sie sah irgendwie, na ja, mitgenommen aus.«

»Mitgenommen, wie meinen Sie das?«

»Blass. Ja, und sie hatte ein paar Striemen im Gesicht und blutete an der Lippe.«

Trojan bemühte sich, ruhig zu atmen.

»Ich dachte, wer weiß, irgendeine handfeste Streitigkeit, und jetzt sind sie wieder halbwegs miteinander versöhnt. Aber ich kannte die beiden nicht, hab sie hier noch nie gesehen.«

»Wie sah der Mann aus, können Sie ihn beschreiben?«

»Weswegen fragen Sie mich das alles? Was ist denn passiert?«

»Es geht um einen Mordfall.«

»Mord?«

Trojan nickte.

»Hier im Haus?«

Abermals nickte er.

»Wer – ?«

»Franka Wiese im Stockwerk unter ihnen«, murmelte er.

Sie schlug die Hände vors Gesicht.

»Bitte, Frau – wie war noch mal Ihr Name?«

»Sauer.«

»Frau Sauer, das ist jetzt sehr wichtig. Wie sah dieser Mann aus, dem Sie an der Tür begegnet sind?«

Sie ließ die Hände sinken. Ihr Gesicht war mit einem Mal aschfahl.

»Ich hab nicht viel von ihm erkennen können. Er hatte eine Kapuze auf und hielt den Kopf gesenkt. Er trug eine Ledertasche, glaub ich. Ich hab mehr auf die Frau geachtet, die hat mir irgendwie leidgetan.«

»Wie groß war der Mann?«

»Weiß nicht. Eins achtzig oder so.«

»Können Sie die Frau beschreiben?«

»Blond. Schönes langes blondes Haar. Ziemlich gutaussehend. Aber wie gesagt, diese Striemen im Gesicht –. Sie war an ihn gelehnt, und ich wollte noch fragen, ob mit ihr alles in Ordnung ist, aber man mischt sich ja auch nicht so gern in die Angelegenheiten anderer Leute ein. Und dann waren sie auch schon weg.«

»In welche Richtung sind sie gegangen?«

»Das kann ich Ihnen nicht sagen.«

»Denken Sie nach. Sie stehen frontal zur Haustür, die beiden kommen an Ihnen vorbei. Gingen sie hinter Ihnen nach rechts oder nach links?«

»Nach links, in Richtung Karl-Marx-Straße.«

»Sicher?«

»Ziemlich sicher.«

»Und dann?«

»Ich weiß nicht, ich hab mich nicht weiter darum gekümmert.«

Trojan holte tief Luft.

»Frau Sauer, wir schicken Ihnen gleich einen unserer

Spezialisten her, der fertigt nach Ihren Angaben ein Phantombild von diesem Mann an.«

»Aber ich hab doch kaum etwas von ihm gesehen.«

»Das wird uns sehr helfen, Frau Sauer, glauben Sie mir.«

Sie nickte schwach.

Trojan verabschiedete sich von ihr, telefonierte mit dem Kommissariat und forderte einen Zeichner an. Dann bat er Dennis Holbrecht und Max Kolpert, mit den Befragungen im Haus fortzufahren.

Als er wieder in der Wohnung von Franka Wiese war, nahm ihn Landsberg zur Seite.

»Wir haben einen Stiefelabdruck.«

»Und?«

»Ziemlich deutliches Profil. Wir gleichen das mit unserer Datenbank ab.«

»Okay.«

»Diesmal hat der Kerl Fehler gemacht.«

Trojan sah ihn schweigend an. Er dachte an Jana.

Als hätte Landsberg seine Gedanken gelesen, fragte er ihn: »Nils, wer ist diese Frau, die dich angerufen hat? Ich brauche mehr Einzelheiten.«

»Also gut.«

Und dann kamen die Sätze aus ihm heraus, als müsste er eine weitere Tote zu Protokoll geben: »Jana Michels, 36 Jahre alt, Psychotherapeutin, wohnhaft Akazienstraße 41 in Schöneberg. Ich war schon in ihrer Wohnung und in ihrer Praxis in der Crellestraße 34. Ich hab mir dort ihren Computer geschnappt, um an die Adresse der Patientin heranzukommen. Der Computer ist unten in meinem Wagen, unsere Experten müssen ihn noch auswerten.«

»Okay, jetzt verrate mir eines, hat diese Jana Michels –«

Landsberg brach ab.

Trojan senkte die Stimme. »Ich weiß, was du sagen willst, ja, sie ist blond, festes blondes Haar, und unser Täter –« Er ballte die Hand zur Faust. »Sie passt in sein Profil.«

Landsberg nickte schwach.

»Möglicherweise hat ihn endlich jemand gesehen. Eine Frau aus dem zweiten Stockwerk hat eine vage Beschreibung von einem Typen abgegeben, der gegen zehn Uhr abends eine Frau am Arm aus dem Haus führte. Sie sah reichlich mitgenommen aus. Wahrscheinlich hat er sie unter Drogen gesetzt.«

»Endlich ein Hinweis.«

»Der Phantomzeichner ist unterwegs. Sie gingen Richtung Karl-Marx-Straße. Er trug eine Ledertasche, mehr weiß sie nicht.«

»Kein Auto? Ein Kennzeichen?«

Trojan schüttelte den Kopf.

»Er setzt sie vermutlich unter Drogen und führt sie aus dem Haus«, murmelte Landsberg. »Aber warum weicht er von seinem Muster ab? Er verschleppt sie. Warum?«

Er hat noch etwas mit ihr vor, dachte Trojan.

Er wagte sich nicht auszumalen, was das war.

»Sie scheint etwas Besonderes für ihn zu sein«, sagte er leise.

Landsberg schaute ihn an.

»Steht sie dir sehr nahe?«

Trojan rührte sich nicht. Dann nickte er.

Landsberg sagte: »Das kann kein Zufall sein, dass sie den Anruf von ihrer Patientin erhielt.«

»Ja, das ist auch meine Theorie. Er hat sie bestimmt hierhergelockt.«

»Er lässt sie zuschauen, wie er sich über Franka Wiese hermacht.«

Trojans Gesicht verzerrte sich unwillkürlich.

»Und dann verschleppt er sie.«

Er kämpfte gegen einen Schwindel an.

»Gib mir eine halbe Stunde Zeit, Hilmar, ich muss mich mal sammeln. Ich brauche irgendeinen Anhaltspunkt. Ich muss sie doch finden.«

»Wir werden sie finden, Nils.«

Sie blickten sich an.

»Gut, geh für einen Moment an die frische Luft.«

In Trojans Kopf schwirrten die Gedanken.

Sie hatten viel Zeit verloren.

Verdammt viel Zeit.

Zuerst wollte er sich in seinen Wagen setzen, um in Ruhe nachdenken zu können, aber dann ging er einfach immer weiter.

Er bog in eine Seitenstraße, überquerte die Hermannstraße, und mit einem Mal war er in der Hasenheide. Allmählich brach die Morgendämmerung herein, und die ersten Vögel begannen zu singen.

Ein Vogel!

Wieder dachte er an ihren panischen Ausruf am Telefon.

»Jana, ich werde dich finden. Wo immer du bist, ich hol dich da raus«, murmelte er vor sich hin.

Schließlich verließ er den Parkweg und ließ sich einfach ins Gras fallen, streckte Arme und Beine aus und starrte in den Himmel. Der Mond war blass, Wolken zogen an ihm vorüber. Er versuchte sich zu konzentrieren. Trotz seiner Angst um Jana musste er sich für einen Moment entspannen, damit die Gedanken besser fließen konnten.

Zwei Dinge, dachte er, ich muss zwei Dinge miteinander verknüpfen. Jemand hat etwas gesagt, etwas Wichtiges, aber es klang völlig beiläufig.

Und da war noch etwas. Vielleicht war das der Schlüssel.

Ihm fielen kurz die Augen zu, die Bilder rasten an ihm vorbei. Da war Lene, sie hockte auf dem blutbefleckten Bett, und er reichte ihr die Hand, und dann war er wieder in dem Treppenhaus in der Pflügerstraße, wo der Vogel verzweifelt mit den Flügeln gegen die Fensterscheibe schlug, immer und immer wieder.

Und dann sah er Jana vor sich, er saß bei ihr in der Praxis, sie sprach leise zu ihm: »Du darfst Angst haben, Nils, lass es zu.« Dabei hatte sie ihn doch nie geduzt.

Er zog sich immer mehr in sich selbst zurück, und schließlich saß er in Gedanken wieder bei Lene auf dem Bett. Er sagte zu ihr, dass er sie an einen sicheren Ort bringen würde, und sie erwiderte etwas.

Er riss die Augen auf.

Was hatte sie zu ihm gesagt? Und was war das andere –?

Zwei Dinge, dachte er. Der Schlüssel.

Mit einem Mal sprang er auf und rannte los.

## SECHSUNDZWANZIG

Sie verspürte einen Luftzug im Gesicht. Sie wollte den Kopf bewegen, aber er war zu schwer. Und nun hörte sie auch das trommelnde Vibrieren an ihrem Ohr. Es entfernte sich für eine Zeit, dann kam es wieder.

Sie wollte die Augen öffnen, doch es gelang ihr nicht. Ihr war, als lägen Gewichte auf ihren Augenlidern. Ihre Glieder waren wie Blei.

Etwas Weiches fegte über sie hinweg, berührte ihre Wangen. Sie wollte das nicht, aber sie konnte sich nicht wehren.

Ich muss aufwachen, durchfuhr es sie.

Endlich gelang es ihr, die Augen aufzureißen. Doch sie musste sie sofort wieder schließen, es war zu hell. Lichtblitze schossen in ihr Gehirn.

Da trommelte wieder etwas an ihrem Ohr, so nah, so laut.

Sie begann zu wimmern. Eine Zeit lang beruhigte es sie, ihre eigene Stimme zu hören.

Dann kam die Angst zurück, und wieder öffnete sie die Augen, diesmal langsamer, vorsichtiger.

Es war dicht über ihrem Kopf.

Es wirbelte herum, eine Feder löste sich und fiel auf sie herab.

Sie rang nach Atem.

Und dann sah sie den Vogel. Er flatterte durch den Raum, stieß immer wieder gegen die Wände.

Sie versuchte sich aufzurichten, doch etwas hielt sie zurück. Sie vernahm das Klirren von Metall.

Mit einem Mal war es still.

Sie musste sich konzentrieren, herausfinden, wo sie war.

Wenn sie die Augen zu schnell bewegte, verschwamm alles vor ihr, und ihr wurde schwindlig.

Sie schloss die Augen. Ihr war, als müsste sie fallen, hintenüberstürzen, also riss sie die Augen wieder auf.

Sie erkannte einen Vorhang. Durch einen winzigen Spalt fiel etwas Licht. Nicht weit von dem Spalt entfernt machte sie eine Bewegung aus.

Der Vogel hatte sich in dem Stoff festgekrallt und spreizte die Flügel. Sie sah, wie er nach Luft schnappte, erkannte das rote Gefieder und den schwarzen Kopf.

Schon sauste er weiter durch den Raum. Jana wollte die Arme heben, sie schützend vors Gesicht werfen, doch da war ein Widerstand. Sie hatte Schmerzen.

Plötzlich erinnerte sie sich an Franka. Sie sah all das Blut wieder vor sich.

Sie wollte schreien, doch sie brachte keinen Ton heraus.

Sie zuckte mit den Füßen, das Metall klirrte an ihren Gelenken.

Ich muss hier raus, dachte sie.

Der Vogel schoss auf sie herab.

Sie kniff die Augen zu.

Dann verlor sie das Bewusstsein.

Im Laufschritt holte er das Handy aus der Tasche und rief im Kommissariat an. Es brauchte eine Weile, bis er Stefanie Dachs am Apparat hatte. Gott sei Dank, dachte er, sie ist nicht zum Tatort gefahren, sondern gleich ins Büro.

»Stefanie, ich brauche ganz dringend ein paar Informationen.«

»Okay.«

Er schnaufte, rannte über die Hermannstraße hinweg.

»Geh ins Melderegister und check die Daten von Melanie Halldörfer.«

Er hörte, wie sie etwas auf der Tastatur ihres Computers eingab.

»Was willst du wissen?«

»Seit wann war die Halldörfer in der Fuldastraße gemeldet?«

Wieder das Klappern auf der Tastatur.

»Hast du es?«

»Moment. Hier. Sie hat sich am 1. 10. 2009 angemeldet.«

Treffer, dachte er.

»Und jetzt Michaela Reiter, Pflügerstraße.«

Es dauerte eine Weile.

Dann hörte er Stefanies Stimme am anderen Ende der Leitung.

»Sie wurde am 15.2.2010 gemeldet.«

Trojan verspürte ein Kribbeln, noch ein Treffer.

Er hatte seinen Wagen erreicht, schloss ihn auf, sprang hinein, startete und fuhr los.

Jetzt kommt es darauf an, dachte er.

»Was brauchst du noch?«

»Kannst du dir denken, oder?«

»Coralie Schendel?«

»Klar.«

»Warte.«

Er hörte, wie sie den Computer bediente.

Endlich kam die Antwort: »Sie wohnte seit dem 1.3.2010 in der Wrangelstraße.«

Er atmete tief durch. Er bog mit dem Wagen in die Karl-Marx-Straße ein.

»Das kann kein Zufall sein«, sagte sie. »Sie sind alle drei vor kurzem umgezogen.«

»Ich hoffe, dass es kein Zufall ist.«

Wir klammern uns an einen Strohhalm, dachte er. Und wieder tauchte Janas Gesicht vor seinem inneren Auge auf. Es war schmerzverzerrt. Er verscheuchte den Gedanken.

»Was ist mit Franka Wiese? Seit wann wohnte sie in der Mainzer Straße?«

»Moment.«

Nach einer Weile sagte Stefanie: »Das ist merkwürdig.«

»Was?«

»Sie lebte schon seit drei Jahren dort.«

Scheiße, dachte er. Passt nicht ins Bild.

»Egal«, sagte er, »wir haben drei Treffer, das könnte reichen.«

»Was soll ich jetzt tun?«

»Ruf den Freund der Schendel an. Schnell. Frag ihn, ob er weiß, wie sie an ihre Wohnung gekommen ist, über einen Makler oder eine Hausverwaltung.«

»Mach ich, bleib dran.«

Trojan preschte bei Rot über die Kreuzung am Hermannplatz.

Es dauert zu lange, dachte er, uns bleibt nicht mehr viel Zeit. Wenn nicht alles längst zu spät ist.

Schließlich hörte er Stefanies Stimme am Telefon: »Er geht nicht ran.«

»Versuch es weiter.«

Er raste mit dem Wagen den Kottbusser Damm entlang.

»Was ist los, Stefanie, warum klappt das nicht?«

»Er hebt nicht ab. Ich hab es auch schon unter seiner Nummer in London versucht, aber auch dort meldet sich keiner.«

»Scheiße.«

Trojan stieß die Luft aus.

»Gib mir seine Adresse hier in Berlin.«

Er hörte das Tastengeklapper.

»Achim Kleiber, Köpenicker Straße 180.«

Trojan bog mit quietschenden Reifen in die Skalitzer Straße ein. »Okay«, sagte er, »halt dich bereit.«

Sie legten auf.

Etwa fünf Minuten später hielt er vor dem Haus in der Köpenicker Straße. Er klingelte Sturm bei Kleiber.

Nach einiger Zeit wurde ihm geöffnet.

Er stürmte die Treppen hinauf.

Kleiber stand in der Wohnungstür. Er war bleich.

»Tut mir leid, dass ich Sie geweckt habe.«

Es dauerte eine Weile, bis Kleiber ihn erkannt hatte.

»Ich schlafe eh nicht mehr, seit … seit sie –«

Seine Stimme brach.

»Herr Kleiber, das ist jetzt äußerst wichtig, bitte denken Sie genau nach. Wie ist Coralie Schendel an ihre Wohnung in der Wrangelstraße gekommen?«

Kleiber bat ihn mit einer Geste herein.

Trojan betrat die Wohnung und bemühte sich, ruhig zu atmen. Am liebsten hätte er die Antwort aus ihm herausgeschüttelt, aber Kleiber wirkte wie betäubt. Wahrscheinlich nahm er noch immer Beruhigungsmittel.

»Ich weiß es nicht«, sagte er schließlich.

»Bitte, denken Sie nach. Es ist wichtig.«

Wieder hörte Trojan in Gedanken Lenes Stimme, wie sie zu ihm sagte: »Muss ich denn schon wieder umziehen?« Und er dachte an die Worte von Michaela Reiter: »Ich wohne ja noch nicht lange hier.«

Es war nur ein vager Anhaltspunkt, vielleicht aber auch eine heiße Spur.

Er blickte Achim Kleiber flehend an.

»Bitte, es geht um ein weiteres Menschenleben. Sie müssen sich erinnern. Hat sie die Wohnung über eine Bekannte gefunden, war es durch eine Annonce in der Zeitung, oder lief es über das Internet? Sie war doch erst vor kurzem dort eingezogen.«

»Das Internet, ja. Jetzt fällt es mir wieder ein.«

»Musste sie eine Maklergebühr bezahlen?«

Achim Kleiber rieb sich über seine Bartstoppeln.

»Das hat sie einmal erwähnt, ja. Es passte ihr nicht, sie hat über diese üble Abzocke geschimpft und –«

Er brach ab, seine Augen füllten sich mit Tränen.

»Ich weiß, das ist alles sehr schmerzlich für Sie, aber bitte denken Sie nach. Können Sie sich noch an den Namen der Maklerfirma erinnern?«

»Ich weiß nicht. Ich glaube, es war eine Firma, die sich auf diese Gegend hier spezialisiert hat.«

Trojan wählte die Nummer von Stefanie im Kommissariat.

»Stefanie, gib mir die Namen der Maklerfirmen, die auf Kreuzberg und Neukölln spezialisiert sind.«

»Ich hab hier schon eine Liste sämtlicher Makler in Berlin vor mir«, sagte sie.

Gut, dachte er, sie ist schnell, das ist sehr gut.

»In Frage kommen könnten Habermann, Krüger, Redzkow oder Jung.«

Trojan wiederholte die Namen laut und sah dabei Kleiber gespannt an.

»Redzkow war es«, sagte Kleiber.

»Ganz sicher?«

»Ja. Jetzt weiß ich wieder, dass sie auf die Firma Redzkow geschimpft hat. Die haben eine fette Provision kassiert.«

»Danke«, sagte Trojan, und schon war er zur Tür hinaus.

»Stefanie«, sprach er unterwegs ins Handy, »jetzt such mir bitte das Kinderheim raus, in dem Lene untergebracht wurde.«

»In Ordnung, ich ruf dich gleich zurück.«

Trojan war wieder auf der Straße, stieg in den Wagen und fuhr in Richtung Görlitzer Park.

Sein Herz hämmerte. Wieder dachte er an Jana. Er rechnete aus, wie viele Stunden sie nun schon in den Händen des Täters war. Er wagte sich nicht auszumalen, was sie gerade durchmachen musste.

Das Handy läutete, er hob ab.

»Die im Heim machen Schwierigkeiten«, sagte Stefanie. »Soll ich dich mit der Erzieherin verbinden, die den Nachtdienst hat?«

»Ja.«

Es dauerte einen Moment, dann meldete sich eine strenge weibliche Stimme.

»Hören Sie, ich hab das bereits Ihrer Kollegin erklärt, Lene schläft, und sie ist noch zu traumatisiert, als dass ich ihr diese ganze Aufregung zumuten möchte.«

»Wecken Sie sie, bitte«, sagte Trojan. »Es geht um ein Menschenleben.«

»Lene ist noch immer völlig erschöpft, und ich muss sie schonen.«

»Holen Sie sie jetzt ans Telefon, sofort!«

»In diesem Tonfall schon gar nicht.«

Trojan schlug mit der flachen Hand auf das Lenkrad ein.

Dann bemühte er sich, ruhig zu sprechen.

»Hören Sie, wenn Ihr Freund in diesem Moment in den Fängen eines Mörders wäre und Sie wüssten, dass ein einziger Mensch, auch wenn es ein Kind ist, das Schreckliches erleben und mit ansehen musste, das die Mutter verloren hat und traumatisiert ist, also wenn Sie wüssten, dass dieser Mensch Ihren Freund retten könnte –«

»Schon gut, warten Sie, ich versuch es mal.«

Er atmete auf, fuhr in die Glogauer Straße, überquerte den Kanal und hatte die Pannierstraße erreicht. Endlich meldete sich Lenes verschlafene Stimme.

»Hallo?«

»Lene, hier ist Nils Trojan. Ich hoffe, du erinnerst dich noch an mich.«

Er vernahm nur das Atmen am anderen Ende der Leitung.

»Ich hab dich in eurer Wohnung gefunden.«

»Du bist der mit der Lederjacke, oder?«

»Ja«, sagte er.

Er schluckte.

»Lene, das ist jetzt überaus wichtig, bitte denk genau nach. Bevor ihr in die Fuldastraße umziehen konntet, musstet ihr doch bestimmt erst eine Weile nach einer neuen Wohnung suchen.«

»Ja.«

»Weißt du, wie deine« – er stockte –, »wie deine Mutter die Wohnung gefunden hat?«

»Das weiß ich nicht mehr.«

»Denk nach, bitte.«

Er hörte sie ins Telefon atmen.

»Habt ihr euch mehrere Wohnungen angeschaut?«

»Ja.«

»Und als ihr die Wohnung in der Fuldastraße besichtigt habt, hat euch da jemand durch die Räume geführt?«

»Ja.«

»Wer war das?«

»Ein Mann.«

Es kribbelte in seinen Händen.

»Wie sah der aus, kannst du ihn beschreiben?«

»Ich weiß nicht mehr. Er trug einen Anzug. Er war sehr nett zu uns. Ich weiß noch, dass Mama« – sie brach kurz ab –, »dass Mama sehr froh war, als er uns sagte, dass wir die Wohnung haben können.«

Er holte tief Luft. »Waren denn keine anderen Leute dabei? Keine anderen Bewerber?«

»Nein, wir waren ganz allein mit ihm.«

Er schluckte.

»Und du kannst ihn wirklich nicht beschreiben? War er groß, klein, dick, dünn?«

Sie schluchzte in den Hörer.

»Ich weiß das alles nicht mehr.«

»Schon gut, Lene. Danke, du hast mir sehr geholfen.«

Er wollte sie noch fragen, wie das Heim war und ob sie sich schon einigermaßen eingelebt hatte.

Es gab überhaupt noch so viel, was er ihr sagen wollte, aber die Zeit drängte.

Es war fünf Uhr morgens. Spatzen lärmten in einem Gebüsch. Die Straße war menschenleer.

Er drückte auf sämtliche Klingelknöpfe an der Hausnummer 76, aber niemand öffnete. Er nahm Anlauf und warf sich gegen die Tür. Sie krachte in den Scharnieren. Er nahm wieder Anlauf, wusste nicht, wie viele Türen er bereits in dieser Nacht einzurennen versucht hatte.

Da lehnte sich jemand fluchend aus dem Fenster im zweiten Stockwerk. Trojan erkannte, dass es die verwirrte Alte aus der Wohnung gegenüber der von Michaela Reiter war. Er rief zu ihr hinauf, sie solle öffnen, aber sie schlug nur das Fenster zu. Daraufhin nahm Trojan noch einmal Anlauf, und die Tür gab endlich nach.

Er stürmte hinauf.

Die Blutspritzer waren noch immer an der Wand zu erkennen. Jemand hatte versucht, sie wegzuwischen, doch mit wenig Erfolg.

Er zögerte nur einen Moment lang, sah sich kurz um, dann zückte er seine Waffe, trat zur Seite und zielte auf das Schloss.

Er drückte ab.

Einmal, zweimal, dreimal.

Das Schloss sprang weg, er stieß die Tür auf.

Er hörte aufgeregte Stimmen im Treppenhaus, aber er kümmerte sich nicht darum.

Er eilte durch die Zimmer und blickte sich um. Schließlich entdeckte er mehrere Aktenordner in einem Regal. Er zog einen davon heraus.

Während er in den Unterlagen blätterte, rief jemand draußen nach der Polizei.

Er nahm sich den nächsten Ordner vor und blätterte hastig die Seiten durch.

Plötzlich hielt er inne.

Michaela Reiter war ein ordentlicher Mensch gewesen.

Er riss ein Papier aus dem Ordner.

Seine Hand zitterte.

Es war eine Rechnung, datiert vom Februar 2010. Auf dem Briefkopf stand in großen Lettern: REDZKOW IMMOBILIEN.

Trojan ließ den Ordner fallen, steckte die Rechnung ein und stürmte aus der Wohnung.

Die verwirrte Alte von gegenüber reckte ihren Kopf durch den Türspalt.

»Jesses, Maria und Josef«, murmelte sie.

Trojan beachtete sie nicht.

Er rannte die Stufen hinunter, stürmte hinaus auf die Straße und stieg in seinen Wagen.

Er gab Gas und wählte gleichzeitig Stefanies Nummer.

## SIEBENUNDZWANZIG

Wolfgang Redzkow junior besaß ein Grundstück, das an die Spree grenzte. Für den Weg von Neukölln nach Stralau brauchte Trojan eine knappe Viertelstunde.

Er hielt vor dem Haus und stieg aus. Es war ein modernes Stadthaus, zweistöckig, mit großen Fenstern. Am Ufer stand ein Bootskran.

Trojan drückte auf den Klingelknopf. Da niemand öffnete, kletterte er kurzerhand über die Mauer.

Als er auf der anderen Seite auf den Rasen sprang, läutete sein Handy.

Es war Stefanie.

»Nils, wo bist du?«

»Schon vor Ort.«

»Warte noch einen Augenblick. Ich hab Landsberg und Gerber informiert, sie sind unterwegs.«

Er ging auf das Haus zu.

»Ich kann nicht länger warten.«

»Mach jetzt keinen Fehler, Nils.«

Er schaltete das Handy aus und sah sich um. Der Gartenweg wurde von einigen Felssteinen gesäumt. Er hob den kleinsten davon auf, holte Schwung und schleuderte ihn in die Fensterscheibe im Erdgeschoss.

Sofort begann die Alarmanlage zu heulen.

Trojan zog seine Jacke aus, schlug die restlichen Glasscherben heraus, zog sich am Fensterbrett hoch und sprang ins Innere des Hauses.

Er befand sich in der Küche. Er zückte seine Waffe und schlich sich in den Flur.

Als er um die Ecke bog, hörte er ein leises Atmen. Er fuhr herum, doch da spürte er schon den Lauf einer Pistole an seiner Schläfe.

»Die Männer vom Wachschutz sind einfach zu lahm«, murmelte eine Stimme.

Trojan versuchte das Gesicht des anderen im Halbdunkel zu erkennen.

»Kriminalpolizei«, zischte er, »lassen Sie die Waffe fallen.«

Der andere lachte.

»Kripo? Soll wohl 'n Witz sein.«

Er drückte die Pistole noch fester an Trojans Schläfe.

»Waffe runter«, zischte Trojan.

Da der andere nicht reagierte, machte er einen Satz nach vorn und stieß ihm die Pistole aus der Hand.

Dabei löste sich ein Schuss. Die Kugel schlug in der Wand ein.

Es dröhnte in Trojans Ohren.

In diesem Moment wurde das Licht angeknipst.

Eine Frau im Nachthemd stand erschrocken im Flur.

Die Alarmanlage heulte unablässig.

»Wolfgang, was ist hier los?«

»Keine Ahnung, dieser Herr hier –«

»Keine Zeit für Plauderstündchen«, sagte Trojan und hielt ihm seinen Dienstausweis unter die Nase.

Der Mann in Boxershorts warf einen kurzen Blick darauf.

»Sind Sie Wolfgang Redzkow?«

Er nickte.

»Wo waren Sie gestern Abend?«

Die Sig Sauer in Trojans Hand war auf ihn gerichtet.

»Antworten Sie! Wo waren Sie gestern Abend?«

»Wir sind gestern erst aus Mallorca zurückgekehrt, aus unserem Ferienhaus.«

»Wie lange waren Sie dort?«

Redzkow kratzte sich am Kopf, dann warf er einen Blick zu seiner Frau hin.

»Wann sind wir abgeflogen?«

Die Frau überlegte.

»Fünfter Mai«, sagte sie schließlich.

Trojan holte tief Luft. Er ließ die Waffe sinken.

Er schaute erst zu Redzkow, dann auf das Einschussloch in der Wand, schließlich auf die Pistole am Boden.

»Ich bin Sportschütze«, sagte Redzkow.

»Interessiert mich nicht«, erwiderte Trojan knapp. »Ich brauche Informationen über Ihre Mitarbeiter, ich muss wissen, wer für die Vermittlung bestimmter Wohnungen zuständig war. Und zwar schnell.«

»Und dafür brechen Sie in mein Haus ein?«

»Ganz genau, dafür breche ich hier ein. Kommen Sie von hier aus an die Daten Ihrer Mitarbeiter?«

Redzkow schüttelte den Kopf. »Dafür müsste ich in mein Büro. Hat denn einer was angestellt?«

»Keine Fragen jetzt.«

Trojan blickte an ihm herunter. Sein nackter Bauch

wölbte sich über den Rand der Shorts, seine Füße steckten in Badeschlappen.

»Ziehen Sie sich an und kommen Sie mit. Schnell.«

Vorm Haus hielt ein Wagen vom Wachschutz.

Die Alarmanlage heulte.

Der Mann in Boxershorts runzelte die Stirn.

Redzkow Immobilien hatte seinen Firmensitz in einem Hochhaus in der Rudi-Dutschke-Straße. Nachdem der Maklerchef mit seiner Schlüsselkarte verschiedene Türen geöffnet hatte und sie in einem gläsernen Fahrstuhl ins sechste Stockwerk hinaufgefahren waren, kamen sie endlich in sein Büro.

Trojan warf einen Blick zur Uhr. Es war 6 Uhr 23.

Redzkow setzte sich an seinen Schreibtisch und fuhr den Computer hoch.

»Jetzt erklären Sie mir endlich mal, worum es sich eigentlich handelt.«

»Wir ermitteln in einer Reihe von Mordfällen.«

»Mord?«

»Beeilen Sie sich.«

Redzkow zog die Augenbrauen hoch.

»Bitte«, fügte Trojan hinzu.

»Sie wollen doch wohl nicht einen meiner Mitarbeiter eines Verbrechens beschuldigen?«

»Ich stelle hier die Fragen, okay?«

»Da schlägt man mir am Sonntag in aller Herrgottsfrühe die Fensterscheibe ein. Was sind das eigentlich für Manieren?«

»Sie hätten ja auch die Tür aufmachen können.«

»Ich hab nun mal einen tiefen Schlaf. Und meine Frau auch.«

»Los jetzt.«

»Schon mal was von einer Dienstaufsichtsbeschwerde gehört?«

»Nur zu. Sie kriegen auch meine Dienstnummer. Aber jetzt mal ein bisschen zackig, okay?«

Redzkow warf ihm einen kurzen Blick zu, dann beugte er sich über die Tastatur seines Computers.

»Wie ist das eigentlich mit den Schlüsseln zu den Objekten bei Ihnen?«, fragte Trojan.

»Wie meinen Sie das?«

»Sie sind im Besitz sämtlicher Schlüssel, wenn Sie eine Wohnung vermitteln, oder? Haustürschlüssel, Wohnungsschlüssel, Keller, alles.«

»Die werden nach Vertragsabschluss natürlich wieder ausgehändigt.«

»Na klar. Aber Zweitschlüssel anfertigen zu lassen wäre demnach ein Kinderspiel.«

Redzkow blickte empört auf.

»Ich kann Ihnen versichern, dass meine Mitarbeiter mit den ihnen anvertrauten Schlüsseln äußerst sorgfältig und gewissenhaft umgehen.«

»Schon klar.«

Er klapperte auf der Tastatur.

»Also, was wollen Sie wissen?«

»Wer hat die Wohnungen in der Wrangelstraße 12, Fuldastraße 50, Pflügerstraße 76 und Mainzer Straße 13 vermittelt? Alle im Zeitraum Ende 2009, Anfang 2010.«

Redzkow gab die Daten ein.

»In der Mainzer Straße hatten wir schon lange kein Objekt mehr. Viel zu lausig, diese Gegend.«

Scheiße, dachte Trojan. Sollte er wieder auf der falschen Fährte sein?

Redzkow nahm seine Brille aus dem Etui, setzte sie auf und schaute auf den Bildschirm.

»Sieh mal an«, murmelte er nach einer Pause, »wir haben tatsächlich ein Objekt in der Wrangelstraße vermittelt.«

»Welche Hausnummer?«

»Zwölf.«

»Wann war das?«

»Im Februar 2010.«

»Und in der Fuldastraße 50?«

Er tippte, schaute. »Im September 2009.«

»Pflügerstraße 76?«

Er legte die Stirn in Falten, gab wieder etwas in den Computer ein. Dann sah er Trojan an. »Dieses Jahr im Januar.«

Trojans Herz klopfte.

Er ging um den Schreibtisch herum und blickte auf den Monitor.

Da waren die Adressen und die Daten verzeichnet, aber keine Namen.

»Welcher Mitarbeiter hat die Wohnungen vermittelt?«

Redzkow gab einen Tastenbefehl ein.

»Das haben wir gleich.«

Jetzt erschien auf dem Bildschirm ein Name.

»Ja, das ist er.«

Trojan stieß die Luft aus.

»Matthias Leber.«

»Geben Sie mir seine Adresse, schnell.«

Redzkow wiegte den Kopf.

»Es gibt da ein Problem.«

Trojan verengte die Augen zu Schlitzen. »Kommen Sie mir jetzt nicht mit Datenschutz und diesen Geschichten. Es steht ein Menschenleben auf dem Spiel. Geben Sie mir die Adresse von Matthias Leber.«

»Das kann ich gerne für Sie tun. Nur –«

Er rieb sich den Nacken.

»Ich weiß nicht, ob Ihnen das etwas nützen wird.«

»Wieso nicht?«

Der Maklerchef schaute zu ihm auf.

Dann sagte er leise: »Er ist nicht mehr bei uns.«

Trojans Mund klappte auf.

»Nicht mehr in der Firma?«

Redzkow schüttelte den Kopf.

»Er ist tot. Matthias Leber ist Anfang des Jahres verstorben.«

## ACHTUNDZWANZIG

Trojan starrte ihn an.

»Wie ist er gestorben?«

»Nun ja, das kam für uns alle etwas überraschend. Wir haben ihm vorher nie etwas angemerkt.«

»Sagen Sie schon, wie ist er gestorben?«

Redzkow seufzte. »Er hat sich das Leben genommen. Auf ziemlich brutale Art, wenn Sie mich fragen. Er hat sich von einer Brücke gestürzt, und das war's dann.«

Trojan biss sich auf die Unterlippe.

»Wann genau ist das passiert?«

»Im März. Anfang März.«

»Welche Brücke?«

»Die Elsenbrücke in Treptow.«

»Also ist er ertrunken?«

»Ich denke, ja. Irgendwas hat ihm vorher das Genick gebrochen. Jedenfalls hat man ihn aus der Spree gefischt.«

»War er verheiratet?«

Redzkow nickte.

»Geben Sie mir die Adresse der Witwe.«

Trojan raste zum Südstern in die Körtestraße. Er klingelte bei Cornelia Leber, sie öffnete ihm sofort. Zunächst dachte er, sie wäre eine von diesen notorischen Frühaufstehern, doch ein Blick in ihre Augen verriet, dass sie wohl eher an Schlaflosigkeit litt.

Sie trug ihr Haar streng zurückgebunden und war ganz in Schwarz gekleidet.

Sie bat ihn herein. Die Wohnung war penibel aufgeräumt. Auf dem Esstisch stand das Frühstücksgeschirr. Trojan fiel auf, dass für zwei gedeckt war.

»Erwarten Sie Besuch?«

Sie warf ihm einen leeren Blick zu.

»Das ist für Matthias. Ich decke noch immer für ihn mit.«

Ihre Augen füllten sich mit Tränen.

»Was wollen Sie denn wissen, Herr Kommissar? Jetzt ist doch eh alles zu spät. Wir können ihn nicht mehr lebendig machen.«

Trojan holte tief Luft. Es durfte nicht zu spät sein, niemals.

»Frau Leber, hat Ihr Mann Ihnen einen Abschiedsbrief hinterlassen?«

Sie schüttelte den Kopf.

»Hat er Ihnen etwas von irgendwelchen Schlüsseln erzählt?«

»Schlüsseln? Nein.«

»Er war doch Makler.«

»Ja und?«

»Frau Leber, ich muss Sie das leider fragen: Ist es möglich, dass Ihr Mann Zweitschlüssel von den Wohnungen anfertigen ließ, die er vermakelt hat.«

»Warum hätte er das tun sollen?«

Trojan blickte sie fest an. »Um sich Zutritt zu den Wohnungen zu verschaffen, nachdem die Mieter eingezogen waren.«

Sie schlug die Hände vors Gesicht.

»Hören Sie auf damit! Verschwinden Sie! Reden Sie nicht schlecht über ihn. Matthias war ein guter Mensch.«

»Ich ermittle in einer Reihe von Mordfällen. Und drei der Mordopfer, allesamt Frauen, lebten in Wohnungen, die Ihr Mann an sie vermittelt hat.«

Cornelia Leber ließ die Hände sinken und starrte ihn an.

»Matthias kann damit nichts zu tun haben«, flüsterte sie.

Trojan war um Beherrschung bemüht.

»Warum hat er sich Ihrer Meinung nach das Leben genommen?«, fragte er.

Cornelia Leber setzte sich und schob gedankenverloren einen Teelöffel auf dem Tischtuch herum.

»Ich weiß es nicht«, sagte sie kaum hörbar.

»War er depressiv?«

Sie wischte sich die Tränen aus dem Gesicht.

»Für mich ist sein Tod immer noch ein Rätsel.«

»Könnte es ein Unfall gewesen sein?«

Sie zuckte mit den Schultern. »Betrunken war er jedenfalls nicht. Man hat keinen Alkohol im Blut gefunden.«

»Wirkte er irgendwie verändert in letzter Zeit?«

Sie rührte sich lange nicht, dann nickte sie schwach.

»Er war unruhig, gereizt. Er schlief schlecht. An manchen Tagen war er völlig niedergeschlagen. Ich hab ihn gefragt: ›Was ist denn los, Matthias?‹ Er gab mir keine Antwort.«

Sie weinte stumm in sich hinein.

Trojan blickte sich in dem Zimmer um.

»Wo ist sein Computer?«

Cornelia Leber sah ihn an. Sie runzelte die Stirn.

»Er ist weg.«

Trojan spürte, wie sich sein Nacken verkrampfte.

»Wie meinen Sie das: weg?«

»Er ist verschwunden. Ich hab mich natürlich auch schon gewundert. Aber an dem Abend, als er –«, sie schluckte, »an dem Abend, als das Unglück geschah, muss er seinen Laptop wohl mitgenommen haben.«

»Dann ist er vielleicht noch in seinem Büro.«

Cornelia Leber schüttelte den Kopf.

»Ich hab in der Firma nachgefragt. Man hat mir all seine Habseligkeiten überreicht. Kommen Sie mit.«

Sie stand auf und führte Trojan in ein Arbeitszimmer. Auch hier war alles penibel aufgeräumt. Der Schreibtisch war leer bis auf einen Behälter mit Stiften und eine Lampe. Sie deutete auf einen Karton neben dem Schreibtisch.

»Das ist alles, was sie mir gegeben haben.«

Trojan durchwühlte den Karton. Es waren lose Papiere, einige Sammelmappen, aber es befand sich kein Terminkalender darunter.

»An welchem Tag ist er gestorben?«

»Neunter März«, antwortete sie tonlos.

Er durchblätterte die Seiten in den Mappen, es waren überwiegend Entwürfe für Wohnungsexposés mit ein paar hingekritzelten Randnotizen.

»Hatte Ihr Mann eine externe Festplatte für seinen Computer?«

Sie schüttelte den Kopf.

»Irgendwelche anderen Speichermedien? USB-Sticks, CDs?«

»Er hatte alles auf seinem Laptop, und den trug er immer bei sich, wenn er zur Arbeit ging. In seiner Umhängetasche.«

Trojan raufte sich das Haar.

Für einen Moment war ihm, als müsste er aufgeben, als brächen die Ermittlungen wieder in sich zusammen. Doch dann besann er sich und fragte: »Wie lautet die E-Mail-Adresse Ihres Mannes?«

»Er hatte eine geschäftliche und eine private.«

Trojan zog einen Stift und einen Zettel hervor. »Geben Sie mir beide.«

Sie nannte ihm die Adressen, er schrieb sie auf.

»Ich nehme seine Unterlagen mit. Halten Sie sich für weitere Befragungen bereit. Wir werden heute sicherlich noch einmal zu Ihnen kommen und auch Ihre Wohnung durchsuchen müssen.«

»Aber warum?«

Trojan antwortete nicht, schnappte sich den Karton mit den Papieren und verließ die Wohnung.

Unten in seinem Wagen rief er Landsberg an.

»Nils, verdammt noch mal, wo hast du gesteckt?«

Er erzählte ihm rasch von seinen Ermittlungen.

»Wir müssen die Büros von Redzkow Immobilien auf den Kopf stellen. Und eventuell auch die Wohnung von Cornelia Leber. Möglich, dass sie uns etwas verschweigt.«

»Hast du Redzkows Alibi überprüft?«, fragte Landsberg.

»Ich hatte noch nicht die Zeit dafür.«

»Okay, wir übernehmen das.«

Landsberg versprach, sich zu beeilen.

Danach rief Trojan Stefanie an und unterrichtete auch sie über den Stand der Ermittlungen.

»Ich brauche eine Serverüberprüfung für die ein- und ausgehenden E-Mails von Matthias Leber.«

»Das kann dauern, die Mitarbeiter bei den Servern stellen sich oft stur.«

»In dem Fall muss es schnell gehen. Setz alles in Bewegung. Ich muss das sofort haben. Die Daten müssten ja noch gespeichert sein, also dürften wir auch einiges aus der Zeit vor seinem Tod herausfinden.«

Er gab ihr die Adressen durch.

»In Ordnung, ich setz mich dran.«

Trojan legte auf.

Er rieb sich die Schläfen. Es war 07 Uhr 39 am Sonntagmorgen. Was war mit Jana passiert?

Er durfte sich nicht ausmalen, was sie in diesem Moment durchleiden musste, sollte sie überhaupt noch am Leben sein.

Trojan zwang sich zur Ruhe.

Er arbeitete sich durch die Papiere in dem Karton, aber er fand nichts, was ihm von Bedeutung erschien.

Wo war Lebers Terminkalender?

Die meisten Papiere waren bloß ein einziges Sammelsurium von Abkürzungen und Kritzeleien.

Er stieß die Luft aus.

Er kaufte sich in einer Bäckerei ein Croissant und einen Kaffee im Plastikbecher. Er stieg wieder in den Wagen, schlürfte den Kaffee und verbrühte sich die Zunge. Er biss von dem Croissant ab und kaute lustlos darauf herum.

Es war gerade mal eine halbe Stunde vergangen. Da er nicht länger warten konnte, wählte er Landsbergs Nummer, aber der hob nicht ab. Er versuchte es bei Gerber.

»Ronnie, seid ihr schon in den Büroräumen von Redzkow?«

»Ja.«

»Wie sieht es aus?«

»Nils, das ist alles ein einziges Chaos hier.«

»Habt ihr Redzkows Alibi überprüft?«

»Ja, er ist sauber. Allerdings behauptet er, dass sich keine weiteren Unterlagen von Leber in der Firma befinden.«

»Irgendwas ist da schrecklich faul.«

»Wir stellen hier alles auf den Kopf und knöpfen uns sämtliche Mitarbeiter vor, verlass dich drauf.«

Sie legten auf.

Trojan schlug mit der Faust auf das Lenkrad.

Er überlegte, was er jetzt tun konnte. Vielleicht wäre es das Beste, wieder hinauf zu der Witwe zu gehen und ihre Wohnung zu durchsuchen. Zumindest erschien ihm das sinnvoller, als untätig im Auto herumzusitzen.

Er wollte gerade aussteigen, als sein Handy läutete.

Es war Stefanie.

»Frag mich nicht, wie ich das so schnell geschafft habe, aber die von WEB waren sehr kooperativ, ich kenne dort einen Mitarbeiter ganz gut. Kurzum, ich hab jetzt Einblick in die E-Mails von Leber.«

»Und?« Trojans Stimme zitterte. »Ist irgendwas von Bedeutung dabei?«

»Hier ist viel Geschäftskram, aber ich habe herausgefunden, dass er sich selbst E-Mails an eine andere Adresse geschickt hat, die ebenfalls unter seinem Namen läuft.«

»Was sind das für E-Mails?«

»Es scheint sich dabei um Sicherungskopien zu handeln.«

»Kopien wovon?«

»Für mich ist das alles noch sehr rätselhaft, aber es liest sich wie persönliche Aufzeichnungen.«

»Stefanie, kannst du mir diese E-Mails auf mein Handy schicken, ist das möglich?«

»Warte.«

Er hörte sie hektisch auf ihrem Computer klappern.

»Geht in Ordnung«, sagte sie, »warte drei Minuten, dann müsste alles bei dir sein. Und bleib in der Leitung.«

Trojan spürte, wie ihm der Schweiß ausbrach.

Er zählte innerlich die Sekunden, um ruhiger zu werden.

Schließlich tauchten die E-Mails auf dem Display seines Handys auf.

Sie waren von matthias.leber@web.de an angstspeicher@web.de geschickt worden.

»Angstspeicher«, murmelte er.

Dann begann er zu lesen. Die Anhänge der E-Mails bestanden meist nur aus knappen Sätzen:

5.4.09
Cornelia darf nichts wissen.

28.4.09
Ich habe Angst.

17.5.09
Manchmal wird das Bedürfnis stärker, dann habe ich mich wieder unter Kontrolle.

3.6.09
Ich will reden, einfach nur reden. Aber Cornelia kann ich mich einfach nicht anvertrauen. Das leuchtet ein.

29.6.09
Heute war es besser. Ich war bei IHM. ER hat eine Ausstrahlung, die beruhigend auf mich wirkt. Schon die erste halbe Stunde hat etwas gebracht. Danach Erschöpfung, Weinen.

6.8.09
Ich habe IHM von der Begegnung mit der Prostituierten erzählt. Alles erschien plötzlich wie in einem anderen Licht. Als wäre es beinahe selbstverständlich. Erstaunen.

Der nächste Eintrag war erst ein halbes Jahr später datiert.

8.2.10
Cornelia wollte heute Abend mit mir schlafen. Ich erfand Ausreden. Zu viel Arbeit. Das Ohrensausen. Immer wieder das Ohrensausen. Cornelia ist so verständnisvoll. Ich habe mich geschämt, verdammt, wie ich mich geschämt hab.

19.2.10
ER sagt, das sei völlig normal. Ich solle meine Bedürfnisse zulassen.

23.2.10
Heute Nacht habe ich von IHM geträumt. Er streichelte mir die Wangen. Er war ganz sanft zu mir. Erschrocken aufgewacht.

24.2.10
Ich bin aufgewühlt. Habe mit Dr. B gesprochen. Viel geweint.

25.2.10
Dr. B ist meine Rettung. Seit Nächten kein Schlaf. Cornelia liegt auch wach.

1.3.10
ER machte mir einen Vorschlag. Ich kann nicht mehr klar denken. Man muss vertrauen, vertrauen.

4.3.10
Wenn ich bei IHM bin, ist es wie ein kurzes Aufatmen. Aber ich spüre auch, wie ER Macht über mich gewinnt. ER sagt, das sei alles völlig normal.

5.3.10
Was ist normal?

6.3.10
Dr. B sagt, ich werde befreit sein. Dr. B sagt, ich soll die Schlüssel einfach noch mal in die Hand nehmen.

6.3.10
Sie von der Brücke werfen! Wieder lange geweint.

Trojan drückte das Handy ans Ohr.

»Ist das die letzte E-Mail?«, fragte er Stefanie. »›Sie von der Brücke werfen‹?«

»Ja.«

»Was meinte er damit?«

»Die Schlüssel, nehme ich an.«

»Drei Tage vor seinem Tod«, murmelte er. »Danke, Stefanie, ich rufe gleich wieder an.«

Er drückte die rote Taste, sprang aus dem Wagen, lief zu dem Wohnhaus hinüber und klingelte bei Cornelia Leber.

Als er oben im dritten Stockwerk war, stand sie bereits an der Wohnungstür.

»Frau Leber«, begann er ohne Umschweife, »sagt Ihnen der Name Dr. B etwas?«

»Dr. B? Wer sollte das sein?«

»War Ihr Mann regelmäßig in Behandlung, bei einem Arzt oder so?«

»Nein.«

»Denken Sie nach, bitte.«

Es entstand eine längere Pause. Trojan straffte die Schultern. Ruhig bleiben, dachte er, ganz ruhig, lass ihr Zeit.

Schließlich sagte sie zögernd: »Ich weiß nicht, ob das von

Bedeutung ist, aber er ist seit einem dreiviertel Jahr einmal in der Woche zu einem Erfolgscoaching gegangen.«

»Erfolgscoaching?«

»Ja, so nannte er es jedenfalls. Es war immer am Donnerstagnachmittag. Er war danach jedes Mal ziemlich fertig. Ich glaube, man hat ihn dort ganz schön unter Druck gesetzt.«

Trojan atmete tief durch.

»Einen Moment, bitte.«

Er wählte Gerbers Nummer.

»Ronnie, seid ihr noch in den Büros?«

»Ja«, sagte Gerber.

»Ist Redzkow in der Nähe?«

»Er ist hier.«

»Frag ihn, ob er seine Mitarbeiter in letzter Zeit zu einem Erfolgscoaching geschickt hat.«

»In Ordnung. Warte.«

Frau Leber sah ihn an. »Glauben Sie mir denn nicht?«

Trojan machte eine beschwichtigende Geste, dann hörte er wieder Gerbers Stimme am Telefon.

»Redzkow weiß nichts von einem Coaching.«

»Okay, danke.«

Trojan legte auf.

»Darf ich noch mal reinkommen?«

Cornelia Leber nickte.

Sie bat ihn wieder ins Wohnzimmer.

»Frau Leber, bitte, denken Sie genau nach. Wo könnte Ihr Mann regelmäßig am Donnerstag gewesen sein?«

Ihre Augen waren rot gerändert. Sie fuhr sich mit der Hand an die Stirn.

»Ich bin ihm einmal an einem Donnerstagnachmittag zufällig begegnet«, sagte sie leise.

»Wo war das?«

»In der Nähe vom U-Bahnhof Kleistpark.«

»In Schöneberg?«

Sie nickte.

»Er war so merkwürdig zu mir, so abweisend und kühl.«

Trojan schaute sie an.

»Dr. B«, murmelte er. »In Schöneberg.«

Mit einem Mal war ihm, als würde das Blut in seinen Adern gefrieren.

Es dauerte ein paar Sekunden, bis er sich aus seiner Erstarrung gelöst hatte.

Dann stürmte er ohne ein Wort aus der Wohnung.

# NEUNUNDZWANZIG

Jana schlug die Augen auf. Sogleich zuckte sie zusammen. Sie fürchtete das Flattern, diese hektischen Bewegungen um sie herum.

Doch da war nichts.

Kein Vogel.

Nur Stille.

Und das Rauschen in ihren Ohren.

Ein heftiger Schwindelanfall packte sie. Der Raum drehte sich, schneller und schneller.

Sie presste die Augen zu. Als sie sie wieder öffnete, hatte sich das Bild beruhigt.

Sie sah sich vorsichtig um.

Jemand saß neben ihr am Bett.

Das Gesicht verschwamm, dann wurde es wieder scharf, verschwamm erneut.

»Wo bin ich?«, fragte sie.

Der Mann auf dem Stuhl lächelte.

Er streckte die Hand nach ihr aus und berührte sie an der Stirn.

Sie rang nach Luft.

»Ruhig, ganz ruhig, Jana«, sagte er und nahm die Hand zurück.

Wieder drehte sich der Raum um sie herum.

Es war ein Raum mit hohen Decken. Und es war kalt darin.

Sie fröstelte.

Sie kannte den Mann. Das verwirrte sie.

»Du bist ganz aufgewühlt, Jana. Was war denn nur los?«

Sie bewegte ihre Hände, dann ihre Füße. Da war kein Widerstand mehr, kein klirrendes Metall. Aber sie fühlte sich schwach, unendlich schwach, und in ihrem Kopf war Leere.

»Wo bin ich?«, fragte sie wieder.

Der Mann lächelte.

»Bei mir«, sagte er.

Er hatte die Hände in seinem Schoß gefaltet. Sie suchte in seinem Gesicht.

»Gerd«, sagte sie leise.

Gerd Brotter lächelte.

»Arme Jana. Ich musste dir ein Beruhigungsmittel geben.«

Da flackerten die Bilder vor ihrem inneren Auge auf, sie sah das Blut und den kahlen Kopf.

Sie sah die leeren Augenhöhlen wieder vor sich.

Ihr Puls raste.

»Der Vogel«, stieß sie hervor.

Brotter hob die Augenbrauen.

»Welcher Vogel?«

Ihr Nacken verkrampfte sich. Sie wollte den Kopf heben, sich aufrichten, aber sie war zu schwach.

»Jana, du hast geträumt. Du hattest schreckliche Alpträume.«

Vorsichtig führte sie ihre Hand zu ihrem Gesicht. Sie ertastete die Striemen auf ihren Wangen und ihre geschwollene Lippe. Das Blut pochte darin. Nein, sie hatte nicht geträumt.

Wieder versuchte sie sich aufzurichten.

Brotter berührte sie am Arm.

»Bleib noch liegen. Ruh dich aus.«

Seine Stimme war sanft und fordernd zugleich.

Sie spürte, wie ihr die Panik die Kehle zuschnürte.

»Ich muss Trojan anrufen«, stammelte sie.

Wenn sie nur mehr Kraft in ihren Gliedern hätte.

»Trojan?«, fragte Brotter. »Du meinst doch nicht etwa diesen Polizisten?« Er senkte die Stimme. »Er ist dein Patient, Jana, vergiss das nicht.«

Sie wimmerte leise in sich hinein.

Er beugte sich vor. Sie spürte seinen Atem auf ihrem Gesicht, es war ihr unangenehm.

»Was willst du denn von ihm? Was willst du von diesem Trojan, hmm?«

Sein Gesicht senkte sich über sie herab.

Die Gedanken überschlugen sich in ihrem Kopf. Wie war sie nur hierhergekommen? Wie konnte es sein, dass ihr Kollege plötzlich bei ihr war?

Die Angst kroch an ihren Gliedern hoch.

Und sie wusste: Dies alles war kein Alptraum, sondern Wirklichkeit.

»Bedeutet er dir etwas? Was empfindest du für ihn?«

Sie atmete schwer.

»Vorsicht, Jana, mach nur keinen Fehler. Wir müssen doch Distanz zu unseren Patienten wahren.«

Sie keuchte, bekam keinen Ton heraus.

Weg, dachte sie, geh weg.

Er lehnte sich zurück.

»Soll ich ihn anrufen, ja? Soll ich ihm sagen, dass es dir wieder besser geht?«

Ihre Augen irrten umher. Sie kannte diesen Raum mit den hohen Decken nicht.

Wo war sie bloß? Und wo kam Brotter plötzlich her?

Sie wollte aufstehen. Sie nahm all ihre Kraft zusammen, doch dann erkannte sie die Spritze in seiner Hand.

»Du bist noch immer zu aufgeregt, Jana. Du kannst ja keinen klaren Gedanken mehr fassen.«

Sie sah, wie aus der Spritze etwas von der farblosen Flüssigkeit hervorschoss, und schon nahm er ihren Arm.

»Das wird dir helfen, Jana.«

»Nein«, stieß sie hervor und warf den Kopf herum.

»Aber Jana«, seine Finger krallten sich in ihre Haut, »sei doch vernünftig.«

Sie wehrte sich eine Zeit lang, doch schließlich hatte er sich weit über sie gebeugt und jagte ihr die Spritze in den Hals.

»Nicht, bitte nicht«, wimmerte sie.

Kurz darauf trübte sich ihr Blickfeld ein.

Aber sie fiel nicht in Ohnmacht. Sie hörte, wie er weiter auf sie einsprach.

»Ich will dir doch bloß helfen, Jana. Du bist zu mir gekommen, du warst völlig durcheinander. Was ist nur passiert?«

Von neuem zuckten die Bilder von Franka vor ihr auf, der kahle Kopf, die leeren Augenhöhlen.

Sie lallte, als sie den Namen aussprach.

Brotter neigte den Kopf.

»Franka Wiese?«, fragte er. »Wer ist das?«

Jana versuchte zu antworten. Ihre Zunge war schwer.

»Eine Patientin von mir«, stammelte sie. Sie rang nach Atem. »Sie ist umgebracht worden. Ich hab es gesehen. Ich hab alles gesehen.«

Brotter stützte die Ellenbogen auf die Knie und legte sein Kinn auf die gefalteten Hände.

Er sprach so ruhig zu ihr, als wäre sie eine Patientin von ihm.

»Was hast du gesehen, Jana?«

Ihr Herzschlag stolperte.

»Ihren Mörder«, wisperte sie.

Brotter verzog keine Miene.

»Wie sah er aus?«

»Er trug eine Vogelmaske. Und da war ein Messer. Es war sein Schnabel.«

Tränen liefen über ihr Gesicht.

Brotter lächelte.

»Eine Maske?«, sagte er. »Ein Schnabel? Wie grotesk.«

»Ich muss Trojan anrufen.«

»Aber Jana, du bist ja völlig fixiert auf diesen Polizisten.«

»Lass mich gehen«, wimmerte sie, »bitte.«

Er breitete seufzend die Arme aus.

»Dann geh«, sagte er. »Wenn du dir nicht helfen lassen willst, bitte. Steh auf.«

Jana versuchte sich zu konzentrieren. Erst das eine Bein über die Bettkante schwingen, dann das andere. Und sich gleichzeitig dabei auf die Seite drehen. Ihr rechter Arm fühlte sich taub an. Sie konnte ihn nicht bewegen.

Sie sah auf den Boden. Er begann vor ihr zu schwanken.

Ihr war, als müsste sie aus dem Bett stürzen.

Dann entdeckte sie die Blutspritzer auf ihrer Kleidung. Entsetzt sank sie zurück.

Plötzlich war sein Gesicht wieder nah bei ihr.

»Ach, Jana, erkennst du mich denn nicht?«

Sie suchte verzweifelt in seinen Augen.

»Wie viele Jahre arbeiten wir nun schon Tür an Tür?«, fragte er.

Ihr Lippen bewegten sich. Nur unter Mühe gelang es ihr zu sprechen.

»Zwei Jahre«, flüsterte sie.

»Zweieinhalb«, sagte er bestimmt.

Er verschränkte die Arme vor der Brust, sein Gesicht verfinsterte sich.

»Warum warst du nur immer so abweisend zu mir, Jana?«

Für einen Moment glaubte sie, wieder in Ohnmacht zu fallen.

Vielleicht wäre das eine Erlösung.

Wenn sie fiel.

Wenn sie wegglitt, weit weg von hier.

Doch als sie die Augen wieder öffnete, saß er noch immer dort am Bett.

Und dann hörte sie das flappende Geräusch.

Er hielt etwas unter seinem Jackett versteckt.

Etwas zappelte unter dem Stoff.

Er lächelte.

Dann öffnete er einen Knopf und glitt mit der Hand unter das Revers.

Er zog die Hand wieder hervor, und sie sah den kleinen Vogel darin.

Genüsslich drückte er zu.

Sie vernahm das schmatzende Geräusch, als er den Vogel vor ihren Augen zerquetschte.

Blut rann über die Hand des Therapeuten.

Sein Gesicht hatte sich zu einer Grimasse verzogen, seine Zähne blitzten auf.

Schließlich öffnete er die Hand und zupfte dem Vogel die Federn ab.

Er ließ sie einzeln auf das Bett herabsegeln.

»Jana«, sagte er leise, »erkennst du nun mein wahres Gesicht?«

## DREISSIG

Als Trojan von der Langenscheidtstraße in die Crellestraße einbog, war das SEK bereits vor Ort.

Er fuhr quer auf den Bordstein, stürzte aus dem Wagen und rannte ins Treppenhaus. In der dritten Etage, über der Praxis, kniete ein Beamter mit Helm und Schutzweste vor der Tür und bohrte das Schloss auf.

Der Bohrer summte kaum hörbar.

Landsberg, Gerber und Kolpert hatten sich hinter den Männern mit den Maschinenpistolen postiert, sie nickten Trojan kurz zu.

Er hielt den Atem an.

Es war still im Treppenhaus.

Totenstill, dachte Trojan.

Der Behelmte streckte drei Finger aus.

Noch drei Sekunden.

Trojan berührte seine Waffe im Holster.

Der nächste Finger klappte ein.

Noch zwei Sekunden.

Sein Herz hämmerte.

Als der dritte Finger verschwand, zog Trojan seine Waffe heraus. Zugriff!

Schon war die Tür aufgebrochen, und die Männer mit den Maschinenpistolen stürmten die Wohnung.

Er hörte ihre Schritte, das Knallen der Zimmertüren.

Er lud seine Waffe durch und folgte ihnen.

Landsberg war dicht hinter ihm.

Lichter zuckten auf, es waren die Stableuchten an den Maschinenpistolen.

Trojan straffte die Schultern.

Schließlich trat der Einsatzleiter auf ihn zu.

Trojan versuchte, in seinem Gesicht hinter dem Visier zu lesen. Es erschien ihm wie ein schreckliches Déjà-vu.

Er hörte sich selbst fragen, ob sie zu spät gekommen seien.

Der Mann in der Schutzweste klappte sein Visier hoch.

»Nichts«, murmelte er.

»Zielperson?«, fragte Trojan. Seine Stimme kippte.

Der andere antwortete mit einem Kopfschütteln.

»Und die Frau?«

»Hier ist niemand.«

Die Spannung unter den Männern vom SEK ließ nach. Die ersten verließen die Wohnung.

Trojan sah zu Landsberg hin.

Sein Gesicht war aschfahl.

»Durchsuchen«, murmelte Landsberg.

Es war eine Zweizimmerwohnung. Alles machte einen äußerst gediegenen Eindruck, weicher Teppichboden, dunkle Möbel. Das Bücherregal reichte bis zur Decke hinauf. Trojan schaute zum Schreibtisch hin. Ein Stapel unbeschrifteter Papiere, ein Füllfederhalter in einem Set, kein Computer.

Er blätterte die Papiere durch, öffnete die Schubladen.

Dann ging er in das andere Zimmer. Das Bett war schmal und hatte einen weißen Überwurf.

Die Vorhänge waren zugezogen.

Er ging ins Bad, warf einen unsicheren Blick in die Wanne. Aber auch hier war nichts Verdächtiges.

In der Küche öffnete er die Schränke.

Hinter seinen Schläfen pochte ein Schmerz.

Er setzte sich auf einen Stuhl. Plötzlich brach ihm der Schweiß aus.

Gerber trat zu ihm.

»Nils, wir kriegen den Kerl.«

Was ist mit Jana?, dachte er.

Er musste sie doch finden.

War sie längst tot?

Ihm schwirrte der Kopf.

Stefanie Dachs traf in der Wohnung ein, sie hatten sich aufteilen müssen, um nach weiteren Hinweisen bei Redzkow zu suchen.

»Wie sieht es aus?«, fragte sie.

»Alles zu spät«, murmelte Trojan.

Landsberg kam zu ihm, als wollte er ihn trösten.

»Ich habe eine Großfahndung angeordnet«, sagte er, »das volle Programm. Wir haben seinen Namen, sein Foto, das Kennzeichen seines Wagens, alles.«

»Was ist eigentlich mit dem Stiefelabdruck?«

»Trekkingstiefel.«

»Und?«

»Gewöhnliches Modell.«

»Was sagt die Datenbank? Ist der Abdruck schon mal irgendwo gefunden worden?«

»Fehlanzeige.«

Trojan rieb sich das Gesicht.

Landsberg fingerte an einer Zigarettenschachtel herum.

Trojan richtete sich auf. Er vernahm ein leises Brummen.

Er sah sich in der Küche um.

Konzentrier dich, dachte er. Du musst einen Hinweis finden, irgendeine Spur.

Wieder zurück im Arbeitszimmer, durchwühlte er die Schubladen. Er fand einige Kunstpostkarten. Sie alle zeigten merkwürdige Vogelgestalten.

Auf der einen war eine Figur abgebildet, die halb Mensch, halb Vogel war. Sie trug einen imposanten Mantel, der aus Federn gestaltet zu sein schien. Im Hintergrund war eine Frau zu erkennen, deren Haare an einen großen gespreizten Flügel erinnerten. Am linken Bildrand befand sich eine weitere Vogelfigur mit einer Lanze. Unten rechts hockte eine kleine Teufelsfigur, halb Mann, halb Frau, vierbrüstig, langes Haar.

Er drehte die Karte um.

»Max Ernst. Die Einkleidung der Braut«, las er.

Ansonsten war die Karte unbeschriftet.

Er schloss für einen Moment die Augen.

Dann ging er zurück in die Küche. Wieder vernahm er das Brummen.

Er öffnete den Kühlschrank. Milch, Butter, Käse, Wurst, eine Saftflasche, das Übliche.

Er drehte sich um.

In einer Nische war ein Vorratsregal angebracht. Unter dem Regal hing ein Vorhang.

Er ging hin und zog ihn auf.

Da war eine Tiefkühltruhe. Er packte den Griff und öffnete sie.

Ihm blieb die Luft weg.

Kurz darauf hörte er sich schreien.

Er wankte zurück.

Landsberg griff nach seinem Arm.

Gerber rief etwas.

Kolpert würgte, und Stefanie stöhnte laut auf.

Dann sprachen sie alle durcheinander.

Er verstand sie für einen Moment nicht. Alles drehte sich um ihn herum.

Er klammerte sich an dem Stuhl fest.

Es dauerte eine Zeit lang, bis er wieder zu der geöffneten Tiefkühltruhe hinschauen konnte.

Und zu ihrem Inhalt.

Es war der Kopf einer Frau.

Ihm fehlten die Haare.

Die Augen waren zwei leere Höhlen.

Der Mund war verzerrt.

Ist sie es, ist sie es?, echote es in seinem Hirn.

Und dann hörte er, wie Landsberg mit Semmler telefonierte.

Irgendwo schnarrte ein Funkgerät.

Der letzte Mann vom SEK verließ die Wohnung.

## EINUNDDREISSIG

»Komm mit«, sagte er. »Ich will dir etwas zeigen.«

Sie wimmerte.

»Nun mach schon.«

Er griff ihr unter die Arme und zerrte sie vom Bett.

Ihre Beine gaben nach. Er stützte sie.

Er öffnete eine Tür und führte sie in einen anderen Raum, der sehr viel größer war als der erste.

Auch hier waren die Decken hoch. Vor den Fenstern hingen schwere Vorhänge.

Mehrere Stehlampen warfen Licht an die Wände.

Als sie die Fotos sah, die dort hingen, stockte ihr der Atem.

Es waren Fotos von massakrierten Frauen. Sie waren blond. Es war eine Serie. Von Bild zu Bild fehlten ihnen mehr Haare, bis sie völlig kahl waren.

Und da war auch ein Foto von Franka.

Jana schluchzte auf.

Er führte sie zu einem Sessel.

»Setz dich.«

Sie sank hin.

Ihr Blick fiel auf eine Kleiderpuppe. Auf den Kopf der Puppe war die Vogelmaske mit dem Messer gestülpt.

Auf der anderen Seite des Raumes stand eine zweite Kleiderpuppe. Sie war in einen Mantel gehüllt. Der Mantel war aus blonden, blutverschmierten Haaren gefertigt.

Jana schrie.

Sie brachte all ihre Kraft auf, um zu schreien.

Sie stemmte sich aus dem Sessel hoch.

Schon war er bei ihr.

Er drückte sie zurück in den Sessel, und sie spürte wieder die Wirkung des Mittels, das er ihr gespritzt hatte.

»Bitte, Gerd, lass mich gehen. Ich verrate auch nichts. Aber bitte lass mich gehen.«

Er lächelte.

»Aber wir haben doch gerade erst angefangen, Jana.«

Er trat zu der Puppe mit dem Mantel.

»Gefällt dir mein Kleidungsstück? Ist es nicht schön geworden? Aber es ist noch nicht ganz fertig.«

Er nahm den Mantel herunter und hielt inne.

»Du verstehst das alles, nicht wahr? Die Haare eines Menschen sind wie das Federkleid eines Vogels.«

Er sah sie an.

»Ist dir denn nie etwas an mir aufgefallen, Jana?«

Sie konnte nicht antworten. Alles war so bleiern um sie herum. Sie wünschte, dass dieser Alptraum endlich endete. Aber es war ja kein Traum. Sie wusste, dass sie nicht schlief.

Und plötzlich zerrte er an seinen Haaren, und sie sah, dass es eine Perücke war. Unter der Perücke war er kahl. Dann zupfte er sich die Augenbrauen und die Wimpern ab.

»Nichts davon ist echt«, sagte er. Dann stieß er ein seltsames Lachen aus. »Ich habe nicht einmal Haare am Arsch. Sind mir alle ausgegangen, als ich vierzehn war.«

Er trat näher.

Ihr fiel ein, dass sie einmal auf seine Hände geschaut und sich gewundert hatte. Ihr fiel ein, dass Gerd immer lange Ärmel getragen hatte.

»Du hast mich nie richtig angesehen, Jana. Weißt du, wie kränkend das ist?«

Sie schluckte.

»Aber der Mensch ist ja wandlungsfähig, nicht wahr?«

Er nahm den Mantel, berührte ihn. Er schmiegte sich an die Haare.

Dann zog er den Mantel an.

Meine Haare, dachte sie.

»Wie gefalle ich dir, Jana?«, fragte er und trat näher.

Und wieder wollte sie schreien.

Er öffnete die Ledertasche und nahm die Haare heraus. Schon bei der ersten Berührung durchzuckte ihn die Erregung. Er presste sich die Haare an das Gesicht und an den Hals. Schließlich öffnete er seine Hose und legte sich die Haare auf den Unterleib.

Er atmete hastig. Er wollte es tun. Doch dann schüttelte er sich. Noch nicht, dachte er, ich muss es mir aufsparen.

Er nahm den Mantel.

Er setzte sich und begann, die Haare auf den Mantel zu knüpfen. Das war viel Arbeit. Jedes einzelne Haar musste mit dem Haken eingezogen werden. Er würde es nicht bis zum Abend schaffen, aber das machte nichts, den Rest der Haare könnte er auch aufkleben.

Er schaute zu Jana hin.

Sie lag in dem Sessel, reglos.

Er lächelte.

Haare, wie schön es war, von ihnen berührt zu werden.

Haare waren wie Federn, und Federn ergaben ein Kleid.

Er erinnerte sich an die Nacht im Kinderheim, als er den Dompfaff auf der Terrasse gefunden hatte. Seine Flügel waren gebrochen, er war wohl gegen die Fensterscheibe geprallt, aber er lebte noch. Er nahm ihn mit in sein Zimmer, betrachtete ihn erst andächtig und zerquetschte ihn dann in der Hand.

Er spürte das warme Blut auf seiner Haut. Schließlich rupfte er ihm die Federn heraus.

Er erinnerte sich, wie er nackt auf dem Bett gelegen hatte, bedeckt von den Federn. Nun war es, als hätte er wieder Haare, nun trug er einen Schmuck.

Es erregte ihn immer wieder aufs Neue, sich mit den blutigen Federn zu bedecken.

»Alopecia universalis« hieß die Krankheit, totaler Haarausfall am ganzen Körper.

Der Arzt hatte gesagt, es könnte seelische Ursachen haben.

Die Seele, sein dunkler Kontinent.

Wenn ihn ein Mädchen verhöhnte, weil er völlig kahl war, wenn ihn jemand spöttisch fragte, ob er denn wenigstens Haare am Sack hätte, stellte er sich einfach vor, wie ihn die Vögel umgaben, wie es sich anfühlte, wenn ihre Federn auf seiner nackten Haut lagen.

Und wenn er sie zerdrückte und ausweidete, bekam er sofort eine Erektion.

Er entlud sich in ihre geöffneten Bauchhöhlen.

Dabei dachte er an seine Mutter.

Er ging sie besuchen.

Sie hatte jetzt eine andere Familie, zwei kleine Kinder und ein hübsches Reihenhaus.

Er gehörte nicht mehr dazu.

Schließlich wollte sie ihn überhaupt nicht mehr sehen.

Nun blieb ihm nur noch die Erinnerung an seine schönste Zeit: Sie trat zu ihm ans Bett, und er war mit ihr allein.

Sie beugte sich über ihn und gab ihm einen Gutenachtkuss.

Ihr Haar berührte ihn dabei im Gesicht und am Hals.

Ihr Haar berührte ihn am Bauch.

Ihr schönes blondes Haar.

Aber dann –.

Der Haken steckte im Mantel fest, er musste ihn mit einem Ruck herausziehen.

Er fluchte.

Er dachte an den Kerl.

Der Kerl, der sich sein Vater nannte, vor seinen Augen die Mutter vergewaltigte und schlug, immer und immer wieder.

»Schau dir das nur an, Junge, schau dir nur an, was ich jetzt mit ihr anstelle.«

Ihre Schreie dabei.

Und während er noch zusehen musste, wie sich sein Vater an ihr vergriff, sehnte er sich danach, wieder mit ihr allein zu sein, unter ihrem Haar versteckt, von ihrer blonden Haarpracht umhüllt am ganzen Körper.

Doch dann hatte sie diesen anderen Mann kennengelernt, und ihm blieb nur das Heim. Sie befreite sich von den Drogen und dem Alkohol, heiratete, und er gehörte nicht mehr dazu.

Aber er hatte ja die Vögel, seine Gimpel. Sie lebten im Garten vor dem Heim. Er bastelte Leimruten und legte sie aus. Er freute sich, wenn er ihre kleinen weichen Körper aufsammeln und mit in sein Zimmer nehmen konnte, bis ihm die Heimleiterin auf die Schliche kam und ihm mit Rauswurf drohte.

Doch zu diesem Zeitpunkt machte ihm das längst nichts mehr aus.

Er war bereits einen Schritt weiter gegangen.

Er dachte an Henrietta, diese Schlampe auf der Party, wie er den Vogel vor ihren Augen zerquetscht und ihr die Federn unter die Nase gehalten hatte.

Seine Erregung dabei, seine ersten Phantasien: Henrietta die Augen ausstechen. Die Augenhöhlen müssten leer sein. Sie sollte die Schmerzen spüren, aber nichts von ihm sehen. Wenn sie ihn anschauen würde, könnte er nicht das tun, was er mit ihr vorhatte: auf sie einstechen, dann über sie herfallen, ihr das Haar abschneiden, sich damit schmücken, es auf seiner Haut spüren, überall.

Doch erst bei dieser Prostituierten hatte er sich wirklich getraut. Leider war alles viel zu schnell gegangen. Diese billige kleine Nutte auf dem Straßenstrich, keiner hatte sie vermisst.

Er hatte im Park auf sie eingestochen, ihr hinterher den Kopf abgetrennt, Kopf und Haare mitgenommen.

Später hatte er immer wieder diesen Kopf angestarrt. Diesen hässlichen Kopf in der Tiefkühltruhe.

Alles war viel zu schnell gegangen.

Die Methode musste verfeinert werden, unbedingt.

Nur die Haare mitnehmen. Und zuvor Vögel aussetzen.

Am ersten Tag einen unversehrten, am zweiten Tag einen gerupften Vogel, der nackt war wie er.

Er würde den Vögeln die Bäuche geöffnet haben. Die Schlampen sollten schon vorher wimmern vor Angst. Sie sollten in die offenen Wunden schauen.

Schaut her, eine blutige Innerei! Ein nacktes, wehrloses Ding! Gleich bin ich bei euch. Gleich seid ihr dran. Heute kommt der Federmann.

Doch das alles brauchte Zeit.

Man musste den richtigen Moment abwarten, sich so lange beherrschen können.

Die Perücke aufsetzen und zur Uni gehen.

Die falschen Wimpern und die Augenbrauen ankleben und für den Abschluss lernen.

Sich zusammenreißen und die Diplomarbeit schreiben.

Sich nichts anmerken lassen und erste Bewerbungsgespräche führen.

Unauffällig bleiben, unerkannt.

Den Doktortitel erwerben und sich selbstständig machen.

Die Perücke aufsetzen, die Wimpern und die Augenbrauen ankleben und immer brav in die Praxis gehen, sich die Probleme anderer Leute anhören.

Er lachte auf.

Merkwürdig, wie andere zu ihm Vertrauen fassten, ihm alles erzählten, ihre intimsten Geheimnisse.

Aber sie kannten ihn ja auch nicht. Nicht wirklich.

Wie gut er sich verstellen konnte.

Und schließlich war Matthias Leber in seine Praxis gekommen.

»Meine Frau darf nicht wissen, dass ich hier bin« war das Erste, was er ihm gesagt hatte.

Nach und nach hatte er sich ihm geöffnet, von seinen Phantasien erzählt, ihm offenbart, dass er sich als Makler dabei ertappte, wie er den schönsten Frauen, den blonden unter ihnen, den Zuschlag für die Wohnungen gab.

Er hatte ihm gestanden, dass er sich wünschte, dabei seine Macht ausspielen zu können.

Er stellte sich vor, wie das wohl wäre, wenn er Bedingungen stellte, die Frauen ihm gefügig sein müssten.

Er gestand ihm, dass er sich zunehmend allein mit den Wohnungsbewerberinnen traf.

Er tat ihnen nichts. Er rührte sie nicht an.

Doch seine Phantasien wurden immer stärker, und sie bedrückten ihn.

Schließlich erzählte er ihm von der Prostituierten. Er hatte sie sich in eine leere Wohnung bestellt. Sie sollte für ihn die Bewerberin spielen und dabei eine blonde Perücke tragen.

Brotter war hellhörig geworden, das gefiel ihm.

Leber sagte, er müsste immerzu an die Frauen denken, denen er die Wohnungen bereits verschafft hatte. Er stellte sich vor, wie es wäre, bei ihnen zu sein, in ihren privaten Räumen: alleinstehende Frauen, blond.

Verhaltenspsychologen arbeiteten anschaulich, mit Symbolen. Und so konnte Brotter ihm ganz einfach einen Vorschlag unterbreiten: »Herr Leber, mir kommt da gerade eine Idee, wie Sie lernen könnten, mit Ihren Phantasien besser umzugehen.«

»Ja?«

»Lassen Sie doch einfach Zweitschlüssel von den Wohnungen anfertigen.«

»Nein, das darf ich nicht. Das ist unter Strafe verboten.«

»Aber es ist zu einem guten Zweck. Wir bewahren die Schlüssel hier in der Praxis auf. Sie haben die Wahl, Sie können sie anrühren, aber Sie können sie auch liegen lassen. Jeder Schlüssel ist eine Frau, jede Frau ist eine Verlockung. Sie haben die Kontrolle darüber.«

Brotter grinste. Er hatte ein besonderes Kästchen dafür ausgewählt.

Leber war folgsam. Er tat die Schlüssel in das Kästchen und verriet ihm die dazugehörigen Namen und Adressen.

Brotter brauchte nur einen Schlüssel aus dem Kasten herauszunehmen und seinen Patienten zu fragen: »Sagen Sie mir, wie sieht sie aus?«

»Dunkelhaarig.«

Uninteressant.

Er nahm den nächsten Schlüssel aus dem Kästchen hervor.

»Und diese?«

»Blond.«

»Wie blond?«

»Dichtes blondes Haar.«

»Wo wohnt sie, Herr Leber?«

»Wrangelstraße 12.«

»Wie heißt sie?«

»Coralie Schendel.«

»Und diese?«

»Melanie Halldörfer. Hat eine niedliche kleine Tochter.«

Hmm, wie süß.

»Sie haben es in der Hand, Herr Leber. Wollen wir die Schlüssel schnell wieder ins Kästchen zurücktun?«

»Ja, bitte.«

So ging das Spielchen immer weiter.

Bis die Zeit reif war, ihm einen weiteren Vorschlag zu unterbreiten.

»Wissen Sie, Herr Leber, ich glaube, Sie sind schon so weit. Sie können sich selbst erlösen. Trennen Sie sich von den Schlüsseln, befreien Sie sich von Ihren Phantasien. Wir treffen uns auf einer Brücke, und Sie werfen die Schlüssel in die Spree. Ein symbolischer Akt, verstehen Sie, Herr Leber?«

Und Leber war einverstanden. Er vertraute seinem Psychologen, schließlich war er dafür da, ihm zu helfen.

Brotter knüpfte lächelnd ein weiteres Haar in den Mantel.

Sein Patient war pünktlich auf die Minute auf der Fußgängerbrücke nach Stralau eingetroffen, wo sie sich für den späteren Abend verabredet hatten.

Leber hatte ihm in der letzten Sitzung gesagt, er würde direkt von einem Kunden zu dem Treffpunkt kommen. So konnte Brotter davon ausgehen, dass er seinen Laptop und seinen Terminkalender dabeihätte, immerhin war es ja möglich, dass irgendetwas darin über seinen Therapeuten vermerkt war.

»Warten Sie, Herr Leber, ich nehme Ihnen die Tasche ab, dann können Sie besser werfen.«

Leber gab ihm die Umhängetasche mit seinem Laptop, und Brotter überreichte ihm die Schlüssel.

Leber holte aus.

Es waren ganz andere Schlüssel, aber das wusste er ja nicht. Schließlich war es nur ein symbolischer Akt.

Das Symbol seiner Befreiung.

Die Brüstung war niedrig.

Brotter brauchte ihm nur einen leichten Schubs zu geben.

Unten war der Stahlträger, da würde er aufschlagen, das hatte er genau berechnet.

Und dann würde er in der Spree ertrinken.

»Auf Nimmerwiedersehen, Herr Leber.«

Brotter fädelte lächelnd das nächste blonde Haar in den Mantel ein.

»Das Haar deiner Patientin«, sagte er laut.

Franka Wiese, dachte er, ihre Jacke hing im Wartezimmer der Praxis. Sie sprach mit Jana über ihre Ängste, während er in die Tasche hineinlangte, den Wohnungsschlüssel hervorzog und einen Wachsabdruck von ihm nahm.

»Arme ängstliche Franka«, sagte er.

Und wie einfach, aber wirksam es war, bei dieser Gesine Bender etwas Wachs in die Öffnung für den Türschnapper zu drücken, als er sich bei ihr als Paketbote ausgab.

»Arme kleine Michaela.«

Er schaute zu der Frau in dem Sessel hin.

»Hörst du mich, Jana?«

Noch immer freute er sich über seine Idee, das winzige Mikrophon unter seiner Maske zu befestigen und den batteriebetriebenen Stimmenverzerrer unter der Kleidung zu tragen.

Wie sehr sie sich doch vor ihm gefürchtet hatte, ohne ihn zu erkennen.

Und sollte ihn dieser Kommissar finden, was ziemlich unwahrscheinlich war: Er hätte noch eine Überraschung für ihn. Nils Trojan, wie er sich vor laufender Kamera aufgeplustert hatte, dieser Geck.

Brotter lachte auf.

Er war doch immer einen Schritt schneller gewesen als dieser dämliche Kommissar. Und welche Lust es ihm verschafft hatte, ihn sich am Tatort vorzustellen, sein Erbleichen vor den massakrierten, haarlosen Frauen.

»Auch du wirst sterben, Trojan«, murmelte er.

Janas Augenlider zuckten.

Er freute sich auf den Abend.

Er freute sich auf das, was er noch mit ihr vorhatte.

Und diesmal würde er sich mehr Zeit nehmen.

Viel mehr Zeit.

## ZWEIUNDDREISSIG

Trojan stützte sich an einem Baum ab und würgte die halbverdauten Reste seines Croissants hoch. Dann wischte er sich den Mund ab und bemühte sich, tief durchzuatmen.

Er stieg in seinen Wagen.

Der Kopf. Wieder tauchte das Bild vor seinem inneren Auge auf, und sein Magen rebellierte erneut.

Das Bild von Janas Gesicht schob sich dazwischen, und er war sich noch immer nicht sicher, ob es nicht ihr –.

Er konnte den Gedanken nicht zu Ende führen.

Er suchte vergeblich im Handschuhfach nach Kaugummis, als sein Blick in den Rückspiegel fiel.

Auf der Rückbank lag noch immer Janas Laptop.

Er nahm ihn sich und fuhr ihn hoch.

Er klickte sich durch die Dateien. Im Bilderordner stieß er auf ein Foto von ihr. Er starrte es lange an. Sie stand vor einem blühenden Kastanienbaum und lächelte in die Kamera. Das Sonnenlicht fiel von schräg oben herein und brachte ihr Haar zum Leuchten.

Er durfte die Hoffnung nicht aufgeben.

Konzentriere dich, dachte er, suche nach einem Anhaltspunkt.

In diesem Moment wurde die Wagentür geöffnet, und Landsberg setzte sich auf den Beifahrersitz.

»Ich bin gleich wieder bei euch«, murmelte Trojan.

»Ist schon in Ordnung, Nils.«

Sie schwiegen eine Weile.

Landsberg sah zu dem Bild auf dem Computer hin.

»Das ist sie doch, oder?«

Trojan nickte.

»Holbrecht war in ihrer Wohnung und hat ein Foto von ihr besorgt. Auch Brotters Fahndungsbild ist raus. Es geht an alle Dienststellen. Die Fahndung läuft auf Hochtouren, bundesweit.«

»Vor ein paar Stunden war er noch hier.«

»Wann war das genau?«

»Als ich die Praxis stürmen wollte, gegen eins.«

»Sie war aber nicht in seiner Wohnung. Wir haben bisher nicht die geringste Spur von ihr gefunden. Kein Haar, kein Blut, nichts.«

»Er ist mit ihr um zehn Uhr abends aus der Wohnung von Franka Wiese gegangen.«

»Die Zeugin aus der Mainzer Straße hat ihn auf dem Fahndungsfoto wiedererkannt. Damit war das Phantombild hinfällig.«

»Von der Mainzer Straße aus muss er sie an einen geheimen Ort gebracht haben, von wo aus er wieder aufbrach, um mir hier um ein Uhr morgens begegnen zu können.«

»Das war geschickt von ihm, so konnte er den Verdacht von sich ablenken. Er muss wohl damit gerechnet haben, dass Jana Michels' Anruf dir galt, und wollte auf Nummer sicher gehen.«

»Stell dir vor, ich hab mit diesem Scheißkerl gesprochen. Er tat ganz scheinheilig. Ich hab ihn sogar nach Janas blonden Patientinnen gefragt.«

Landsberg steckte sich eine Kippe in den Mund.

»Bitte nicht hier drin, Hilmar.«

»Was?«

»Rauchen.«

Er seufzte. »Schon gut.«

»Was sagt Semmler?«

»Nach seiner ersten Einschätzung liegt der Kopf mindestens schon seit einem Jahr in der Tiefkühltruhe.«

Trojan atmete tief durch.

»Es ist nicht ihr Kopf, Nils. Hast du das etwa geglaubt?«

»Weiß nicht. War so eine Vision.«

»Wir finden sie«, murmelte Landsberg.

Sie schwiegen eine Weile. Schließlich zog er sein Feuerzeug hervor.

»Ich muss oben weitermachen.«

»Ich komme gleich nach«, sagte Trojan.

Landsberg stieg aus dem Auto und zündete sich die Zigarette an.

Er warf ihm noch einen kurzen Blick zu, klopfte auf das Wagendach, dann drehte er sich um und ging an den Absperrungen vorbei zurück in das Haus Nummer 34.

Trojan schaute ein letztes Mal auf das Bild, dann schloss er die Datei und öffnete Janas E-Mail-Programm. Er klickte sich durch den Posteingang.

Im Januar hatte sie eine kurze E-Mail von Brotter bekommen.

Jana,
kannst du morgen an den Aufsatz von Riemann denken? Muss was für einen Patienten nachschlagen.
G

Trojan ging weiter zurück, glücklicherweise hatte Jana die Eingänge nicht gelöscht.

Im November 2009 hatte sie eine weitere kurze Botschaft von ihm erhalten:

Jana,
danke für den Hinweis auf den Kongress. Meine Paranoikerin wird es mir danken.
G

Trojan überflog die E-Mails der weiter zurückliegenden Monate. Sie reichten bis ins Frühjahr 2009.

Im Juni hatte Brotter ihr eine längere E-Mail geschrieben.

Jana,
endlich ist es warm, und man könnte mit dem Gedanken spielen, sich in der Sonne zu aalen. Was bin ich froh, dass die Menschen auf den Straßen wieder ihr Lächeln entdeckt haben. Mal wieder ein Eis essen gehen? Ich weiß, ich weiß, du hast viel um die Ohren, ehrgeizige J. Gehe jetzt auf der Stelle hinunter zum Badeschiff und wage einen Kopfsprung.
G

Im Mai 2009 hatte sie noch eine kurze Nachricht von ihm erhalten:

> Jana,
> bin froh, dass wir mal wieder einen Kaffee zusammen trinken konnten. Danke.
> G

Er hat um sie geworben, dachte er. Dieses Schwein hat versucht, sich an sie ranzumachen.

Trojan klickte sich noch einmal durch sämtliche Eingänge, aber er fand nichts weiter, was ihm von Bedeutung erschien. Dann öffnete er den Ordner der gesendeten E-Mails, um zu überprüfen, was Jana ihm geantwortet hatte, doch in dem Ordner befanden sich nur noch die E-Mails der letzten drei Wochen, und darin war kein Hinweis auf Brotter zu finden.

Trojan klappte den Laptop zu und blickte auf die Straße.

Die üblichen Schaulustigen hatten sich vor den Absperrungen versammelt.

Ein Kriminaltechniker im weißen Overall trug einen Plastiksack aus dem Haus.

Trojan dachte angestrengt nach.

Mit einem Mal kribbelte es in seiner Magengrube, aber er konnte sich nicht erklären, warum.

Schließlich verließ er den Wagen, um wieder in Brotters Wohnung hinaufzugehen.

Er wollte die Umgebung auf sich wirken lassen, sich in Brotter hineinversetzen.

Er musste tief in seine kranke Seele hinabsteigen.

Die folgenden Stunden erschienen Trojan wie die qualvollsten seines Lebens. Mittlerweile hatten sie aus der Rechtsmedizin die Nachricht bekommen, dass der Kopf zu einer etwa fünfundzwanzigjährigen Frau gehörte, die aller Voraussicht nach bereits vor zwei Jahren ums Leben gekommen war. Es wurde in den Datenbanken nach sämtlichen weiblichen Leichenfunden der vergangenen Jahre gesucht, bei denen ein Kopf fehlte, aber das konnte dauern.

Es war bereits 17 Uhr, als Landsberg das Team zu einer Besprechung zusammenrief. Sie trugen ihre Ergebnisse zusammen. Je weiter der Tag vorrückte, desto apathischer wurde Trojan. Er versuchte sich immer wieder zusammenzureißen und verschiedene lose Enden in seinem Hirn zu verknüpfen, aber er wusste einfach nicht, wo sie nach Jana suchen könnten. Die überall im Stadtgebiet und an den Stadtgrenzen eingerichteten Straßensperren brachten ebenfalls keinen Erfolg.

Ständig waren sie in Kontakt mit sämtlichen Dienststellen im Bundesgebiet.

»Nils?«

Trojan zuckte leicht zusammen.

»Entschuldige.«

»Deine Einschätzung?«

Er holte tief Luft.

»Wenn sie noch am Leben ist, dann hält Brotter sie in Berlin versteckt. Einen weiteren Ortswechsel würde er nicht riskieren. In der Nacht hat er wenig Zeit gehabt, also gehe ich von einem Radius von etwa zwanzig Kilometern aus, gemessen ab der Mainzer Straße, wo er mit ihr gegen 10 Uhr abends verschwand. Er hatte drei Stunden Zeit, sie zu verstecken, um mich dann in der Crellestraße anzutreffen.«

»Okay, also zwanzig Kilometer, das haben wir bereits. Straßensperren und Polizeistreifen wurden in dem Bereich verstärkt. Was noch?«

Trojan raufte sich das Haar.

»Vierundzwanzig Stunden«, sagte er leise. »Länger lässt er sie nicht am Leben. Die frühen Abendstunden sind seine Zeit, zwischen acht und halb neun. Ich vermute, dass er sie auf besondere Art quälen will, länger als die anderen. Sonst hätte er sie nicht verschleppt.«

Alle Anwesenden schwiegen für einen Moment.

Wenn seine Einschätzung richtig war, blieben ihnen also nicht mehr als drei Stunden.

»Warum ausgerechnet sie?«, fragte Stefanie.

»Sie ist seine Kollegin«, antwortete Trojan kaum hörbar. »Die anderen Frauen ähneln ihr. Aber auf sie ist er besonders fixiert.«

Schließlich meldete sich Holbrecht zu Wort.

Er berichtete ausführlich von den Geldbewegungen auf Brotters Konto. Ihm seien einige Überweisungen merkwürdig vorgekommen. Er habe sich bereits von Brotters Geldinstitut sämtliche Namen zu den Kontonummern geben lassen. Er begann die Liste zu verlesen, als Trojan ihn ärgerlich unterbrach.

»Entschuldige, Dennis, aber das führt uns wirklich nicht weiter. Sollte Brotter noch eine zweite Wohnung angemietet haben, in der er Jana Michels versteckt hält, wird er nicht so blöd sein, die Mietzahlungen über sein Konto laufen zu lassen.«

Er sah, wie Holbrecht die Röte ins Gesicht stieg.

»Trojan hat recht«, murmelte Landsberg. »Weiter, wer hat noch was Wichtiges?«

Trojan stand auf und ging zur Tür.

»Wo willst du hin, Nils?«

»Wir reden und reden«, zischte er, »das bringt doch alles nichts.«

Er hörte noch, wie ihm Landsberg etwas nachrief, aber da war er schon draußen auf dem Flur. Er eilte die Treppe hinunter, verließ das Kommissariat und stieg in seinen Wagen.

Wenn ich Brotter wäre, dachte er, was würde ich tun? Wohin würde ich mich wenden?

Ich muss ein paar Schritte zurückgehen.

Brotter hat einen Patienten, der die Wohnungen von Coralie Schendel, Melanie Halldörfer und Michaela Reiter vermakelt.

Und dieser Patient stirbt einen seltsamen Tod.

Er fuhr die Skalitzer Straße entlang. Er bog in die Schlesische Straße ein, die in die Puschkin Allee mündete. Kurz darauf hatte er die Elsenstraße erreicht.

Schließlich hielt er auf der Brücke über die Spree. Er stieg aus und ging die Treppe hinunter zum Uferweg. Da waren die Treptowers, und da war die Skulptur der drei Riesen. Er erinnerte sich an die Bootsfahrt mit Emily und den Angriff der Möwe. Für einen Moment stockte ihm der Atem. Er klappte den Kragen seiner Jacke hoch. Unterhalb der Brücke wehte ein kalter Wind. Er ging unter der Straßen- und S-Bahn-Brücke durch und kam zu einer Wegbiegung. Hier öffnete sich die Spree weit, am Horizont war das Riesenrad des stillgelegten Vergnügungsparks zu erkennen. Aus dem Zementwerk stieg dichter Qualm auf. Auf der anderen Uferseite lagen die vornehmen Wohnhäuser von Stralau, wo auch Redzkow residierte.

Trojan ging auf die Fußgängerbrücke. Neben ihm ratterte eine S-Bahn vorbei.

Er blieb stehen und schaute auf die Spree hinab.

Er durfte sich nicht zu weit vorbeugen, die Brüstung war sehr niedrig.

Er rief auf dem Handy im Kommissariat an.

Stefanie meldete sich.

»Nils, wo steckst du? Landsberg ist sauer auf dich.«

»Ist mir egal«, knurrte er. »Hast du die Unterlagen von Matthias Leber parat?«

»Wozu –?«

»Stell keine Fragen jetzt, bitte.«

»Moment.«

Er vernahm wieder das Tastengeklapper am Telefon.

»Ja, jetzt bin ich in seinem Vorgang.«

»An welcher Stelle genau ist er zu Tode gekommen?«

»Warte.« Es dauerte einen Moment, dann sagte sie: »Er wurde an der Dampferanlegestelle am Treptower Park aus dem Wasser gezogen, aber aufgeschlagen ist er zuvor auf einem Stahlträger unterhalb der Fußgängerbrücke nach Stralau. Man hat dort Blut und Hirnmasse von ihm gefunden.«

Trojan erkannte die drei Stahlträger, die unten den Uferweg säumten.

Er ging ein paar Schritte, bis er sich direkt darüber befand.

Jetzt bin ich also hier, wo Matthias Leber starb, dachte er, und Brotter war bei ihm, davon bin ich überzeugt.

»Nils, bist du noch dran?«

»Ja.«

Ihm war leicht schwindlig. Er schaute in die Tiefe hinab.

Brotter muss ihm einen Stoß versetzt haben, dachte er, genau hier.

»Wenn du keine weiteren Fragen mehr hast«, sagte Stefanie, »muss ich jetzt Schluss machen. Hier sind mittlerweile etliche Hinweise aus der Bevölkerung eingetroffen, die ich überprüfen muss. Wenn wir uns nicht beeilen, gehen wir mitsamt den Ermittlungen baden.«

»Okay«, sagte Trojan und legte auf.

Nur ein paar Sekunden später war ihm, als würde er von einem Blitzstrahl getroffen.

Was hatte sie eben gesagt?

Baden gehen?

»Ich gehe jetzt auf der Stelle hinunter zum Badeschiff« hatte Brotter in der E-Mail geschrieben. Trojan hatte das zunächst für eine etwas verunglückte Formulierung gehalten.

Aber wenn es nun wörtlich gemeint war?

Das Badeschiff, dieses in die Spree eingelassene Schwimmbecken.

Für einige Sekunden war er wie erstarrt.

Dann rannte er los.

Er wusste, es war wieder nur ein Strohhalm, an den er sich klammerte, aber vielleicht gab ihm sein Instinkt recht.

Er eilte von der Fußgängerbrücke hinunter und wieder zurück auf den Uferweg, dann lief er entlang der Spree, vorbei an den Treptowers und der Riesenskulptur, bis er nach etwa fünf Minuten völlig außer Atem das Areal rings um das Badeschiff erreicht hatte.

Er blieb stehen und dachte angestrengt nach.

Vorausgesetzt, er war nicht im Irrtum: Wo könnte sich Brotter hier aufgehalten haben, als er die E-Mail an Jana geschrieben hatte?

Was lag in der Nähe?

Arena, Glashaus und –.

Wie hieß das Gebäude, das sich direkt vor dem Badeschiff befand?

Er holte kurz Luft, dann spurtete er weiter.

Er eilte an den ehemaligen Lagerhallen vorbei, bis er am Flutgraben war, dem Seitenarm des Landwehrkanals, der hier in die Spree mündete.

Dort stand ein altes Fabrikgebäude, die Frontseite führte direkt zum Wasser hinaus.

Wenn er sich recht erinnerte, war es zu DDR-Zeiten ein Ausbesserungswerk für Lkw-Motoren gewesen und beherbergte heute einige Künstlerateliers.

Trojan rüttelte an der eisernen Eingangstür.

Sie war verschlossen.

## DREIUNDDREISSIG

Der Zaun vorm Flutgraben endete direkt an dem Gebäude. Trojan kletterte hinauf und hielt sich an der Mauer fest, dann nahm er Schwung und hangelte sich um die Gebäudeecke herum. Seine Füße suchten Halt, während sich seine Finger in eine Lücke im Mauerwerk krallten.

Für einen Moment spürte er den Abgrund unter sich, und ihn packte die Angst. Gleich darauf fanden seine Füße Halt an einem vorstehenden Klinker. Er schaute nach oben. Der Mauervorsprung am Fenster im ersten Stockwerk befand sich ungefähr einen Meter über ihm, er stieg mit dem rechten Fuß auf den nächsten vorstehenden Klinker und streckte die Hand nach dem Vorsprung aus. Er bekam ihn zu fassen, da rutschte sein Fuß weg, und er hing mit einer Hand an der Mauer. Der Schmerz schoss in seine Fingerspitzen, und seine Muskeln zitterten. Er stemmte seinen anderen Fuß gegen die Mauer und griff gleichzeitig mit der linken Hand nach dem Vorsprung.

Er drückte mit beiden Füßen nach und zog sich hoch.

Wieder glitten seine Füße ab, bis sie endlich Halt an einem weiteren vorstehenden Klinker gefunden hatten.

Er zog sich weiter hoch, schwang erst das eine Bein auf den Mauervorsprung, dann das andere.

Schließlich stand er vor dem Fenster und drückte sein Gesicht gegen die Scheibe.

Er schaute ins Innere hinein.

Da hockte jemand in einem Overall vor einer weißen Leinwand, auf der lediglich ein kleiner roter Punkt zu erkennen war.

Trojan klopfte an die Scheibe.

Der Mann im Overall schien ihn nicht zu hören.

Mit einem Mal stand er auf, trat dichter vor das Bild, trat wieder zurück.

Trojan klopfte wieder, diesmal stärker.

Endlich reagierte der andere. Reglos starrte er ihn an.

Trojan bedeutete ihm mit einem Handzeichen, das Fenster zu öffnen.

Verblüfft schüttelte der andere den Kopf.

Schließlich begann Trojan mit seinem rechten Ellenbogen gegen die Fensterscheibe zu schlagen, während er sich mit der freien Hand an der Mauerkante festhielt.

Noch ehe das Glas zerspringen konnte, hatte der Mann in dem Overall das Fenster einen Spaltbreit geöffnet.

Trojan drückte von außen dagegen und sprang hinein.

»Was – was soll das?«

Er hielt ihm seinen Dienstausweis hin.

»Sagt Ihnen der Name Gert Brotter was?«

Der andere schüttelte bloß den Kopf.

»Lief hier vor kurzem ein aschblonder Typ rum, etwa eins achtzig groß, hager, möglicherweise in Begleitung einer blonden Frau mit Schnittverletzungen im Gesicht?«

Wieder kam nur ein Kopfschütteln zur Antwort.

Trojan rieb sich seine schmerzenden Finger. »Wie viele Künstler arbeiten hier?«

Endlich machte der andere den Mund auf. »Das wechselt ständig. Die Ateliers sind auch oft untervermietet. Und sonntags ist hier eh nicht viel los.«

»Gibt es einen Hausmeister?«

»Am Wochenende ist der nicht da.«

Trojan stieß die Luft aus. Er schaute sich kurz um, dann ging er zu der großen Eingangstür des Ateliers und trat hinaus auf den Gang. Er eilte zur nächsten Tür, doch die war verschlossen.

Er lief zurück und fragte: »Haben Sie einen Schlüssel zum Treppenhaus?«

»Ja.«

»Geben Sie her.«

Der Künstler reagierte nicht.

»Schnell, Mann, es geht um ein Menschenleben!«

»Aber den Schlüssel brauch ich noch.«

»Her damit!«, zischte Trojan.

Widerwillig kramte der andere einen Schlüsselbund aus dem Overall hervor und warf ihn ihm zu.

»Der mit dem roten Ring dran«, sagte er. »Passt für die Flurtüren und die im Treppenhaus, aber natürlich nicht für die anderen Ateliers.«

Trojan eilte hinaus.

»Will ich aber wiederhaben«, rief ihm der andere nach.

Trojan schloss die Tür auf. Jetzt war er in einem Laubengang, unten lag der Flutgraben, weiter vorn die Spree. Er durchquerte den Laubengang, kam wieder zu einer Tür, schloss auf und befand sich in einem weiteren Treppenhaus.

Er musste es von Stockwerk zu Stockwerk versuchen.

Wieder war eine Tür aufzuschließen, auf die ein langgestreckter Raum folgte, gesäumt von weiteren Türen. Auf den Schildern waren die Namen der Künstler vermerkt, teilweise mit Symbolen versehen. Er rüttelte vergeblich an den Klinken, versuchte es auch einmal mit dem Schlüssel, aber er passte nicht. Er ging wieder zurück ins Treppenhaus und stieg ins nächste Stockwerk hinauf. Auch hier musste er einen länglichen Raum passieren.

Sämtliche Türen waren verschlossen.

Alles war ruhig.

Er überlegte kurz, dann ging er weiter.

Der große Vorraum im nächsten Stockwerk hatte eine Fensterfront nach hinten raus. Trojan blickte kurz auf die Scheddächer der alten Lagerhallen. Er versuchte sich den Grundriss des Gebäudes vorzustellen. Wenn er sich nicht täuschte, müsste hinter der Tür am Ende des Raumes das Treppenhaus eines weiteren Gebäudeteils angrenzen.

Er war schon drei Schritte vor der Tür, als ihn ein Geräusch innehalten ließ.

Er drehte sich um.

Langsam ging er zurück durch den Raum. Er blieb stehen und lauschte.

Es war für einen Moment still, dann hörte er das Geräusch wieder. Es klang nach etwas Weichem, das gegen Holz schlug.

In einer Nische entdeckte er eine kleine Tür, er ging auf sie zu. Sie war verschlossen. Wieder probierte er den Schlüssel, aber ohne Erfolg.

Da die Tür nur aus morschem Holz war und nicht aus Eisen wie die Ateliertüren, begann er auf sie einzutreten.

Schon bald splitterten die Holzlatten, er fasste durch einen Spalt hindurch und fingerte von innen nach dem Riegel.

Er öffnete die Tür und fuhr augenblicklich zurück.

Es wirbelte um ihn herum.

Federn flogen auf.

Die Gimpel irrten durch den Raum, wild flatternd und Schreie ausstoßend.

Es waren viele, ein ganzer Schwarm.

Trojan hielt die Arme über dem Kopf verschränkt.

Er atmete tief durch. Konzentrier dich, dachte er, du bist nah am Ziel.

Er ging zu der Eisentür, die der Kammer gegenüberlag, und drückte vorsichtig die Klinke hinunter, doch auch hier war abgeschlossen. Er presste das Ohr dagegen.

Er hörte nichts außer seinem pochenden Herzschlag.

Er untersuchte das Schloss.

Danach trat er zur Seite, zückte die Waffe und zielte.

Dann drückte er ab.

Jaulend schoss der Querschläger durch den Raum.

Die Vögel flatterten hektischer als zuvor und prallten gegen Fensterscheiben und Wände, einige segelten zu Boden.

Er drückte ein zweites und ein drittes Mal ab.

Das Schloss gab nach.

Er schob ein neues Magazin in seine Waffe, sein letztes.

Er stieß die Tür auf und kam in einen winzigen Vorraum. Von der Decke hingen unzählige Tücher, sie glitten ihm ins

Gesicht. Er musste sich mit Händen und Füßen einen Weg bahnen.

Kurz darauf hatte er einen Raum mit hohen Decken erreicht, er war in schummriges Licht getaucht, dichte Vorhänge verbargen die Fenster. An der Wand stand ein einfaches Bett, mehr eine Pritsche, auf dem Laken entdeckte er Blutspuren.

Er hielt die Waffe ausgestreckt und stieß die nächste Tür auf.

Was er dahinter sah, raubte ihm den Atem.

Da waren riesige Stelzen. Darauf stand jemand, breitbeinig.

Es war Jana.

Sein Blick wanderte hinauf zu ihren Haaren.

Sie waren zu mehreren kleinen Zöpfen geflochten.

Und die Zöpfe hingen weit oben an der Decke.

Dort befand sich eine Laufschiene mit einem Gestell auf Rollen, daran hing ein großer Industriehaken. Und an diesem Haken waren ihre Zöpfe mit einer Kette verknotet.

Unter ihr am Boden, genau zwischen ihren Beinen, lag eine Vogelmaske. Der Schnabel war ein langes Messer, es war an einer eisernen Spange befestigt, und die Spange war im Boden verschraubt.

Jana schwankte. Kraftlos hielt sie sich auf den Stelzen.

Wenn sie die Stelzen fallen ließe, wäre sie an ihren Haaren aufgehängt. Und sobald die Zöpfe rissen, würde sie in das offene Messer stürzen.

Trojan wagte es nicht, ihren Namen zu flüstern.

Doch sie hatte ihn bereits bemerkt.

Vorsichtig bewegte sie die Augen in seine Richtung.

Schon begann sie auf den Stelzen zu schwanken.

Er riss sich von dem Anblick los, um den Raum zu überprüfen.

Er erkannte die Fotos an den Wänden.

Es waren Fotos der Opfer, in Serie. Der Verlust ihrer Haare wurde dokumentiert, ihre sich steigernden Qualen.

In einer Ecke standen zwei nackte Kleiderpuppen.

Trojan schwenkte die ausgestreckte Waffe durch den Raum.

Er schlich sich hinein, den Finger immer am Abzug.

Er bemühte sich, geräuschlos zu atmen.

An einer Wand befand sich ein Arbeitsregal, das bis zur Decke hinaufreichte. Es war mit Malutensilien vollgestopft, da waren Papierrollen und Leinwandstapel, Kisten und Kartons.

Die Wand gegenüber war mit Vorhängen verhängt.

Niemand war zu sehen.

Er schaute wieder zu Jana hin.

Sie schwankte weit oben in der Mitte des Raumes über dem Messer, zittrig auf die Stelzen gestützt.

Die Decke war mindestens fünf Meter hoch.

Janas Gesicht war verzerrt.

Sie sah ihn an.

Seine Lippen formten lautlos eine Frage: »Wo ist er?«

Sie reagierte nicht.

Tränen liefen über ihr Gesicht, sie starrte ängstlich auf ihn herab.

»Ist er weg?«, artikulierte er stumm.

Doch es war ihr wohl aus dieser Entfernung nicht möglich, von seinen Lippen abzulesen. Trojans Nackenhaare stellten sich auf. Etwas stimmte nicht.

Er schaute auf die Maske mit dem Messer, er brauchte Werkzeug, um die Schrauben zu lösen.

Er blickte sich um.

Da schluchzte Jana leise auf.

Er musste sie zuerst von dem Haken befreien.

In einer Ecke entdeckte er eine Leiter, er nahm sie und stellte sie neben den Stelzen auf.

Er blickte sich ein letztes Mal um, dann kletterte er hinauf.

Wie er schon geahnt hatte, war die Leiter zu niedrig.

Doch da war noch ein zweites Gestell mit einem Haken an der Laufschiene. Wenn er von der Spitze der Leiter springen und gleichzeitig Schwung nehmen würde, könnte er an dem Haken vielleicht bis zu Jana hin gleiten.

Er hatte keine andere Wahl, er musste es versuchen.

Trojan schob die Waffe ins Holster, schloss kurz die Augen.

Dann sprang er.

Seine Hände haschten nach dem Haken, er packte ihn. Das Gestell sauste mit ihm die Schiene entlang auf den Rollen nach vorn, schon war er dicht bei Jana.

Geschafft.

Sie zuckte ängstlich zusammen, wieder gerieten die Stelzen in Bewegung.

»Schon gut«, flüsterte er, »ist ja schon gut, ich bin bei dir.«

Doch in diesem Moment erkannte er, dass er einen schrecklichen Fehler gemacht hatte.

Hinter dem Gerümpel in dem Regal tauchte eine Gestalt auf. Sie trug einen langen Mantel, der Kopf war von der Kapuze bedeckt. Es war grotesk, der Mantel bestand aus blonden Menschenhaaren, zum Teil waren sie mit geronnenem Blut verkrustet. Hier und da befanden sich letzte kahle Stellen.

»Sieh an, der Kommissar«, sagte Brotter.

Grinsend trat er vor.

Trojan blinzelte.

Etwas stimmte mit den Augen nicht. Und dann erkannte er, dass ihm Wimpern und Brauen fehlten.

Trojan wollte sich von dem Haken zurück auf die Leiter schwingen, doch in diesem Augenblick sprang Brotter vor und gab der Leiter einen Tritt.

Mit einem Krachen fiel sie um.

»Hauptkommissar Trojan, welche Ehre. Kompliment, Sie haben mich gefunden. Und was ist das für ein Gefühl, hilflos an der Decke zu baumeln?«

Trojan verlagerte das Gewicht, hielt sich nur noch mit einer Hand an dem Haken fest und zog mit der anderen die Waffe aus dem Holster.

»Oh, der Bulle kommt also gleich zur Sache. Schade, ich dachte, wir könnten noch ein bisschen plaudern.«

»Runter auf den Boden und Hände hinter den Kopf«, schrie Trojan.

Brotter lachte.

»Sie amüsieren mich, Herr Kommissar. Was für ein hübscher Anblick, Sie beide da oben!«

Brotter stand plötzlich an der Wand.

Schieß doch, durchfuhr es Trojan, schieß endlich.

Sein Finger am Abzug war unter Spannung.

»Jetzt keinen Fehler machen, Trojan. Schauen Sie mal auf diesen Schalter hier.«

Brotter deutete auf einen Regler an der Wand.

»Hab ein bisschen an den Kabeln gedreht. Möglich, dass die Haken gleich unter Strom stehen.«

Abdrücken, dachte Trojan, jetzt!

»Kleine Kostprobe gefällig?«

Trojan zielte genau auf Brotters Stirn. Er drückte ab, doch schon durchzuckte es ihn. Der Schmerz kam mit Verzögerung, zuvor roch er seine verbrannte Haut.

Er ließ los und stürzte hinab.

Er rollte sich über die Schulter ab. Für einen Moment war alles schwarz um ihn herum.

Dann sah er Brotters Grinsen und das Einschussloch an der Wand.

Brotter betätigte einen zweiten Regler.

Trojan hörte es knistern, dann vernahm er Janas Schreie. Es roch nach versengtem Haar.

»Aufhören«, schrie er.

Erst jetzt merkte er, dass er beim Sturz seine Waffe verloren hatte.

»Also schön«, sagte Brotter und drehte den Regler zurück.

Trojan traute sich nicht, zu Jana hochzuschauen.

»Hübsch, diese Stelzen, nicht?«, sagte Brotter. »Ich hab das als Kind geliebt. Die Mädchen konnten es immer besser als die Jungs. Große blonde Mädchen auf langen Beinen.«

Er hörte Jana wimmern.

Er keuchte.

Er suchte mit Blicken, doch kaum hatte er die Waffe etwa zwei Meter von ihm entfernt am Boden entdeckt, war Brotter auch schon dort.

Trojan sprang auf und stürzte sich auf ihn.

Sogleich fuhr ihm ein gewaltiger Schmerz in den rechten Arm. Er konnte ihn nicht mehr richtig bewegen, er war wohl beim Sturz gebrochen.

Er verpasste Brotter mit der Linken einen Kinnhaken.

Als der sich wieder aufgerappelt hatte, hielt er die Waffe in der Hand.

»Bumm«, machte er und lachte.

Die Kapuze war ihm vom Kopf gerutscht. Trojan sah, dass er völlig kahl war.

Er rollte sich herum, und ungeachtet der Schmerzen in seinem Arm packte er Brotters Beine. Dabei bekam er die Menschenhaare an dem Mantel zu fassen. Er spürte das verkrustete Blut unter seinen Fingern.

Brotter stürzte, sofort war Trojan auf ihm, kniete auf seinem Arm und versuchte ihm die Waffe zu entreißen. Er verpasste ihm mit der Linken mehrere Schläge ins Gesicht, doch Brotter hielt die Waffe weiter fest umklammert. Trojan zerrte an seiner Hand, dann holte er zu einem weiteren Schlag aus und traf Brotters Auge.

Er stöhnte auf.

Schon presste Trojan ihm den Ellenbogen auf den Kehlkopf. Brotter röchelte, ließ die Waffe los. Trojan nahm sie und wollte sie ihm an die Stirn drücken.

Da verspürte er einen heftigen Schmerz. Brotter hatte ihm die Knie in den Unterleib gewuchtet und konnte sich unter ihm befreien.

Trojan war kurzzeitig benommen.

Dann hörte er ein Poltern und gleich darauf die Schreie von Jana.

Er fuhr herum.

Brotter hatte die Stelzen umgestoßen.

Jana hing an ihren Haaren am Haken unter der Decke.

Ihr Gesicht war schmerzverzerrt.

Sie schrie.

Unter großer Anstrengung hob Trojan seinen gebrochenen rechten Arm und zielte auf Brotter.

Der grinste nur.

Trojan musste die Waffe in die linke Hand wechseln, als er ein Geräusch über sich vernahm.

Brotter zog an einem Seil und lachte auf.

Das Gegengewicht des Seilzugs raste von der Decke direkt auf Trojans Kopf zu.

Im letzten Augenblick konnte er sich zur Seite werfen.

Donnernd prallte das Gewicht hinter ihm auf den Boden.

Als er die Augen wieder öffnete, war Brotter weg.

Trojan sah sich hektisch um.

Janas Schreie waren dünner geworden, dann wimmerte sie nur noch.

Er überlegte fieberhaft, die Leiter war zu kurz, der Versuch mit dem zweiten Haken unmöglich bei seiner Verletzung. Er blickte sich verzweifelt in dem Raum nach einem Hilfsmittel um.

Da schrie Jana wieder lauter auf.

Er trat zu ihr heran.

Er hatte keine andere Wahl. Die Waffe in der linken Hand, zielte er auf die Kette am Haken.

»Keine Angst«, rief er.

»Nein«, wimmerte sie.

»Vertrau mir«, schrie er zu ihr hinauf.

Er zitterte kurz, dann beherrschte er sich. Schließlich drückte er ab. Putz rieselte von der Decke, er hatte nicht getroffen.

Ohne länger nachzudenken, zielte er noch einmal auf die Kette.

Diesmal zersprang sie mit einem Klirren.

Jana stürzte in die Tiefe.

Trojan versuchte, sie allein mit dem unverletzten Arm aufzufangen, doch es gelang ihm nicht.

Von der Wucht des Aufpralls wurde er mit ihr zu Boden gerissen. Der Schmerz in seinem rechten Arm war höllisch, Sterne tanzten vor seinem Gesichtsfeld.

Sie lagen dicht neben der Vogelmaske mit dem Messer.

Trojan starrte auf die Klinge.

Dann drückte er Jana fest an sich.

»Nils, o mein Gott, Nils«, stammelte sie.

Er strich über ihren Hinterkopf.

»Ist gut, ist ja schon gut«, murmelte er.

»Ich wollte dir ein Zeichen geben, wo er sich versteckt hält«, stammelte sie. »Aber er hat mir mit dem Stromschlag gedroht.«

»Es ist durchgestanden«, flüsterte er, »du hast es geschafft.«

Weinkrämpfe schüttelten sie.

Er versuchte sie zu beruhigen, gleichzeitig glitt sein Blick durch den Raum.

Wo war Brotter?

»Warte hier«, flüsterte er, »ich bin gleich zurück.«

»Lass mich nicht allein!«, flehte sie.

Er zog mit der unverletzten Linken das Handy aus der Tasche und schaute aufs Display. Es zeigte nur das blinkende Batteriezeichen an.

Er drückte auf die Einschalttaste, doch nichts geschah. Der Akku war leer.

»Ich bin gleich wieder bei dir.«

Er legte seine Jacke um ihre Schultern.

Sie sah ihn verstört an.

Er ging in den Nebenraum. Nichts. Er verließ das Atelier. Die Vögel flatterten noch immer wie irr herum.

Die Tür zum Treppenhaus stand weit offen.

Er trat hinaus, wollte sich schon nach unten wenden, da fiel ihm etwas am Treppenabsatz zum Dachboden auf.

Da lag etwas. Er stieg langsam die Treppe hinauf.

Einige der Vögel flatterten ihm nach. Ein Dompfaff traf ihn am Kopf, er duckte sich weg. Ihre spitzen Schreie hallten im Treppenhaus.

Schließlich sah er, was dort am Boden lag. Es waren blonde Haare von Brotters Mantel.

Zu offensichtlich, dachte er, vielleicht eine Falle.

Die Tür zum Dachboden war nur angelehnt. Vorsichtig ging er hinein.

Kurz darauf kam der Schmerz.

Über ihm hatte sich die Dachluke geöffnet. Er wollte herumwirbeln, doch schon spürte er die Drahtschlinge um seinen Hals. Er verdrehte die Augen nach oben. Brotter lehnte sich aus der Dachluke herab und grinste. Er zog die Schlinge fester zu.

»Lass die Waffe fallen«, sagte er leise.

Trojan versuchte, die Sig Sauer in seiner Linken hochzureißen.

Aber schon zog Brotter fester zu.

Sterne zuckten durch Trojans Gesichtsfeld.

»Lass sie fallen«, zischte Brotter.

Er versuchte es wieder, aber in diesem Moment verstärkte Brotter den Druck. Trojan spürte die Ohnmacht nahen.

»Fallen lassen.«

Die Waffe glitt aus seiner geöffneten Hand, er stieß sie mit dem Fuß weg.

Brotter lockerte ein wenig den Griff.

»Gut so, Kommissar.«

Er japste.

Blitzschnell kam der Schmerz zurück, seine Augen traten vor.

»Hab ich dir nicht längst angekündigt, dass du sterben wirst, Trojan?«

Der Draht schnitt sich tief in seine Haut.

»Hast du meine Warnung etwa vergessen?«

Trojan versuchte die Hände zwischen Schlinge und Hals zu bekommen.

Aber es war zu spät. Er spürte, wie seine Beine nachgaben. Alles wurde schwarz um ihn herum.

Den ersten Schuss vernahm er noch wie aus weiter Ferne. Dann kam der zweite. Etwas fiel von der Decke herab.

Der dritte krachte, und Trojan konnte endlich wieder Luft in seine Lunge saugen.

Er drehte sich um.

Jana stand da, die Waffe in der Hand.

Sie zitterte.

Dann blickte er hoch. Brotter war weg.

Er nahm ihr die Waffe aus der Hand, schob sie sich ins Holster, klammerte sich mit seiner Linken an den Rand der Luke und versuchte sich einhändig hochzuziehen. Unter größter Anstrengung hangelte er sich ein wenig in die Höhe und winkelte die Beine an. Da fanden seine Füße mit einem Mal Halt auf Janas Schultern, die gebückt direkt unter ihm stand. Sie fasste mit den Händen nach und stemmte ihn hoch.

So kletterte er hinaus. Das Dach erstreckte sich vor ihm. Er bemühte sich, nicht hinunterzuschauen, und doch registrierte er die Spree weit unter sich, die Dächer der umliegenden Gebäude und den Uferweg in der Tiefe.

Brotter hastete etwa zehn Meter von ihm entfernt über einen Gittersteg auf der löchrigen Dachpappe. Sein Mantel wehte im Wind.

Trojan zückte die Waffe, zielte, drückte ab.

Brotter wirbelte herum.

Er würde ihn bis an den Rand treiben. Er lief ihm nach.

Als er den meterbreiten Schornstein erreicht hatte, sah er Brotters Kopf hinter den Ziegeln auftauchen.

Wieder musste Trojan mit der linken Hand schießen.

Er zögerte kurz. Drei Schüsse hatte er unten abgegeben, drei hatte Jana abgefeuert. Ein Schuss hatte auf dem Dach sein Ziel verfehlt. Das Magazin hatte acht Schüsse. Er wusste nicht, ob er mit links treffen würde.

Brotter rief ihm etwas zu.

»Kommissar«, verstand er.

Und wieder: »Kommissar«, wie ein Hall.

Trojan setzte noch einen Schritt vor, und dann drückte er endlich ab.

Seine letzte Kugel pfiff am Schornstein vorbei.

Er sah ihn nicht mehr.

Und er ging noch zwei weitere Schritte vor.

Er drückte sich an die Schornsteinwand, dann machte er einen Satz nach vorn.

Brotter sprang von oben auf ihn herab, das Dach war an dieser Stelle abschüssig, und sie rollten beide bis zum Rand.

Trojans Hand tastete nach der Dachkante.

Brotter hockte auf ihm.

»Genießen Sie die Aussicht, Kommissar«, sagte er.

Er stieß die Hand gegen sein Kinn, und Trojan musste den Kopf zur Seite wenden.

Sein Blick fiel in die Tiefe. Panik schoss durch seinen Körper.

Er sah die Riesenskulptur in der Ferne und die Menschen am Beckenrand des Badeschiffs, winzig wie Spielzeugfiguren. Schon griff der Sog nach ihm, der Schwindel ließ seine Augen flackern.

»Haben Sie Angst, Trojan?«, fragte Brotter leise.

Trojan keuchte.

»Ich verstehe Sie doch, Kommissar. Schließlich bin ich Therapeut.«

Sein Herz hämmerte.

Dann dachte er an Janas Worte.

Er versuchte seine Angst nicht mehr zu unterdrücken. Er ließ sie zu.

Mit aller Gewalt bäumte er sich auf und rollte sich gleichzeitig zur Seite, zum Abgrund hin.

Für einen Moment glaubte er zu fallen, doch dann hatte seine linke Hand Brotters Kehle gepackt, und mit der rechten klammerte er sich an der Dachkante fest.

Der Schmerz in seinem gebrochenen Arm raubte ihm den Atem.

Er ließ von Brotters Kehle ab und holte zum Schlag aus.

Er traf seine Schläfe.

Er schlug noch einmal zu.

Da spürte er, wie der andere losließ.

Sein Mantel schien in der Abendsonne aufzuglühen.

Brotter packte ihn am Kragen und wollte ihn mit in die Tiefe hinabziehen.

Trojan schlug seine Hand weg und versetzte ihm einen letzten Tritt.

Für einen Moment war es, als hinge Brotter in der Luft.

Dann stürzte er mit einem Aufschrei hinab.

Trojan sah ihm nach, kämpfte gegen den Schwindel an.

Er flatterte in seinem Mantel wie ein großer Vogel der Spree entgegen.

Trojan wälzte sich auf den Rücken.

Der Himmel über ihm schwankte.

# EPILOG

# VIERUNDDREISSIG

Da waren Stimmen, sie redeten auf ihn ein. Eine große Unruhe war um ihn herum, er wollte sich zurückziehen, eine entfernte Ecke suchen, für sich allein. Er versuchte, seine Glieder auszustrecken, doch es gelang ihm nicht. Plötzlich berührte ihn etwas im Gesicht. Er wollte es wegschlagen, doch die Hand ließ sich nicht bewegen. Was war das? Es fühlte sich an, als würde sein Arm in einem Schraubstock stecken.

Er schnappte nach Luft.

Dann schlug er die Augen auf.

Jemand beugte sich über ihn. Eine Haarsträhne kitzelte seine Wange.

Er zuckte zurück.

»Herr Trojan, wollten Sie nicht längst nach Hause fahren?«

Er starrte die Schwester an. Es roch nach Desinfektionsmitteln und sterilem Verbandszeug.

Er schaute sich um. Er war im Flur der Ambulanz.

»Wie spät ist es?«, fragte er.

»Sieben Uhr dreißig.«

»Abends?«

Ihr Lächeln war freundlich.

»Morgens.«

Ein Patient schob einen Rollator durch den Gang.

»Welchen Tag haben wir heute?«

Wieder lächelte sie.

»Montag, den 24. Mai. Es ist wunderschönes Wetter draußen.«

Mit einem Mal stürmten die Bilder auf ihn ein, und er hatte Brotters Fratze vor sich. Er schlug seine Hand weg und sah ihn in die Tiefe stürzen.

»Ist Ihnen nicht gut?«

Er runzelte die Stirn.

»Haben Sie Schmerzen?«

Er schaute auf seinen rechten Arm. Er war eingegipst. Irgendwann musste er wohl auf diesem Stuhl vor lauter Erschöpfung eingeschlafen sein. Doch bestimmt nicht für mehr als zwei, drei Stunden. Er konnte sich nur noch vage daran erinnern, dass er eigentlich nach Hause fahren wollte, nachdem man seinen Bruch versorgt hatte.

»Alles in Ordnung«, murmelte er.

Er nickte ihr noch einmal zu, dann stand er auf und ging in Richtung Ausgang.

Er warf einen Blick durch die Glastür. Sie hatte recht, draußen schien die Sonne. Draußen sein und sich einen schönen Tag machen, dachte er. Im Freien sein und alles vergessen.

Dann wandte er sich zu dem Glaskasten und lehnte sich über die Sprechmuschel.

»Jana Michels. Welche Station bitte?«

Der Pförtner klapperte auf der Computertastatur.

»Innere, siebter Stock. Nehmen Sie den Aufzug links.«

Trojan bedankte sich und ging zum Lift.

Als er im siebten Stockwerk angelangt war, musste er gegen eine kurze Übelkeit ankämpfen. Wann hatte er das letzte Mal etwas gegessen? Er konnte sich nicht erinnern.

Er fragte eine Schwester nach der Zimmernummer. Sie nannte sie ihm.

»Wie geht es ihr?«

Ihre Miene war ernst.

»Sie hat sich geweigert, ein Beruhigungsmittel zu nehmen. Ansonsten geht es ihr den Umständen entsprechend.«

Er nickte.

Er atmete ein paar Mal tief durch, bevor er die Klinke drückte und das Zimmer betrat.

Sie lag am Fenster.

Ihre Augen waren geschlossen. Ihr Haar war glanzlos und stumpf. Er erkannte die versengten Stellen. Er sah den Mullverband in ihrem Gesicht.

Er zog sich lautlos einen Stuhl heran und setzte sich an ihr Bett.

Nach einer Weile öffnete sie die Augen und sah ihn an.

Er lächelte zaghaft.

»Was macht dein Arm?«, fragte sie leise.

Er klopfte mit der Linken auf den Gips. »Der wird wieder.«

»Konntest du schlafen?«

»Bin unten in der Ambulanz eingenickt. Und du?«

Sie seufzte kaum hörbar.

Sie schwiegen eine Zeit lang.

Dann sagte sie leise: »Es ist durchgestanden, nicht wahr?«

Er nickte.

Er bemerkte, wie sie sich verkrampfte. Ihre Stirn legte sich in Falten. Bald darauf verzog sich ihr Gesicht, als hätte sie Schmerzen.

»Hat man ihn –?«

Er legte den Finger an die Lippen.

»Schsch«, machte er.

Ihre Augen waren glasig.

»Du bist in Sicherheit, Jana.«

»Dieser Mantel –, die Haare –«

»Denk jetzt nicht dran.«

»Und es war –«

»Alles wird wieder gut«, flüsterte er.

Sie drehte den Kopf zum Fenster.

Er folgte ihrem Blick. Das Morgenlicht fiel in gebündelten Strahlen durch die geöffneten Lamellen der Jalousie. In der Ferne waren der Hauptbahnhof und die Spree zu erkennen. Die Spree. Wieder tat sich der schwindelerregende Abgrund vor ihm auf. Er kniff kurz die Augen zu.

Sie wandte den Kopf zu ihm um und zog ihre Hand unter der Bettdecke hervor. Er nahm und drückte sie.

»Es ist vorbei«, murmelte er.

»Ja, es ist vorbei.«

Doch dann kamen ihr die Tränen, und sie weinte stumm in sich hinein.

Er streichelte ihre Hand.

Sie fühlte sich kalt an. Er dachte daran, wie sehr er sich danach gesehnt hatte, ihre Hand zu halten, und dass es weitaus schönere Gelegenheiten dafür gäbe.

»Wann hattest du das letzte Mal Urlaub, Jana?«

»Ich weiß nicht.«

»Wohin würdest du gerne verreisen?«

Sie kämpfte noch immer mit den Tränen, wischte sie mit einem Zipfel ihres Nachthemds weg und sah ihn schweigend an.

»Ich bin lange Zeit nicht verreist«, sagte er. »Hatte keine Lust, allein wegzufahren.«

»Du hast mir in einer Sitzung von deiner Reise mit Emily erzählt. Du hast mir den Ort, an dem ihr wart, genau beschrieben.«

»Ja, das war schön.«

»In allen Einzelheiten hast du es mir erzählt. Und du hast mir deine Tochter beschrieben. Ich sah euch beide vor mir, ganz deutlich.«

Sie versuchte zu lächeln.

»Du hast mir sehr geholfen, Jana.«

»Du bist immer noch mein Patient, Nils.«

»Nein, das bin ich nicht mehr.«

Wieder versuchte sie zu lächeln, doch dabei verzerrte sich ihr Gesicht, und mit erstickter Stimme begann sie: »Er hat – er ist –«

Sie brach ab.

Trojan schluckte.

»Wir haben ihn«, sagte er. »Wir haben den Kerl. Er wird nie wieder irgendjemandem etwas antun können.«

»Ist er tot?«

Trojan nickte kaum merklich.

Es dauerte lange, bis sie weitersprechen konnte.

»Er war im Nebenzimmer, wenn du in meine Sprechstunde kamst. Er war immer da.«

Trojan schloss die Augen. Er wollte es sich nicht vorstellen. Brotter, scheinheilig lächelnd in der Praxis. Patienten, die sich ihm anvertrauten.

Als er die Augen wieder öffnete, starrte sie ihn an. Er berührte vorsichtig ihre Wange.

»Schlaf jetzt«, sagte er. »Versuch ein wenig zu schlafen. Ich komme heute Nachmittag wieder vorbei. Okay?«

Sie sah ihn bloß an.

Er saß noch eine Weile schweigend bei ihr, dann nickte er ihr zu und verließ das Zimmer.

Draußen vor der Charité schaltete er das Handy ein.

Er drückte auf eine Kurzwahltaste, einige Augenblicke später hatte er Landsberg am Apparat.

»Wie sieht es aus?«

»Unverändert.«

»Was ist mit den Tauchern?«

»Sie haben den Mantel gefunden.«

»Nur den Mantel?«

»Sie sind pausenlos im Einsatz. Und das Ufer wird abgesucht, überall.« Er seufzte. »Das volle Programm.«

Trojan rieb sich mit der unverletzten Hand über die Stirn.

»Wir finden ihn, Nils. Wir finden seine Leiche.«

Er schwieg.

»Bist du so weit okay?«, fragte Landsberg.

Trojan beobachtete die Spatzen, die auf dem Vorplatz nach Nahrung suchten. Sie flatterten auf, schon kamen sie wieder, es wurden immer mehr, ein ganzer Schwarm.

Er wandte den Blick ab.

»Bis du noch dran?«

»Ja. Mir geht es so weit gut.«

»Hör zu, diesen Sturz überlebt kein Mensch. Die Spree ist an dieser Stelle nicht sehr tief und –«

»Ich weiß.«

Er hörte, wie Landsberg ins Telefon atmete.

»Und noch etwas: Ich habe beim Staatsanwalt ein gutes Wort für dich eingelegt. Er ist bereit, das Ermittlungsverfahren wegen der Wasserglas-Geschichte bei Molls Vernehmung so bald wie möglich einzustellen.«

»In Ordnung.«

»Du hast gute Arbeit geleistet, Nils.«

»Danke.«

»Und was Brotter betrifft, halte ich dich auf dem Laufenden.«

»Okay.«

Sie legten auf.

Trojan winkte sich ein Taxi heran.

Etwa zwanzig Minuten später hielt es vor dem Haus in der Forster Straße. Er zahlte und stieg aus. Er öffnete den Briefkasten und nahm die Reklamezettel heraus. Er stieg ins vierte Stockwerk hinauf und schloss seine Wohnung auf.

Er wollte eine Dusche nehmen, sich die letzten achtundvierzig Stunden vom Körper abspülen, heiß und ausgiebig. Aber da er sich mit dem Gipsarm noch zu unbeholfen fühlte, hielt er nur das Gesicht unter den laufenden Wasserhahn und putzte sich die Zähne.

Dann setzte er Kaffee auf.

Er nahm sich einen Joghurt aus dem Kühlschrank und begann ihn gedankenverloren zu löffeln.

Sein Blick fiel durch die geöffnete Tür auf den Anrufbeantworter im Flur. Erst jetzt sah er, dass er blinkte.

Trojan stand auf und drückte auf die Taste.

»Sie haben eine neue Nachricht«, sprach die automatische Stimme.

Danach war es eine Weile still.

Nur das Rauschen auf dem Computerchip war zu vernehmen.

Schließlich wurde aufgelegt.

Trojan starrte auf die blinkende Anzeige.

Seine Hand zitterte.

Nur ruhig, dachte er. Die Taucher werden seine Leiche finden.

Er warf sich auf sein Bett und bemühte sich, ruhig zu atmen. Er spürte, wie sein Herz hämmerte. Wieder tauchte Brotters Fratze vor ihm auf, er kämpfte mit ihm auf dem Dach, dann sah er ihn stürzen, wie in Zeitlupe, immer und immer wieder.

»Sie werden seine Leiche finden«, sagte er laut.

Er atmete ein und aus, tiefer und tiefer.

Er schloss die Augen.

Nach einer Weile merkte er, wie sich seine Muskeln entspannten. Es ist geschafft, dachte er.

Gleich am Nachmittag, wenn sie aus der Schule kam, wollte er Emily anrufen. Sie mussten doch die Bootsfahrt nachholen, vielleicht diesmal nicht unbedingt auf der Spree. Sie könnten zum Schlachtensee fahren oder besser noch weiter hinaus ins Umland. Es machte ihr sicher nichts aus, das Rudern zu übernehmen, für ihn war das ja schwierig mit einer Hand.

Und er dachte daran, Lene im Kinderheim zu besuchen. Er hoffte, dass es ein gutes Heim war und sie bald Freundschaft schließen würde mit den anderen Kindern.

Mit einem Mal sah er Janas Gesicht vor sich. Sie stand an seinem Bett und beugte sich über ihn, strich ihm mit der Hand über die Stirn.

»Schlaf jetzt, Nils«, flüsterte sie, »alles ist gut.«

In seinem Traum hielten sie sich eng umschlungen.